Segne's Gott

Ina May wurde 1972 im Allgäu geboren und verbrachte einen Teil ihrer Jugend in San Antonio/Texas. Nach ihrer Rückkehr in die bayerische Heimat absolvierte sie ein Sprachenstudium und arbeitete lange Jahre als Fremdsprachen- undHandelskorrespondentin und Übersetzerin für amerikanische Konzerne. Heute ist sie freischaffende Autorin und lebt mit ihrer Familie in Übersee am Chiemsee. Sie schreibt Kriminalromane, historische Krimis, zweisprachige Jugendbücher, Kurzgeschichten, Gedichte, Artikel für Journale und erstellt Spielkonzepte. Im Emons Verlag erschienen »Tod am Chiemsee« und »Die Tote im Maar«.

Dieses Buch ist ein Roman. Handlungen und Personen sind frei erfunden. Ähnlichkeiten mit lebenden oder toten Personen sind nicht gewollt und rein zufällig.

INA MAY

Segne's Gott

LANDKRIMI

emons:

Bibliografische Information der Deutschen Bibliothek
Die Deutsche Bibliothek verzeichnet diese Publikation
in der Deutschen Nationalbibliografie; detaillierte bibliografische
Daten sind im Internet über http://dnb.d-nb.de abrufbar.

MIX
Papier aus verantwortungsvollen Quellen
FSC® C083411
FSC
www.fsc.org

Umschlagmotive: iStockphoto.com/Andris Tkacenko, fotolia.com/
Anja Kaiser, fotolia.com/moleskostudio, sxc.hu/Billy Alexander
Klappeninnenseiten: iStockphoto.com/Spiderplay
Umschlaggestaltung: Tobias Doetsch
Satz: César Satz & Grafik GmbH, Köln
Druck und Bindung: CPI – Clausen & Bosse, Leck
Printed in Germany 2013
ISBN 978-3-95451-089-4
Landkrimi
Originalausgabe

»Dreht mehrmals sich der Wetterhahn,
so zeigt er Sturm und Regen an.«

Monate zuvor …

Prolog

Sie fror in der Sommerkälte. Wie lange lag sie schon hier? War es Tag oder Nacht? Das Zeitgefühl verlor sich im Nirgendwo. Sie musste unbedingt wach bleiben. Wenn er zurückkam, und das würde er, musste sie es ihm sagen; alles, was er hören wollte. Davon hing vielleicht ihr Leben ab. Und irgendwie musste sie es schaffen, Nella zu warnen. Ihre Freundin durfte nichts erzählen. Ausgerechnet Nella sollte schweigen. Ging das überhaupt? Lieber Gott, lass uns wieder zusammen lachen! Es war ein bitterer Gedanke, weil jedes Wort schmerzte.

In der Kiste war es eng, und sie musste die Knie ein wenig anziehen, was bei ihrer Größe nicht ganz einfach war. Anfangs hatte sie nichts gespürt, doch mittlerweile tat ihr jeder Muskel, jeder Knochen weh. Sie konnte sich nicht bewegen, nur den Kopf drehen, und wohin sollte sie schauen wollen? Da war nur Dunkelheit.

Nässe drang durch das Holz, und sie meinte, die Tropfen auf der Haut zu spüren. Nässe. Wasser. Für etwas zu trinken würde sie jetzt glatt sterben. Das raue Lachen schabte schmerzhaft im Hals. Möglich, dass sie wirklich in dieser Kiste starb. Vielleicht ging es ihm in Wahrheit nicht um eine Entschuldigung und auch nicht darum, in Ruhe mit ihr zu reden. Das war doch krank.

Verdammt, ja, sie hatte ihn ein kleines bisschen angemacht, obwohl sie sich nicht für ihn interessierte. Nicht so, wie er vielleicht dachte, aber sie wollte etwas. Meine Schuld, dachte sie. Allein meine Schuld.

Das leichte Sommerkleid klebte an ihr, der Stoff war klamm, und sie wünschte, sie hätte etwas Wärmeres angezogen an jenem Abend, von dem sie nicht einmal mehr sagen konnte, welcher es gewesen war. Gestern hatte sie sich etwas zu essen gewünscht und davor …

War das ein Rascheln? Irgendwo über ihr. Oder spielten ihr

ihre aufgewühlten Sinne schon Streiche? Sie konnte nicht mehr klar denken, sie dorrte aus, und ihr Gehirn schrumpfte zu einem Klumpen zusammen. Tränen rannen über ihre Wangen. Sie schluckte ein paar davon, die sie mit der Zungenspitze aufgefangen hatte. Sie schmeckten salzig. Von den vielen geweinten Tränen brannte ihre Kehle erbärmlich.

Da war es wieder, dieses Rascheln. Er? Oder jemand, den sie um Hilfe bitten konnte?

Sie könnte versuchen, auf sich aufmerksam zu machen. Aber wenn sie alle Kraft in diesen einen Schrei legte, hätte sie womöglich nicht mehr genügend Atem für etwas anderes. Es kam ihr vor, als würde die Luft bei jedem Atemholen an Substanz verlieren und dünner werden.

Sie musste eine Entscheidung treffen.

Jeder Tag muss einen Sinn haben,
und erhalten soll er ihn nicht vom Zufall.

1

Es war ein schöner Apriltag, nur wie lange würde er sich derart liebenswürdig zeigen? Genauso schnell konnte es mit dem angenehm warmen Wetter auch wieder vorbei sein. Der Frühling öffnet alles, hieß es. Josefina hatte auf den Wiesen einige Leberblümchen gesehen, auch Buschwindröschen mochten die Wärme über dem Boden.

Aufatmen, nicht nachdenken. Es hatte sie nach Prechtenstein verschlagen. Noch nicht ganz, um genau zu sein, denn Josefina schaukelte schon etwas länger mit ihrer Ente durch die Gegend. Am Ziel war sie noch nicht. Das war die dritte Abzweigung, hoffentlich nicht wieder die falsche.

Sie war durch ein Waldstück gefahren, durch eine Senke und an einem kleinen Fluss entlang. Felsen ragten zu beiden Seiten auf. Josefina kamen sie wie ein zum Himmel hin offenes Tor vor. Und die steinernen Wächter bemerkten jeden und alles.

Sie trat aufs Gas, holte aus Motor und Getriebe der Ente das Letzte heraus und klopfte dankbar aufs Armaturenbrett. Bald gingen die asphaltierten Straßen in Schotterwege über, und danach wurden daraus Feldwege mit breiten Furchen. Aber wenigstens sah man jetzt wieder den Himmel mit seinen zartweißen Federwolken. Im April waren die Feldarbeiten zu erledigen. Wiesen und Äcker wurden gedüngt, dann begann die Aussaat, außerdem wurde der Kräutergarten bestellt. Genug Arbeit, zudem hatte es in der Agentur geheißen, es handle sich um eine Notsituation. Doch worum es dabei ging, würde sie erst erfahren, wenn sie endlich irgendwo ankam.

Josefina Jungblut und ihre Ente rauschten über den kleinen Hang, und um ein Haar hätte der fahrbare Untersatz in Gelb jemanden auf den Kühler genommen.

»Heiliger Quarkstrudel!«, rief Josefina, bremste scharf und riss das Lenkrad herum.

Die Ente rollte am Wegesrand aus. Josefina drehte den Kopf. Wo war die Frau so plötzlich hergekommen? Sie löste sich aus dem Sitz und drückte die Fahrertür auf. Wer auch immer die Frau war, sie streckte ihr beide Hände entgegen, als wolle sie um etwas bitten. Der Mund bewegte sich, aber es schien, als würde sie lautlos mit sich selbst sprechen. Dann sagte sie doch etwas. Leise, als befürchte sie, jemand würde sie daran hindern.

»Ich kann es nicht finden … Irgendwo ist es. Ich weiß es. Hilf mir suchen.«

Die Frau fuchtelte mit den Armen über dem Kopf herum. Ihre Füße steckten in Sandalen – ansonsten war sie nur mit einer leichten Bluse und einer kurzen Hose bekleidet.

Josefina fand die Sommerkleidung eine sehr mutige Wahl. Sie kramte auf dem Rücksitz nach ihrem Überwurf; er war für Notfälle gedacht, und sie hatte ihn immer dort hinten liegen. Wahrscheinlich hatten ihn sich die Motten längst vorgenommen.

»Nehmen Sie das, sonst erkälten Sie sich am Ende noch«, sagte Josefina. Sie hasste diesen gönnerhaften Ton an anderen, und jetzt benutzte sie ihn selbst. Aber sie wollte wenigstens versuchen, die Frau ein bisschen einzupacken. Es sah verdächtig danach aus, als hätte sie unter der Bluse nichts an.

Der Überwurf war ein schönes Strickmodell mit angehäkelter Borte. Mit etwas Glück gefiel ihr der Umhang, und mit etwas Geschick nahm sie ihn an.

»Der Boden ist getränkt … Schuld«, sagte die Frau. »Ich hab ihn gesehen, schon oft.«

Josefina empfand Mitgefühl. Die Frau war nicht mehr jung, ihre Stimme klang kratzig, als hätte sie entweder viel geredet und erzählt in ihrem Leben oder als hätte sie ihre Stimmbänder in der letzten Zeit kaum noch gebraucht. Josefina sah weißes, langes Haar und Augen, die kaum Farbe erkennen ließen.

Das könnte meine Oma sein, dachte Josefina. Verrückt.

Sie wagte sich näher heran und ließ die Frau den Überwurf sehen.

»Oh, schön!«, sagte die und spielte mit der Borte. Nach einem erneuten Blick griff sie nach dem Umhang und legte ihn sich über die Schulter. Dann streckte sie die Hand aus, nickte und strich mit dem Handrücken sanft über Josefinas Wange. War das ein Dankeschön?

»Komm zurück ... irgendwann«, sagte die Frau und wandte sich um. Josefina ertappte sich dabei, dass sie die Hand hob. Den Überwurf würde sie nicht wiedersehen.

Die Ente schaukelte nach dem kurzen Ausreißer in müder Entrüstung hin und her, ließ sich jedoch ohne viel Federlesens zurück auf den Weg bugsieren.

Josefina hatte keinen Termin, zumindest keine vorgegebene Zeit, zu der sie auf dem Precht-Hof sein musste. Für heute war sie angekündigt, und heute würde sie es wohl noch schaffen. Tatsächlich verkündete bald darauf ein gelbes Ortsschild »Prechtenstein«.

Wohin jetzt? Sie hielt an dem Schild an, das außer dem Namen nichts verriet, und zog einen Zettel zurate: Stichpunkte, die ihr helfen sollten, sich zu orientieren. Sie konnte sich schon denken, wer sie im Büro der Agentur mit den kleinen Rätseln aufziehen wollte, aber doch bitte nicht, wenn es darum ging, irgendwo verlässlich anzukommen. Sie war aus der Gegend, aber ihr Heimatort lag an die hundert Kilometer weiter nördlich. Da fuhr man nicht unbedingt bloß um die nächste Ecke. Und heute gondelte sie schon um einige Ecken.

Bislang hatte Josefina sich immer geweigert, elektronische Hilfe in Anspruch zu nehmen. Sie wollte in ihrer Ente kein Navi.

Sie müsste fragen, aber es war niemand zu sehen. Außer der verwirrten Frau, die offenbar auch einiges für Rätsel übrig hatte und die vergessen zu haben schien, dass ein Frühling noch kein Sommer ist, war ihr noch keine Menschenseele begegnet.

Kaum hatte sie das gedacht, kam auf einem Fahrrad eine junge Frau angefahren. Aus eben der Richtung, in der Josefina den Hof wähnte, auf dem man sie erwartete.

Die Ansammlung der Dächer war auf der anderen Seite, der Kirchturm ragte über allem auf; schlank und strahlend weiß. Aber ins Dorf musste sie nicht.

»Entschuldigung«, rief Josefina, »können Sie mir sagen, wo der Precht-Hof liegt? Sebastian von Precht?«

Die Frau hatte Erbarmen, hielt an und stieg ab.

Auffallend hübsch, bemerkte Josefina. Die Haare, die ihr in

einem geflochtenen Zopf über den Rücken fielen, waren von einem warmen Blond. Das Gesicht war leicht gebräunt, und die Augen strahlten. Sie glich einer Elfe, ein wenig schmal, beinahe zerbrechlich.

Das denkst du, weil an dir mehr dran ist. Josefina konnte sich selbst schlecht widersprechen. Sie war eins fünfundsiebzig groß und mit ihren einunddreißig Jahren nur unwesentlich älter als ihr Gegenüber. Sie war nicht elfenhaft, sie hatte Kurven. Mit einem ätherischen Erscheinungsbild hätte ihr auch niemand abgenommen, dass sie zupacken konnte, und langes Haar wäre für ihre Arbeit genauso wenig vorteilhaft. Sie trug ihres als mittellangen Bob, fransig geschnitten.

Josefina hätte eine Wegbeschreibung erwartet, doch die Hübsche lächelte, als würde ihr ein Licht aufgehen.

»Ah, Sie kommen wegen der Anzeige.«

Eine Anzeige war es eigentlich nicht. »So ungefähr«, sagte Josefina zurückhaltend. Sie hätte auch sagen können: »Ich bin die Dorfhelferin und werde für die nächste Zeit auf dem Hof aushelfen.« Aber wer sollte sie sonst sein, sicher wusste es bereits der ganze Ort.

»Er hat sich Mühe gegeben, und er meint es wirklich ernst. Sebastian ist sensibel und ein ganz Lieber«, beteuerte die junge Frau.

Wovon redete sie bloß? »Ja …«, begann Josefina.

Ja genügte nicht. Aber bevor sie noch etwas hinzufügen konnte, bat die Frau: »Wegen der Gedichte: Sagen Sie es ihm nicht so direkt, wenn es geht. Es steckt nämlich Herzblut drin.«

Josefina nickte, weil sie darauf nichts zu sagen wusste. Zwei verwirrte Frauen, womöglich aus demselben Ort? Wenn das mit den seltsamen Begegnungen so weiterging, würde sie ganz sicher keinen Monat in Prechtenstein bleiben.

Sie schaute in den Korb der jungen Frau, der sich ihr so einladend entgegenwölbte. Sie war neugierig, außerdem war das einseitige Gespräch gerade etwas ins Stocken geraten. Im Korb lagen eine zusammengefaltete Decke und eine Thermoskanne. Was noch darin war, entzog sich ihren Blicken.

Die Hübsche deutete hinter sich, und Josefina sah einen schmalen goldenen Ring aufblitzen.

»Gleich haben Sie es geschafft. Nur noch den Hügel hinauf, die Blumenwiese lassen Sie links liegen und fahren den Privatweg entlang, bis Sie zu einem großen Hof kommen – der einzige ohne Blumenschmuck, was sehr schade ist, weil es ein so schönes Anwesen ist.« Sie schickte gleich das nächste Rätsel hinterher: »Dem nur die Frau fehlt.«

»Danke«, sagte Josefina und wusste nicht recht, wofür eigentlich – für die Wegbeschreibung oder dafür, dass ihr der Hof gerade so unmissverständlich angepriesen worden war?

Der gewiesene Weg lotste Josefina gewissermaßen in die Arme eines schlanken Mannes in Lederhosen mit kurzen rotblonden Haaren: Er lächelte von einem großen Plakat herab, wie sie normalerweise Bauunternehmer aufstellten, um für Grundstückskäufe zu werben.

»Grundgütiger!«

Das musste Sebastian von Precht sein. Und jetzt wusste sie auch, was die junge Frau mit Gedichten gemeint hatte: »Fang ich Dich ein, sag nicht Nein, denn allgemein bin ich einer wie keiner – ein großzügig liebendes Herz schlägt in dieser breiten Brust.« Die Adresse wurde zum Gedicht gleich mitgeliefert, falls jemand Interesse bekunden sollte. In welchem Zerrspiegel hatte der arme Kerl die breite Brust gesehen?

Die Blumenwiese links liegen lassen. Furchtbar schade, denn was dort alles wuchs, duftete einladend. Sie lenkte die Ente in den als »Privat« ausgewiesenen Weg. Eine lange Zufahrt, vergleichbar mit den baumbestandenen Alleen großer Anwesen. Es gab zwei ausladende Kastanien, die sich gegenüberstanden. Und am Ende des Weges thronte der Precht-Hof.

Alte Steine und Fachwerkelemente, die sich wunderbar ergänzten. Im erweiterten Anbau die Maschinenhalle, mit einem doppelflügeligen Tor. Der Hof war eher ein Gut, denn die Pferdestallungen schlossen seitlich an das Hauptgebäude an. Auf der anderen Seite saß erhöht eine Kapelle auf einem kleinen Hügel. Friedlich, dachte Josefina, nur ohne Blumen. Ein Stück dahinter begann der Wald. Irgendwann würde sie sicher einen Fuß hineinsetzen, auch in die Kapelle.

Wäre es nach Josefina gegangen, hätte der Kies wenigstens ein bisschen aufspritzen können, sie beeilte sich doch wirklich. Stattdessen tuckerte die Ente gar nicht zügig dahin, gerade mal schnell genug, um den Kies geringfügig in Bewegung zu versetzen.

Die Hausbank war ganz typisch aus einem entrindeten Baumstamm gefertigt, der zur Hälfte aufgesägt worden war. Die Rückenlehne war ein einfaches dickes Brett. Josefina sah sich bereits an einem schönen Abend darauf sitzen.

Die Tür ging auf, und Sebastian von Precht erschien mit ausgebreiteten Armen. Genau wie auf dem Plakat, nur trug er keine Lederhose, sondern Jeans und Holzfällerhemd.

Sein Strahlen war ansteckend, und sie ertappte sich bei dem spontanen Versprechen, dass sie ihn nach Kräften unterstützen würde. Schließlich gab es hier eine Notsituation. Aber so wirkte er nicht, überhaupt nicht.

»Wie schön, dass Sie endlich da sind«, rief er. »Sie sehen auch genauso aus, wie ich Sie mir vorgestellt habe. Jungblut, das ist ein Begriff … Es gibt in der Gegend einen Großbauern dieses Namens. Sie sind nicht zufällig mit ihm verwandt? Aber egal, Sie sind angekommen, und alles wird gut.«

Dieser Großbauer war Josefinas Vater, aber damit musste sie nicht ins Haus fallen.

Ihr Vater hätte niemals gesagt, Josefinas Erscheinen würde alles zum Guten wenden. Der stolze Mann konnte Gefühlsduseleien nicht ausstehen, und ob unter der harten Schale ein weicher Kern zu finden war, hatte sich Josefina bislang nicht erschlossen. Sie verbannte den Gedanken für den Augenblick, er würde sie nur traurig stimmen. Josefina hatte auf dem heimatlichen Hof jemanden zurückgelassen, den sie liebte.

Sebastian von Precht nahm ihre Hand und drückte sie erfreut. »Willkommen auf dem Precht-Hof.«

Im gleichen Moment öffnete sich ein Fenster im ersten Stock.

»Ist das Mädel jetzt da?«, krähte jemand ungehalten von oben herunter, und Josefina sah einen rostbraunen Haarschopf am

Fenster. »Sag ihr, wir nehmen sie nur, wenn sie kochen kann. Und sag ihr auch gleich, wenn sie empfindlich ist, kann sie mit ihrem komischen gelben Käfer wieder abzischen.«

Josefina schenkte ihrem netten Gegenüber ein Lächeln und dem ungehobelten Menschen im ersten Stock ein: »Das Mädel ist weder taub noch schwer von Begriff, sie fährt auch keinen komischen Käfer, sondern eine lahme Ente, und ... sie hat vor zu bleiben.« Schon um dich da oben zu ärgern, dachte sie.

»Vater, lass den Unsinn!«, schrie Sebastian hinauf, aber der Haarschopf tauchte nicht wieder auf; stattdessen wurde das Fenster zugeworfen, dass die Scheiben klirrten.

»Dann laden wir am besten aus, was Sie mithaben.« Er klopfte ihr auf die Schulter. »Sie haben sich gut geschlagen. Das ist mein Vater, Nikolaus von Precht. Er ist störrisch wie ein Muli, und eigentlich habe ich seinetwegen bei der Agentur angefragt. Es geht ihm nicht gut, er braucht Unterstützung, und ich kann nicht alles alleine machen.«

Der Kerl schummelt, dachte Josefina. Und wie. Nikolaus von Precht sah nicht aus, als wäre er bettlägerig oder dement, er war höchstens renitent.

»Was hat er denn?«, fragte sie und war gespannt auf die Antwort.

»Er verschwindet, und wenn er wiederauftaucht, weigert er sich, mir zu sagen, wo er gewesen ist. Vielleicht weiß er es aber auch nicht mehr. Zu einem Arzt krieg ich ihn nicht, obwohl er Dr. Sendling, unseren Hausarzt, gut kennt.«

»Vielleicht deswegen«, sagte Josefina. Sie hätte gewettet, die Ente hatte er absichtlich nicht als solche erkannt. Aber jetzt war sie hier, und sie würde helfen, wo sie gebraucht wurde. Und das war meistens überall. Eine Dorfhelferin kümmerte sich um den bäuerlichen Haushalt, ging einkaufen, kochte, räumte die Wohnung auf, putzte und erledigte die Wäsche. Sie half bei der Stall-, Garten- und Feldarbeit, und wenn Kinder da waren, betreute sie auch diese. Oder sie kümmerte sich um kranke Familienmitglieder. Es war kein Urlaub auf dem Land, es war richtige Arbeit. Kinder gab es hier keine, dafür einen störrischen Alten.

»Eine richtige Notsituation ist es nicht gerade«, konnte sie sich nicht verkneifen zu sagen, was dem jungen Bauern eine leichte Röte ins Gesicht trieb.

»Meine liebe Not habe ich schon mit ihm. Aber er ist nicht bösartig, ehrlich«, wurde ihr versichert.

Diesen liebenswürdigen alten Herrn würde sie auch gern mit jemandem teilen, dachte Josefina, aber so war das Angebot der Hilfestellung in besonderen Situationen nicht gedacht. Hoffentlich lag ihr Zimmer nicht zu nahe an dem des Seniors.

»Also gut«, sagte sie. Ein Monat.

Sebastian machte den Kofferraumdeckel auf und schnappte sich das erste Gepäckstück. »Das ist schön, Sie haben eine Gitarre mit«, sagte er. »Ich schreibe kleine Gedichte und spiele Harfe, vielleicht könnten wir ja mal zusammen musizieren.«

Sie hatte die Gitarre eingepackt, weil auf den Höfen oft noch Hausmusik gespielt wurde. Man setzte sich an den Abenden zusammen, sang und spielte. Auch wenn es nicht unbedingt professionell war, machte es doch Spaß.

Harfe liebte sie, doch dann sah sie vor ihrem inneren Auge Sebastian von Precht in Bardenmanier versonnen über sein Instrument streichen, auf den Lippen das Bekenntnis: »Ein großzügig liebendes Herz schlägt in dieser breiten Brust …«

»Aber bei Ihren Verpflichtungen und wo Sie doch gerade diese Werbung geschaltet haben …«, bemühte sie sich das drohende Zusammenspiel abzuwenden. »Wir müssen uns zuerst um andere Dinge kümmern.«

Josefina blieb nur Zeit, das Gepäck im Gang abzustellen, ihr Zimmer mit Bad würde sie später beziehen. Sebastian wollte sie, wenn es ihr nichts ausmachte, zuerst mit den Gegebenheiten vertraut machen. Ja, so konnte man es auch nennen. Gegebenheiten.

»Wir liegen etwas abseits, aber mit dem Wagen sind Sie gleich im Dorf. Sie werden sehen, dort bekommt man alles, was man braucht. Wilfried Baldus unterhält den ›Bunten Laden‹, er redet gern, vielleicht manches Mal ein bisschen viel, aber er kann alles organisieren, was Sie möchten.«

»Ich glaube, zwei Dorfbewohnerinnen bin ich heute bereits begegnet«, sagte Josefina. »Einer leicht bekleideten älteren Dame, die mir etwas verwirrt schien, und einer hübschen jungen Frau, die mir den Weg zum Hof beschrieben hat.«

»Oje. Die ältere Frau war sicherlich Franziska. Sie lebt in ihrer eigenen Welt, und wenn ich ihr begegne, fürchte ich mich davor, mein Vater könnte sich auch derart in sich zurückziehen. Es kam schon vor, dass sie vergessen hat, sich etwas anzuziehen.« Sebastian seufzte. »Hübsche junge Frauen allerdings gibt es einige.« Er lächelte sie an. »Meinen Sie, wir können Josefina und Sebastian sagen, das ist doch zu dämlich, Frau Jungblut und Herr von Precht. Wo wir die nächste Zeit unter einem Dach wohnen.«

»Das können wir«, stimmte Josefina zu.

Sie vereinbarten, dass sich Josefina nicht um den Stall zu kümmern brauchte. Präziser, nicht um die Kühe. Wenn das die einzige Ausnahme war, dann hätte sie gut zu tun auf dem Precht-Hof. Das Wiehern ließ erahnen, dass zumindest noch Pferde untergebracht waren, und die galt es zu versorgen. Vielleicht hatte sie hin und wieder Zeit für einen Ausritt, das würde ihr Spaß machen.

»Adenauer und Florence«, sagte Sebastian und öffnete die Stalltür, die zu den Pferdeboxen führte.

»Konrad und Nightingale?«, fragte Josefina und konnte sich nicht denken, wie ausgerechnet dieses seltsame Gespann zustande gekommen war.

»Genau«, bestätigte er. »Schauen Sie selber.«

Wie konnte ein Pferdekopf hager und zerknittert wirken? Und wie sein Pendant entschlussfreudig, aber mit herabhängenden Mundwinkeln? Pferde hatten keine Mundwinkel, und doch sah es genau so aus. Josefina schüttelte belustigt den Kopf.

»Können Sie reiten? Adenauer und Florence täte ein bisschen Bewegung ganz gut, und ich …«

»Sie kommen selten dazu«, beendete Josefina den Satz.

Sebastian führte sie weiter herum und zeigte ihr voller Stolz seinen Besitz.

»Glauben Sie, es wäre möglich, den Bauerngarten aufzupäppeln und darin vielleicht ein bisschen was neu zu gestalten? Es sieht nicht gut aus, und auch sonst ...«

»Sie wollen mir zu verstehen geben, ich soll den Bauerngarten wieder zum Leben erwecken.« Sie deutete vage in die Richtung. Es gab einen Garten, aber er wirkte traurig und ungepflegt. Die Geißblattstauden waren über ihre Befestigung hinausgewachsen und hingen nun verwegen in der Gegend herum. Und inmitten der Laubpolster des Mauerpfeffers hatte es das kleine Immergrün, dessen Blüten blau leuchteten, schwer, sich zu behaupten.

»Blumen vor den Fenstern wären auch schön, wir hatten länger keine mehr.«

»Die junge Frau auf dem Fahrrad bat mich übrigens um das Gleiche«, sagte Josefina.

»Sie sollen Blumen für sie pflanzen?«, staunte Sebastian.

»Ich soll Blumen für *Sie* pflanzen.«

»Ach so.« Sein Strahlen kehrte zurück. »Dann sind Sie bestimmt Emma begegnet. Wir sind Nachbarn. Der Hof von Benno Auerswald grenzt an meinen Grund. Ihr Mann sieht es nicht so gern, dass sie hin und wieder bei uns vorbeischaut.«

Sie hätte gern gefragt, warum nicht, aber das ging sie nicht das Geringste an.

Josefina hatte alles gesehen. Der Hof war ordentlich, alles war sauber, sogar in der Küche befand sich kein ungespültes Geschirr, was sie doch etwas verwunderte. Kochte hier niemand? Sebastian war sehr schlank. Und der alte Nikolaus war aufmüpfig und sauertöpfisch; vielleicht gab man ihm nicht genug zu essen. Als hätte er ihre Gedanken gelesen, sagte Sebastian:

»Ich lasse jeden Tag eine warme Mahlzeit vom ›Schwarzen Gockel‹ kommen, das benutzte Geschirr kann ich schon selbst spülen. Aber wo Sie jetzt da sind, bleibt unsere Küche ja nicht länger kalt.«

»Ich werde mich bemühen«, versprach sie.

Der »Schwarze Gockel«. Irgendwo auf der Welt brachte das Opfern eines schwarzen Hahns Glück. Dem Wirt würde es keins bringen, denn für die nächste Zeit wäre Josefina die Köchin auf dem Precht-Hof.

»Sie schickt wirklich der Himmel. Aber Sie möchten sich jetzt bestimmt frisch machen«, sagte Sebastian und deutete die Treppe hinauf.

Josefina hegte nach einem kurzen Blick auf ihre Sachen den bösen Verdacht, dass Nikolaus seine Nase dort hineingesteckt hatte. Gut, dann würde sie wohl mal nach ihm sehen. Alles andere wäre auch unhöflich.

»Ich finde, ich sollte mich Ihrem Vater vorstellen«, sagte sie und stiefelte los, sodass Sebastian gar nichts anderes übrig blieb, als mit ihr zu kommen. Josefina hoffte inständig, sie und den alten Herrn würde ein langer Gang voneinander trennen und ihr Zimmer läge am entgegensetzten Ende.

»Vater, bist du angezogen? Du hast Josefina heute schon einmal erschreckt.«

»Komm ja nicht rein, ich werfe was!«, drohte Nikolaus von Precht.

Sebastian ließ sich davon nicht beeindrucken. Josefina duckte sich rechtzeitig, denn kaum hatte er die Zimmertür geöffnet, sauste auch schon etwas durch die Luft. Sebastian fing das kleine Kissen auf.

»Was bist du denn so unfreundlich?«, schimpfte er.

Josefinas erster Eindruck hatte sie nicht getäuscht, der alte Nikolaus war ziemlich fidel, obwohl er offensichtlich gehandicapt war.

Ihm fehlte ein Bein, und die Prothese lehnte seitlich am Sessel, auf dem er saß. Dem Fernsehgerät zugewandt, das tonlose Bilder zeigte, las er ein Buch. Zumindest gab er das vor, denn die aufmerksame Beobachterin bemerkte, dass er das Buch verkehrt herum hielt. Und die Brille hatte er gerade erst aufgesetzt.

»Lass dich anschauen, Mädel. Fragil bist du nicht, könnte bedeuten, du kannst auch kochen.«

Seine Statur zeugte dagegen nicht von ausufernden Essgewohnheiten, so grandios konnte die Küche des »Schwarzen Gockel« in der letzten Zeit nicht gewesen sein.

»Josefina Jungblut, ich wollte mich nur kurz vorstellen«, sagte sie laut.

»Das hast du ja jetzt. Wenn ich was brauche, sag ich's dir,

Josefina Jungblut.« Nikolaus grinste sie an. »Und jetzt macht euch vom Acker, ich hab zu tun.« Er wedelte mit der Hand wie ein Herrscher, der seine Untertanen entlässt.

»Und wie Sie zu tun haben«, bestätigte Josefina. »In fremdem Gepäck herumwühlen. Haben Sie etwas Bestimmtes gesucht, Frauenunterwäsche vielleicht?« Aber wenn sie geglaubt hatte, sie bekäme eine Entschuldigung oder wenigstens das Anzeichen eines schlechten Gewissens zu sehen, dann hatte sie sich geirrt.

»Man muss sich informieren«, war sein Kommentar.

Frühling 1968

2

Sie hätte arbeiten sollen. Ihr Vater war der Meinung, sie könnten sich eine Angestellte sparen, wenn es eine Tochter gäbe. Aber heute nicht. Franziska hatte ihm die Schlüssel auf den Tisch gelegt, sich noch einen Traubenzucker aus dem kleinen Ständer neben der Kasse stibitzt und war mit Leni in die Stadt gefahren. Zur Bushaltestelle musste sie rennen und kam einigermaßen atemlos an der Ecke an, wo Leni auf sie wartete. Dann hetzten sie zusammen weiter, was mit den Zehn-Zentimeter-Trichterabsätzen eine echte Leistung war. Im Bus fielen sie in die Sitze und zogen erst einmal die Schuhe aus; die Fahrt würde fast eine Stunde dauern.

»Ich dachte schon, dein Vater würde dich nicht weglassen«, sagte Leni.

»Er war grade dabei, eine Bestellung fertig zu machen, das ist die beste Gelegenheit, um zu verschwinden. Ich hab Mama Bescheid gesagt.« Ihre Mutter würde wie so oft Partei für sie ergreifen. Was nicht viel bewirkte, der Ärger wartete auf sie, da konnte sie sicher sein.

Franziska hatte im Versandhauskatalog ein traumhaftes Kleid gesehen, das musste sie unbedingt haben. Dafür hatte sie gespart, und jetzt hatte sie das Geld dafür beisammen, sie bräuchte es nur noch abzuholen.

Nur zwei Stunden später drückte sie das kleine Paket an ihre Brust, als befänden sich darin Kronjuwelen. Hätte sie es nach Hause schicken lassen, ihr Vater hätte es sicher geöffnet; darum hatte sie jemanden in der Stadt gebeten, es für sie in Empfang zu nehmen. Ihre Eltern waren nicht alt, aber sie waren gedanklich und in ihrer Einstellung irgendwo in den späten Fünfzigern hängen geblieben. Dem Kleid, das sie bestellt hatte, würden sie den Stempel »aufreizend« verpassen, und die dazugehörige Person würden sie »flittchenhaft« nennen und »schamlos«.

Das war sie nicht, und wenn die Leute dachten, dass ein

Kleid das aussagen und den Charakter eines Menschen zur Schau tragen konnte, dann wäre diese Welt ohnehin nicht mehr zu retten.

»Hier, ich glaube, das passt wunderbar«, sagte Leni und nahm ihr Seidentuch ab. Es war rot wie Lenis Lippen; ihr Haar trug sie wie Marilyn Monroe, nur, dachte Franziska, war Leni schöner als die Monroe.

Franziska war eher der Typ Karin Dor, aber sie musste sich eingestehen, in ihrem Fall war die Dor schöner.

Sie würden sich in ein gemütliches Café setzen, Eis essen und danach ins Kino gehen. Franziska wollte das Kleid gleich anziehen. Gelbe, rote, schwarze und weiße Ornamente auf Baumwollstoff, der V-Ausschnitt ließ den Brustansatz sehen. Als Franziska aus der Toilette des Cafés kam, hörte sie ein paar Kommentare, und jemand pfiff anerkennend. Lenis Tuch trug sie um den Hals. Auf ihren Lippen schimmerte rotes Gloss.

»Im Kinosaal wird es stockdunkel sein, für wen ist denn der ganze Aufwand?« Leni zupfte spielerisch an dem Kleid.

»Nur für mich«, sagte Franziska. »Weil ich mich einfach schön fühlen will.« Leni würde sie verstehen. Sie waren schon seit Kindertagen befreundet, und Franziska konnte sich nicht daran erinnern, dass sie beide jemals uneins gewesen wären.

Sie waren beide hübsch. Franziska hatte dunkles Haar, und Leni war blond. Franziska war intuitiv, temperamentvoll und unerschrocken, Leni oftmals ein wenig träumerisch, sie nahm Rücksicht, war pflichtbewusst und konsequent. Sie ergänzten sich, gerade weil sie so verschieden waren.

Sie hatten sich für »Angélique und der Sultan« entschließen müssen, einen romantischen Abenteuerfilm. Es war der einzige Film, der an diesem Wochenende gezeigt wurde. Das Kino war klein, aber es gab Getränke und sogar gebuttertes Popcorn. Sie konnten froh sein, dass es überhaupt etwas Derartiges in der Gegend gab.

»Es heißt, der Film wäre freizügig«, raunte Leni Franziska zu.

»Ja klar, ein paar wohlgeformte Beine, von denen man nur die Knöchel sieht, nennen sie freizügig. Angélique wird vom

Sultan für seinen Harem gekauft, aber ich vermute, alles, was sie abnimmt, ist ihr Schleier.« Franziska lachte.

Das Publikum war gemischt, Frauen wie Männer, jung und älter. Die Männer dachten bestimmt, es würde etwas zu sehen geben, oder sie waren darauf aus, eine nette Bekanntschaft zu machen. Franziska war auch darauf aus. Sie war vierundzwanzig, und bislang war es ihr nicht gelungen, sich ernsthaft zu verlieben. Nicht, dass es niemanden gegeben hätte, aber eben nicht den, den sie meinte. Wen meinte sie überhaupt? Genau darum ging es; keiner der Männer, die sie kannte, interessierte sie. Aber irgendwann könnte es ja passieren. Irgendwann musste es doch passieren.

Franziskas dunkles Haar wurde von einem breiten Band gehalten, und sie hatte den Hinterkopf ein wenig antoupiert. Sie wusste, sie zog einige Blicke auf sich. Sie war gut proportioniert, nicht Twiggy. In der Großstadt hätte sie mit dieser Figur vielleicht nicht so viele Chancen. Aber sie waren hier nicht in der Großstadt, höchstens in einer Miniaturausgabe davon. Und in Prechtenstein wäre so ein Format überhaupt nicht gut angekommen. Man bekam kaum etwas, schon gar keine schicke Mode. Allerhöchstens ihre Mutter wurde hier fündig.

Die neuesten Schlagerplatten gab es im Bunten Laden, aber wollte jemand etwas Besonderes, plante er besser viel Zeit ein, weil es beinahe unendlich lang dauern konnte, bis eine solche Bestellung ankam. Wenn sie ankam.

LSD und Haschisch waren nicht in Reichweite, trotzdem traf sich Franziskas Clique hin und wieder und experimentierte wild; das Bewusstsein ein bisschen erweitern. In jedem Landgarten gab es da etwas. Hortensien, Engelstrompete, Bilsenkraut, Tollkirsche oder Stechapfel, sogar Teile von Tomate und Kartoffel. Über die Haut aufgenommene Alkaloide gingen ins Blut und führten so zu Rauschzuständen. Aber Franziska war nicht leichtfertig, nicht umsonst war sie die Tochter des Apothekers.

In kleinen Orten wie Prechtenstein kannte man sich, und Gerüchte verbreiteten sich so rasant wie Blattläuse. Gut möglich, dass ihr Vater schon morgen früh wusste, in welchem Kleid sie ins Kino gegangen war. Das ging ihr noch im Kopf herum, als sie Lenis Finger an ihrem Arm spürte. Sie deutete mit dem Kinn hinüber zu einem dunkelhaarigen Mann, der in einer kleinen Gruppe stand. Er war schlank, trug eine weiße Hose und ein pinkfarbenes Hemd, dessen zwei oberste Knöpfe lässig geöffnet waren.

»Der ist was fürs Auge«, flüsterte Leni.

»Ein süßer Hintern«, flüsterte Franziska zurück.

»Du immer mit deiner Anatomie!« Leni lachte und schüttelte ihr Haar.

Als hätte er die Bemerkung mitbekommen, drehte sich der Dunkelhaarige um und sah Franziska direkt an. Der Blickkontakt dauerte einige lange Sekunden. Sie schaffte es nicht, sich zu lösen, und er offenbar auch nicht. Hitze stieg in ihr auf.

»Vielleicht sehen wir ihn nach dem Film noch mal«, sagte Leni, »aber zuerst schauen wir uns Angéliques nackte Fesseln an.«

Franziska mahnte sich, sich nicht umzudrehen, um noch einen Blick zu riskieren, das wäre dann doch zu auffällig, er könnte glauben, sie wollte unbedingt angesprochen werden. Hoffentlich würde er sie ansprechen. Nachher. Der Film würde lange einhundertfünf Minuten dauern, wie zum Kuckuck sollte sie sich darauf konzentrieren?

Sie kauften sich eine Schale Popcorn und eine große Cola und stellten ihren Proviant auf die Ablage vor sich.

Franziska spürte einen sanften Atemhauch an ihrem Ohr. Sie rechnete damit, dass es jemand war, den sie kannte, und im ersten Moment dachte sie nur: Verdammt, mein Kleid ist gerade öffentlich geworden.

Aber es war der Dunkelhaarige, in dessen Augen sie kurz zuvor versunken war. »Du bist mir aufgefallen«, sagte er mit einem netten Lächeln, das etwas scheu wirkte.

»Unauffällig bist du auch nicht unbedingt«, gab sie kokett zurück. Sie dachte es jedenfalls. Für eine Frau, die im Flirten wirklich nicht geübt war, hatte das gerade ganz gut geklungen.

Doch da fragte er sie schon, ob sie sich treffen könnten, nach dem Film. Die ersten »Psst«- und »Ruhe«-Rufe wurden laut.

Franziska nickte und versuchte so zu tun, als würde sie die

Einladung nicht überglücklich machen, als wäre es gar nichts Besonderes.

»Also ja?«, fragte er. »Ich bin Peter.«

»Ja«, sagte sie. »Ich bin Franziska.«

Er hatte Leni als Erstes gefallen. Aber er hatte sie angesehen, und er hatte sie gefragt. Warum konnten es nicht zwei sein von der attraktiven Sorte?

Franziska wandte sich wieder der Leinwand zu und tippte auf Lenis Hand. Es war ihr ganz persönlicher Code, und die eine wusste, was die andere im Augenblick nicht sagen konnte. *Alles gut?*

Leni tippte zurück. *Alles gut.*

Am Ende des Abends war immer noch alles gut, auch als Franziska nach dem Kino in Peters Cabrio einstieg. Er fragte auch Leni, ob sie mitkommen wolle, aber Leni gab vor, eine Verabredung zu haben. Sie wünschte Franziska Glück und gab ihr ein »Lass dich nicht gleich rumkriegen« mit auf den Weg.

Erst als Peter aus der Stadt fuhr und einen abgelegenen Parkplatz ansteuerte, wurde Franziska bewusst, dass es nicht ganz ungefährlich war, zu einem Fremden ins Auto zu steigen.

»Ich möchte dich gern ein bisschen näher kennenlernen«, sagte er und streichelte ihre Wange. Wenn »ein bisschen näher« in Wahrheit intensiver bedeutete, Franziska würde nicht mit ihm schlafen. So eine war sie nicht, und wenn er das gedacht hatte … Aber er schaltete das Radio ein und nahm ihre Hand.

»Erzähl, was machst du so? Franziska, und weiter?«

Damit hatte er sie total überrumpelt. Sie lachte. »Ich dachte schon, du hättest etwas ganz anderes vor hier draußen«, gestand sie ihm.

»Ich kenne nur keinen anderen Platz, an dem man ungestört ist«, sagte er. »Entschuldige. Nach Angélique und ihrem Sultan muss es dir ein bisschen wie eine Entführung vorkommen. Ich bin die Woche über im Studentenwohnheim, also nur selten in der Gegend, aber vielleicht habe ich jetzt ja einen Grund, öfter nach Hause zu kommen.«

Er ließ es wie eine Frage klingen. Franziska beugte sich zu

ihm, zog seinen Kopf zu sich und küsste ihn. Es war ihre Antwort.

Leni wartete auf sie, damit sie im Bus zusammen nach Hause fahren konnten.

»Es ist der letzte Bus, du hättest dich sonst in Position bringen und ein Auto anhalten müssen«, sagte sie mit einem Zwinkern, was Franziska darauf brachte, dass sie sich besser irgendwo umziehen sollte, bevor ihr Vater sie in dem Kleid zu sehen bekam. Obwohl es schon spät war, würde er ganz sicher auf sie warten. Das tat er immer. Er musste sich nicht versichern, dass seine Tochter wohlbehalten wieder zurück war, nein, ihm ging es darum, sich zu vergewissern, dass seine Tochter nicht nach Sex roch und ein braves Mädchen gewesen war.

»Es war schön«, erzählte sie Leni. »Und er hat nichts versucht.«

»Und das trotz des Sensationskleides?«, zog Leni sie auf. »Enttäuscht?«

»Ein bisschen – und nein, gar nicht. Könnte sein, dass ich durcheinander bin … Ich möchte ihn schon. Und wir wollen uns wiedersehen. Dann … vielleicht …« Franziska hielt ihre Unterlippe mit den Zähnen fest, während etwas in ihrem Magen wild flatterte. »Bist du sauer auf mich? Du hattest ihn zuerst entdeckt.«

»Und er dich«, sagte Leni ein wenig wehmütig.

Geht die Sonne feurig auf,
folgen Wind und Regen drauf.

3

Poch, poch, poch … Klopf, klopf, klopf.

Josefina vernahm es und doch nicht wirklich; gehörte das zu ihrem Traum? Aber das Klopfen ging beharrlich weiter, wurde sogar beständig lauter. Sie drehte sich in ihrem Bett herum. Es war nicht ihr Bett, bemerkte sie. Sie öffnete ein Auge. Es war auch nicht ihr Schlafzimmer. Dafür fiel ihr wieder ein, dass Nikolaus von Precht im Zimmer direkt neben ihr wohnte.

Sie schaute auf die Uhr. Halb sechs. Das konnte doch nicht wahr sein. Was gab es um halb sechs Uhr in der Früh so Dringendes? Sie schälte sich aus der Decke. Hatte sie mit Sebastian ausgemacht, dass sie nach seinem Vater schaute? Sie glaubte es nicht, aber der alte Herr war offenkundig darauf aus, sie zu ärgern.

Sie verließ das gemütliche Federbett nur ungern, aber Nikolaus von Precht klopfte und klopfte unermüdlich.

Josefina schlüpfte in ihre Jeans, die sie über den Stuhl gelegt hatte, und nahm aus dem Schrank eines von den Arbeitshemden aus robustem Stoff. Sie klopfte an der Tür des Nebenzimmers, drückte die Klinke herunter und wand sich flink ins Zimmer, dicht am Türstock entlang, für den Fall, dass der Alte vorhatte, etwas Gefährlicheres als ein Kissen zu werfen.

»Da.« Er deutete auf sein Laken, vorwurfsvoll, als wäre Josefina das Missgeschick passiert.

»Schon gut«, sagte sie, und plötzlich tat er ihr leid. Für Inkontinenz gab es Windeln, aber die verweigerte er sicher.

»Alles nass«, lamentierte er.

Davon hatte Sebastian nichts gesagt. Sie brauchte Bettzeug, und sie hatte keine Ahnung, wo sie danach suchen musste.

»Wo ist denn der Wäscheschrank?«, fragte sie den alten von Precht und rechnete eigentlich nicht mit einer zufriedenstellenden Antwort, doch er hüpfte ihr voraus in den Gang hinaus. Seine Prothese schien er nicht zu brauchen.

»Da drin findet sich etwas«, sagte er. Also passierte es anscheinend öfter. Sonst wüsste er nicht, wo die Bettwäsche zu finden war.

»Setzen Sie sich in den Sessel, dann bekommen Sie ein frisches Bett.«

Nachdem das Malheur beseitigt war, kümmerte sich Josefina um das Frühstück. Sie befürchtete schon, sie müsste erst einkaufen fahren, aber als sie in die Speisekammer ging, stellte sie fest, dass es ein üppiges Sortiment gab. Quitten- und Hagebuttenmarmelade, Johannisbeer- und Holundergelee. Verschiedene Käse, von Berg- bis Ziegenmilchkäse. Salami am Stück, geräucherte Forellen, sogar verschiedene Liköre, aber die würde sie lassen, wo sie standen. Sie nahm lieber den naturtrüben Apfelsaft.

Es war früher Vormittag, als sie schließlich die erste Maschine Kochwäsche einschaltete. Sie musste sich auch noch ein paar Gedanken darüber machen, welche Kräuter sie für den Bauerngarten kaufen würde, das wollte gut überlegt sein, schließlich sollten diese auch Anwendung finden. Auch wenn der Precht-Bauer selbst nichts pflanzte, er kannte in der Umgebung sicher eine Gärtnerei.

Gedacht und gleich darauf verschoben, weil sie gesehen hatte, dass das Tor der Maschinenhalle offen stand. Sebastian fuhr mit dem Traktor, der eine ausladende Egge zog, aufs Feld.

Josefina beschloss, eine kurze Pause zu machen und sich die kleine Kapelle einmal näher anzuschauen. Normalerweise bedankte man sich mit dem Bau eines solchen Gotteshauses für etwas; eine angstvolle Situation war gut ausgegangen, ein brennender Wunsch hatte sich erfüllt, jemand war von einer schweren Krankheit genesen. Es gab genug Gründe, und wenn das Geld vorhanden war, ließ man sich nicht lumpen. Man wählte einen schönen Platz und errichtete dort eine Kapelle.

Josefina betrat das kleine steinerne Gebäude. Im Innern brannte eine große Kerze. Es gab ein Kreuz an der Wand und auf einem Sockel eine Marienfigur, geschnitzt und schön gefasst, in einer Vase daneben ein Strauß frischer Blumen. Josefina sprach auf einer der schmalen Bänke ein kurzes Gebet.

Sie fragte sich, was für Sebastian oder den alten Nikolaus der Grund gewesen sein konnte, diese Kapelle zu errichten. Man konnte auch auf weniger kostspielige Art Danke sagen oder bitten, dafür eigneten sich Wallfahrten. Einige traten den Weg mit Erbsen in den Schuhen an, damit man nicht vergaß, was einem gewährt wurde oder was man zu erlangen hoffte. Josefina hatte selbst schon einige Male über eine Wallfahrt nachgedacht, seit ihre Mutter ihr vom Verschwinden ihres Bruders berichtet hatte, aber eigentlich glaubte sie nicht, dass der Herrgott sie mit wund gelaufenen Füßen sehen wollte.

Vinzenz ist weg, hatte ihre Mutter gesagt. Ein Wunder war das nicht, hatte Josefina gedacht, denn ihr Vater war einer, der viel von seinem Sohn verlangte und dessen Ansprüchen man selten genügen konnte. Und Vinzenz war ein Heißsporn, der lieber an seinem Ford Mustang herumschraubte, als einen Stall auszumisten.

Josefina hatte nichts davon mitbekommen, dass ihr Bruder einfach gegangen war, und als ihre Mutter sie schließlich anrief und ihr davon erzählte, waren bereits Wochen vergangen. Mittlerweile war es ein Jahr her.

Natürlich hatte Josefina versucht, Vinzenz zu erreichen, aber offenbar wollte er nicht erreicht werden, und irgendwann war die Mailbox des Handys voll, man konnte keine Nachrichten mehr hinterlassen. Dass er nicht mal mit ihr reden wollte, dass er sie alle so lange ohne Antwort ließ, das passte nicht zu ihrem Bruder. Vielleicht war ihm etwas passiert …

Hin und wieder kamen diese Gedanken angeflogen. Abrupt stand sie auf, machte ein Kreuzzeichen und verließ die kleine Kapelle.

Sie schaute nach Adenauer und Florence und versprach, mit einem von beiden morgen auszureiten. Es waren stämmige Haflinger, Arbeitspferde, die man auch vor einen Wagen spannen konnte. Es wäre sicher gemütlich, sie anzuschirren und mit ihnen ins Dorf zu fahren, aber gemütlich war nicht gefragt. Sie hatten am Morgen beim Frühstück gemeinsam die Aufgaben besprochen, und Josefina hatte Sebastian gefragt, wie er das alles bewältigte.

»Sepp, mein Knecht, ist ausgefallen, er hat sich den Fuß gebrochen, und Gundel, die Magd, ist einen Monat in Südtirol, ihre Schwester bekommt Zwillinge. Wenn die beiden wieder da und einsatzfähig sind, wird mir vieles abgenommen. Aber inzwischen muss es auch so gehen. Ich bin ja nicht allein.«

Der alte Nikolaus hatte das auf sich bezogen und »In der Tat« gesagt, woraufhin Sebastian ihm zu verstehen gegeben hatte, dass er damit nicht gemeint gewesen war.

Fürs Mittagessen hatten sie sich auf Kalbsbraten mit Seidenknödeln geeinigt. Alte Semmeln waren hoffentlich da, den Braten würde sie kaufen müssen. Wenn sie das Essen rechtzeitig auf den Tisch bringen wollte, sollte sie sich ins Auto setzen und ihre Besorgungen machen.

Der alte Nikolaus ordnete an: »Bring Bier und Wein mit. Und nimm ja keinen Fusel, das schmecke ich nämlich. Das Haushaltsgeld ist im Küchenschrank, linke Schublade.«

Das wusste sie schon. Und wenn sie ins Dorf fuhr, würde sie auch beim Bunten Laden vorbeischauen, denn es gab keine Internetverbindung auf dem Hof. Es hätte sie nicht weiter gestört, so ganz ohne Verbindung zur Außenwelt zu sein, nur musste sie beizeiten das neue Kreuzworträtsel abgeben. Alles rund um das Land- und Hofleben wurde dabei abgefragt – von ihr. Josefina Jungblut, die Erfinderin des Bauernrätsels. Wie sich das anhörte … Ein Lächeln stahl sich auf ihr Gesicht.

Beschwingt lief sie mit einem Einkaufszettel und dem Haushaltsgeld aus der Küchenschublade zu ihrer Ente. Es miaute irgendwo, und dieses Irgendwo lokalisierte sie genau unter dem Wagen. Josefina ließ sich auf ein Knie nieder und streckte eine Hand aus. Fell, sehr weich – viel Fell.

»Doch nicht hier. War dafür nirgendwo anders Platz?« Sie musste versuchen, die Katze hervorzulocken – die Katze und ihren Nachwuchs.

»Hab ich's doch gewusst, der Käfer hat Aussetzer«, rief der alte Nikolaus, der am offenen Fenster lehnte und von oben herab die Lage überblickte.

»Halten Sie keine Reden, kommen Sie runter!«, schrie Josefina zurück. Sie würde ihm eine Aufgabe übertragen. Vielleicht auch zwei.

»Katzen?«, fragte er, als er neben ihr stand, und rümpfte die Nase. »Die laufen mir nur zwischen die Beine.«

»Sie kümmern sich um die Katzenmutter samt Kindern und ich mich um den Kalbsbraten.« So lautete ihr Vorschlag; würde er ihn ablehnen, gab es stattdessen eben Grünkohl-Käse-Suppe.

Er rümpfte erneut die Nase. »Die Bedingung kann ich mir denken«, sagte er. »Ist ja schlimmer als im Kriegsgefangenenlager.«

»In dem Sie nie gewesen sind«, gab Josefina ungerührt zurück. Dafür war Nikolaus von Precht nicht alt genug. Und jetzt grinste er.

»Gut, das mit den Katzen bekommen wir schon hin. Ist der Käfer in Ordnung?«

»Absolut«, sagte sie. Der Mann war eigen, ohne Zweifel, aber wenn man ihn näher kannte, konnte man ihn vielleicht sogar gernhaben.

Nikolaus holte einen großen Korb, polsterte ihn mit einer Decke aus und setzte die Katzenmutter und ihre drei Kinder behutsam eins nach dem anderen hinein. Übermütig reckte er einen Daumen in die Höhe.

»Und jetzt bist du dran, sonst komm ich nie zu meinem Braten.«

Mit einer böswillig zum Käfer geschrumpften Ente hielt Josefina kurz darauf am Wegesrand an.

Die verwirrte Franziska war hier aufgetaucht und auch wieder verschwunden. Josefina war auf die Bremse getreten – ohne besonderen Grund, oder doch? Jedenfalls wollte sie kurz nachschauen, wohin man von hier aus gelangte, ob es einen Weg gab. Die Frau ging ihr nicht aus dem Kopf.

Im Wald war es einige Grad kühler. Zwischen den Fichten und Tannen herrschte schattiges Zwielicht, nur an manchen Stellen schaffte es ein kleiner Sonnenfleck durch die Zweige und malte sein Zeichen auf den Boden. Einen Weg konnte man es nicht nennen, aber vielleicht war Franziska öfter hier. Irgendjemand war es jedenfalls, denn man konnte deutliche Spuren erkennen. Geknickte Zweige, Abdrücke unterschiedlicher Schuhe, der Reifen eines Rades.

Dann war es wahrscheinlich nicht nur Franziska, die hierherkam.

Josefina lief den kleinen Anstieg hinauf und anschließend noch einen. Es gab keine Möglichkeit, abzubiegen, die Vegetation wurde dichter, Sträucher und Brennnesseln, allerhand Unkraut. Sie dachte schon daran umzukehren, und hätte die Überreste wahrscheinlich gar nicht bemerkt, hätte sich ihr Schnürsenkel nicht verhakt. Sie musste unter das Grün fassen und ahnte schon, was sie dort vorfinden würde. Waldbewohner, klein und krabbelig. Sie hielt die Luft an, und ihre Hand verschwand in dem Gewächs.

Ihre Finger stießen an etwas Bröseliges, Feuchtes, Verrottetes.

Holz. Und als sie die Hand wieder hervorzog, waren ihre Finger schwarz. Verkohltes Holz. Hier war etwas verbrannt worden. Josefina zog an ihrem Schuh und hatte ihn wieder für sich, der Schnürsenkel war eingerissen und fransig. Der Bunte Laden, in dem es alles gab, konnte damit bestimmt auch dienen.

Sie konnte die Fläche schlecht freilegen, obwohl sie im Geiste bereits das Unkraut ausrupfte, um zu sehen, was hier einmal gewesen war. Niemand machte im Wald ein Feuer, außer … Jetzt ging ihre Phantasie mit ihr durch. Sie wollte nur noch ein kleines Stückchen weitergehen, vielleicht den Hügel hinauf, und dann umkehren. Im Wald herrschte eine ganz eigenartige Ruhe. Möglich, dass hier kein Mensch außer ihr war, ganz sicher aber waren auch einige scheue Tiere unterwegs. Sie konnte das Rascheln und Tippeln in ihrer Nähe hören.

Den Stein sah sie im gleichen Moment, in dem die schwarze Krähe aufflog und ungehalten kreischte. Josefina fühlte sich als Eindringling, was sie nicht davon abhielt, sich die Entdeckung näher anzuschauen. Ein Kreuz, überwuchert von Flechten und wildem Efeu. Ungewöhnlich.

Diese Kreuze waren eine kirchliche Buße, eine Untat zu sühnen, ein Verbrechen, einen Mord. Die Tat war an der Stelle geschehen, oder man hatte das Opfer hier gefunden. Der oder die Getötete war ohne Absolution aus dem Leben geschieden, und der Täter musste für das Seelenheil Sorge tragen. Diese Kreuze waren steinerne Verträge.

An welche Bluttat wurde hier erinnert?

Josefina versuchte, den Efeu zur Seite zu schieben, es war möglich, dass es eine Inschrift gab, aber nicht sehr wahrscheinlich. Wer wollte seine Tat schon der Nachwelt überliefern?

Sie fand nichts dergleichen, darum suchte sie nach etwas anderem, doch auch der Steinmetz hatte keine Unterschrift in Form eines Handwerkszeichens im Stein hinterlassen.

Die spontane Exkursion warf mehr Fragen auf, als sie beantwortete. Rätsel, am Ende Geheimnisse? Dafür hatte Josefina schon immer eine besondere Vorliebe gehabt. So schauerlich hätte sie es aber nicht haben müssen.

Irgendwo in der Nähe musste sich auch ein Teil des römischen Limes entlangziehen; das hatte sie bei ihrer Internetrecherche erfahren, die sie über Prechtenstein angestellt hatte. Sie hatte es sich gemerkt, aber Geschichte war nie ihr Steckenpferd gewesen, und selbst wenn sie über den Obergermanisch-Raetischen Wall fallen würde, würde sie ihn nicht als solchen erkennen.

Josefina stieg noch ein ganzes Stück den Hang hinauf, dort musste doch noch etwas kommen. Als ihr Atem immer schneller ging und sie daran dachte umzukehren, kam tatsächlich noch etwas. Grob behauene Steinquader, die aus der Erde ragten. Die heimische Geschichte bekam mit einem Mal doch etwas Aufregendes. Josefina stand vor den Überresten einer Burg, die an einem felsigen Abhang saß und ins Nirgendwo dahinter blickte. Darunter konnte sie Wasser fließen hören, ganz sanft, nur ein leises Plätschern. Sie wagte sich ein Stückchen über den Rand und machte fast auf der Stelle einen Schritt zurück. Gelände und Felsen fielen steil ab, kein Wunder, dass der Fluss in fünfzig Metern Entfernung leise klang. Ein falscher Schritt …

Zu gern hätte sie die Ruine erkundet. Von hier aus konnte sie einige intakte Innenräume ausmachen. Stufen führten irgendwohin. Sogar eine Tür gab es und Gitter, die sicher etwas zu verbergen hatten. Schweren Herzens verschob sie es auf später, die Zeit rannte, und sie musste gleich dasselbe tun.

Sie kam sich ein wenig so vor, als wäre sie auf der Flucht. Ein Zweig schlug ihr ins Gesicht, und der starke Arm einer Fichte beschloss, ihr eine blonde Haarsträhne zu rauben. Sie würde völlig ramponiert im Dorf ankommen, was ihr wenig später ein Blick in den Rückspiegel bestätigte. Über ihre Wange zog sich eine dünne Blutspur, und ihr Haar sah aus, als wäre sie die Initiatorin einer Dschungelexpedition und mindestens einem wilden Tier begegnet.

Sie spuckte in ein Taschentuch und wischte damit das Blut weg, dann fuhr sie sich in Ermangelung eines Kamms mit den Händen durchs Haar. Mist, ihre Finger waren schwarz, sogar unter den Nägeln hatte sie etwas Asche.

Leider konnte sie der Ente diesmal kein Tempo einimpfen, das Gaspedal billigte ihr gerade mal sechzig Stundenkilometer zu und blieb eisern dabei. Und so kam sie auch im Dorf an, zuckelnd, wie zuvor auf dem Precht-Hof.

Prechtenstein schien es schon immer gegeben zu haben, und es schien von seinen Bewohnern geschätzt und geliebt zu werden. Die Häuser und Gärten sahen gepflegt aus. Josefina sah in den Gärten blühende Kamelien und Rhododendren, alte Stockrosensorten, die es meist nur mehr auf dem Land gab, Gemüsestauden, Hortensien, Edeldisteln und Margeriten, dazu ein paar bodendeckende Pflanzen, die den Boden vor Austrocknung durch Sonne schützten und vor Erosion durch Regen.

Den Garten der von Prechts gedachte Josefina ähnlich zu gestalten. Eine Mischkultur zwischen Blumen, Stauden und Kräutern. Schade, dass sich bisher niemand um ihn gekümmert hatte, denn so gäbe es erst im nächsten Jahr Blühendes zu bestaunen.

Sie fuhr am »Schwarzen Gockel« vorbei und am Rathaus; auf einem Messingschild stand dort »Polizei« zu lesen, was bedeutete, dass hier der Bürgermeister und ein weiterer Vertreter der Exekutive Quartier bezogen hatten. Nicht mehr in Sichtweite der Polizei stand eine große alte Linde, die von einer Holzbank umrundet wurde.

Einige Jugendliche standen mit ihren Rädern und Motorrollern dort. Es sah aus, als wäre es ein beliebter Treffpunkt. Nahe genug beim Café Donner, um sich schnell etwas Süßes oder einen Kaffee zu holen. Was einige offenbar auch getan hatten, auf der Holzbank standen große Tassen und ein paar Teller. Harmonisch, fiel Josefina dazu ein.

Die Kirche bildete die Mitte des Dorfes, von ihr ging alles aus, daneben lagen der Friedhof und das Pfarrhaus. Interessant, aber gerade wollte Josefina nur eine Metzgerei und den sogenannten Bunten Laden finden.

Eine Metzgerei entdeckte sie beinahe auf der Stelle. An der Fassade über dem Geschäft prangte dasselbe Zeichen, das sie auch beim Gasthaus gesehen hatte, ein schwarzer Gockel.

Sie betrat das Ladengeschäft, und ein aufreizender Pfeifton kündigte ihre Ankunft an. Wie dämlich, dachte Josefina. Dafür sah die Theke einladend aus. Es gab nicht nur Wurstwaren, auch Käse und sogar Gläser mit Eingemachtem.

Es störte Josefina nicht, dass man schaute, doch es störte sie, dass die Blicke derart intensiv waren. Sie wusste, sie sah etwas derangiert aus, was sicher nicht den allerbesten Eindruck machte, aber das konnte nicht der Grund dafür sein, dass zwar ein Pfeifton grüßte, aber sonst niemand ein Wort an sie richtete, wenn man vom schwerfälligen Nicken hinter der Theke einmal absah.

Zwei Frauen waren im Laden, die sich nach anfänglichem Schweigen jetzt munter über eine bevorstehende Geburt austauschten. Die eine fragte nicht gerade leise, ob der werdende Vater auch der tatsächliche Vater sei, woraufhin die andere kicherte und etwas von sich gab, was Josefina nicht verstand. Hinter der Theke stand ein fülliger Mann in einer weißen Schürze, der geduldig abwartete, wofür sich die Damen entschließen würden. Die Schürze war reinweiß, ein beruhigendes Zeichen von Sauberkeit und Umsicht. Josefina hoffte, dass es mit dem Sichentschließen flott gehen würde.

»Sie sind neu in Prechtenstein, zugezogen?«, fragte plötzlich eine der beiden Frauen. Sie versuchte, blond auszusehen, aber es wirkte schmutzig, und ihren dünnen Lippen gelang es kaum, sich beim Sprechen zu öffnen.

Zugezogen aus einer anderen Welt, hätte Josefina gern gesagt, in der man auch freundlich sein kann. Aber egal, sie hatte gedacht, dass man von der Dorfhelferin auf dem Precht-Hof inzwischen gehört hatte. Die Buschtrommeln verbreiteten die Nachrichten doch sonst in Rekordgeschwindigkeit.

»Ich bin die helfende Hand auf dem Precht-Hof«, sagte Josefina, was zu prustenden Heiterkeitsbekundungen führte. Die Dünnlippige hielt sich eine Hand vor den Mund.

Josefina wünschte den beiden heiteren Damen einen wüsten Schluckauf. Und währenddessen würde sie ihre Bestellung aufgeben, sie hatte ja nicht ewig Zeit. Ein Kilo Kalbsbraten und noch einiges an Wurst und Käse und ein Glas Gurken. Der Metzger warf den Damen einen Blick zu, doch als keine reagierte, kümmerte er sich um Josefinas Einkauf.

Es wurde erneut gepfiffen, und durch die Tür trat ein Mann in Jeans und einer schwarzen Lederjacke. Eine der Frauen seufzte und unterdrückte das Geräusch gleich wieder. Josefina fand, ein Seufzen hatte er nicht unbedingt verdient, aber er war attraktiv mit seinem dunklen Haar, dem kantigen Gesicht und den braunen Augen. Die Narben auf den Wangen waren oberflächlich, keine Kraterlandschaften, sie verunstalteten ihn nicht, aber sie gaben dem Gesicht etwas Hartes. Das war es, dachte Josefina. Darum das Seufzen.

Sie bedachte den Mann mit einem Gruß. Im Gegensatz zu den Prechtensteinern bekam sie wenigstens den Mund auf. Und er auch.

»Schönen Vormittag allerseits.«

Der Metzger erkundigte sich, ob er etwas einschweißen sollte zur Aufbewahrung. Josefina schüttelte den Kopf. Sie wollte nach dem Gurkenglas greifen, doch eine Hand kam ihr zuvor und reichte es ihr, dabei streiften die Finger wie zufällig über ihre. Sehr freundlich, doch mit einem Seufzen würde sich Josefina trotzdem nicht bei dem Mann in der Lederjacke bedanken. Einen Augenblick blieb sein Blick auf ihrer Hand haften. Genauer, an den Fingernägeln.

Er musste gesehen haben, dass sie schmutzig waren. Richtig schmutzig. Aber das konnte sie jetzt nicht mehr ändern.

Sein Lächeln ließ seine Narben tiefer werden. Ein sympathisches Lächeln, ebenmäßige Zähne und schimmernde Augen. Sie bedankte sich gleichfalls mit einem Lächeln.

So, jetzt ist es wieder gut, Josefina. Die seufzende Dame warf ihr einen finsteren Blick zu. Interessiert verfolgte auch der Metzger das Hin- und Hergelächle.

»Axel Theis«, stellte sich ihr Gegenüber vor. »Ich habe von Ihnen gehört, Sie sind die Dorfhelferin auf dem Precht-Hof.«

Viel gehört haben konnte er nicht, aber das bestätigte wenigstens das Funktionieren der Buschtrommeln.

»Josefina Jungblut«, gab sie zurück. »Und jetzt muss ich mich beeilen, sonst bin ich schuld, wenn Nikolaus von Precht die Polizei alarmiert.«

»Nicht weiter schlimm, dann landet er nur bei mir«, sagte Axel Theis.

Der Dorfpolizist. Nicht übel. »Dorfpolizist« sollte sie aber besser nicht laut sagen, es unterstellte meist »nur ein bisschen kompetent«. Aber bevor sie überhaupt etwas sagen konnte, sagte ihr der Metzger den Preis. Sie hatte das Portemonnaie mit dem Haushaltsgeld mitgenommen, wie sie es in der Schublade vorgefunden hatte. Auf dem Leder, das sie schwungvoll aufklappte, war ein Edelweiß eingestickt.

Sie reichte den verlangten Betrag über die Theke, nahm die Tüte entgegen und bedankte sich. Jetzt waren die Damen an der Reihe, die allerdings noch immer die spontane Bekanntschaft Josefinas mit Axel Theis verfolgten und darum, jetzt angesprochen, etwas verwirrt überlegten, was sie wollten.

Axel Theis hielt ihr die Tür auf. »Wir begegnen uns sicher noch«, sagte er.

Josefina nickte und ging hinaus, dann drehte sie sich noch einmal um. »Wo finde ich bitte den Bunten Laden?«

Die Beschreibung war knapp und einfach, doch sie hatte das Gefühl, dass Axel Theis ihr lange hinterherschaute. Beschwingt schritt sie aus. Zuerst sollte sie ihre Tüte loswerden, mit Kalbsbraten und Käsegeruch ging man nicht spazieren. Josefina deponierte die Einkäufe auf dem Beifahrersitz der Ente und tauschte das Portemonnaie mit dem Hof-Geld gegen ihr eigenes, auf dem die Hörner eines Longhorns abgebildet waren. Nicht wirklich einfallsreicher als das Edelweiß.

Im Bunten Laden war richtig was los, doch hier verloren sich die Kunden im reichhaltigen Warenangebot. Bunt war wirklich nicht übertrieben. Vor lauter Kram sah man fast nichts mehr.

»Bekomme ich bei Ihnen einen Surfstick?«, fragte sie den ersten Menschen, der sich aus der Ware herauslöste und so aussah, als könnte er Wilfried Baldus, der Inhaber, sein. Hoch und breit, wenig Haare und diese wenigen seitlich über den Kopf gekämmt. Josefina hatte nicht gewusst, dass diese so leicht durchschaubare Tarnung noch immer praktiziert wurde.

»Ah, grüß Gott.« Er trug diesen äußerst zufriedenen Gesichtsausdruck zur Schau, der sagte, das alles ist meins. Aber er begrüßte immerhin seine Kundschaft. »Fürs Internet?«, fragte er. »So ein Ding, das man in den Computer steckt, und dann kann man surfen? Irgendwie unsinnig ... surfen.«

Josefina wollte gerade bestätigen, dass sie genau so etwas meinte, aber sie kam nicht zu Wort, er redete einfach weiter.

»Tut man doch auf dem Wasser. Meinen Sie so was? Habe ich grade nicht da, muss ich bestellen. Und es wird wahrscheinlich ein paar Tage dauern. Kommen Sie dann noch mal her? Ich glaube, ich habe Sie noch nie im Laden gesehen.«

»Ein paar Schnürsenkel brauche ich außerdem«, warf Josefina ein, bevor er weiter voranpreschte.

»Die hab ich vorrätig. Ihre Schuhe sehen aus, als wären Sie damit querfeldein marschiert. Na ja, quer oder Feld, in jedem Fall sind die Dinger rabenschwarz und eingerissen. Die gleiche Farbe, welche Länge?«

Ließ er ihr jetzt tatsächlich Zeit für eine Antwort? Welche Farbe? In dem Tempo eine Unterhaltung zu führen, war Josefina nicht gewohnt. Und die Farbe der Schnürsenkel war ihr gleich. Dafür könnte sie hier an das Querfeldein-Stichwort anknüpfen und Wilfried Baldus nach dem Steinkreuz im Wald fragen, wenn ihr bei seinem Redeschwall eine Frage überhaupt gelingen würde.

»Mittellang dürfte ausreichen. Ich komme aus dem Wald, querfeldein stimmt, und ich war oben bei der Ruine. Auf dem

Weg dorthin kam ich an einem großen Stein vorbei. Er sieht aus wie ein Kreuz. Wissen Sie, warum das steinerne Kreuz dort aufgestellt wurde?« Josefina ging die Puste aus.

Zum ersten Mal schien er sie wirklich wahrzunehmen. Jedenfalls klang seine Antwort in ihrer Geschwindigkeit beinahe normal.

»Oh«, machte er, als hätte ihn die Frage überrascht, zumindest der Umstand, dass jemand, den er noch nie im Laden gesehen hatte, sie stellte. »Dieser Kreuzstein steht schon lange dort. Wer ihn aufgestellt hat, weiß niemand. Über das Warum wurde immer schon ausgiebig spekuliert. Das Kreuz ist ein Sühnestein, was besagt, dass der- oder diejenige etwas bereut. Jedenfalls bereut er oder sie es nicht erst seit Kurzem.«

Während Wilfried Baldus irgendwo verschwand, um die Schnürsenkel zu holen, war Josefina in Gedanken wieder im Wald.

Ein Sühnekreuz im Wald. Was war in Prechtenstein geschehen?

4

Gurkensetzlinge kann man selbst heranziehen, wenn man die Samen im Frühling in feuchte Sägespäne legt, sie in einen warmen Raum stellt und ständig gelinde feucht hält.

Josefina beglückwünschte sich, trotz des Zuspätkommens wenigstens an den Wein und das Bier gedacht zu haben. Vielleicht ließe sich der alte Nikolaus damit besänftigen. Was sie da eingekauft hatte, wusste sie nicht, und sollte es nicht das Richtige sein, konnte sie es Wilfried Baldus anlasten. Spirituosen in einem Kramladen waren doch mehr als ein bisschen ungewöhnlich.

Ihr Zurückkommen gestaltete sich ein wenig, als würde sie den Drehort einer Sitcom betreten.

Sebastian hatte augenscheinlich Millionen von Pflanzen gekauft, die jetzt in ihren Töpfen irrgartengleich mitten in der breiten Auffahrt standen. Blütenkelche in allen Farben und Formen schauten Josefina erwartungsvoll entgegen.

Wo war der Erbauer dieses Irrgartens? Wenn er meinte, sie würde das heute alles pflanzen, dann … wäre sie bis in die späte Nacht beschäftigt. Allzu viel geleistet hatte sie heute ja noch nicht, musste sie zugeben.

Sebastian von Precht war ein großer Mann, aber er hatte es geschafft, dass ihn die Pflanzen verschlangen. Jetzt löste er sich daraus und kam auf Josefina zu.

»Das könnte genügen, was meinen Sie?« Seine Hände strichen über einige der Blüten, er freute sich sichtlich über den Einkauf. »Ich dachte mir, ich nehme von allem etwas«, erklärte er. »Für den Garten Gartensachen, für die Balkonkästen Balkonsachen, und sonst noch … Moment …« Er suchte etwas, ging in die Hocke und förderte schließlich einen gebundenen Strauß zutage.

»Der ist für Sie.« Er kniete vor ihr nieder und überreichte ihr mit großer Geste die Blumen. Nelken in Gelb, Weiß und Blau.

Josefina hielt sich den Strauß unter die Nase. Sie mochte Nelken, und sie dufteten sogar. Sebastian kniete immer noch auf dem Kies.

»Stehen Sie bitte auf, sonst meint Ihr Vater noch, Sie machen mir einen Antrag. Er würde mich auf der Stelle vom Hof jagen. Was er übrigens auch tut, wenn ich nicht sofort in der Küche verschwinde.«

»Mit Nelken macht man doch keinen Antrag, Josefina«, sagte Sebastian ernsthaft. »Ich glaube, ich habe Arthrose, könnten Sie mir kurz helfen?« Er streckte Josefina eine Hand entgegen. »Darum müssen Sie unbedingt bleiben«, sagte er.

Das klang jetzt aber wirklich gefährlich nach einem Antrag. Sie zog ihn, so kraftvoll sie konnte, wieder in den Stand.

»Sebastian, das ist doch nicht Ihr Ernst, oder? In Ihrem Alter Arthrose. Ihr Vater ist inkontinent und Sie ...«

»Nikolaus ist was?«, unterbrach er sie.

Sie schüttelte den Kopf, das zu erörtern war keine Zeit. Sie musste sich jetzt wirklich ans Kochen machen.

Sebastian versprach, rechtzeitig zum Essen da zu sein, gerade hätte er noch etwas zu erledigen. Um die Pflanzen würde man sich doch sicher noch kümmern?

Ihr Lächeln fiel eher spärlich aus. »Man«, das war auch sie.

Oder wahrscheinlich nur sie.

5

Wer einen Bauern betrügen will,
muss einen Bauern mitbringen.

Eigenartig, wie ein Farbton und ein Muster etwas schon beinahe Vergessenes wieder zum Vorschein brachten – nicht wirklich zum Vorschein, das wäre verheerend.

Es war die Bluse der Frau gewesen, der Meergrünton und die Art, sie zu binden.

Vor seinem inneren Auge tauchte Fiona in ihrem Kleid auf. Vergessen hatte er sie nicht. Er erinnerte sich an ihr leichtes Sommerkleid ... Sie hatte ihm schöne Augen gemacht, weil sie geglaubt hatte, damit ihren Willen zu bekommen, aber wäre sie auch weiter gegangen? Wahrscheinlich nicht, dachte er.

Hätte er sie entkleidet, wäre ihr klar gewesen, dass sie aus der Kiste nicht mehr rauskommen würde, aber ihr Körper hatte ihn nicht interessiert, und so hatte sie noch ein wenig länger hoffen können. Wie lange es gedauert hatte, bis sie begriffen hatte, konnte er nur raten.

Acht Monate, und von ihrem schönen Kleid wären nur mehr Fetzen übrig. Es hätte ihm leidtun können, irgendwie, aber das tat es nicht. Es war Fionas Strafe dafür, dass sie vorgehabt hatte, ihn zu benutzen. Darüber hatte er sie noch eine Weile nachdenken lassen. Wie lang diese Weile letztlich gedauert hatte ...

Wenn der Klee aufrecht steht,
bald ein Sturm darüber geht.

6

Josefina schaffte es mit Mühe und Not, den Braten am frühen Nachmittag auf den Tisch zu bringen.

In der letzten halben Stunde hatte sie Gesellschaft gehabt. Der alte Nikolaus saß griesgrämig auf der Zirbelholzeckbank hinter ihr und wartete darauf, dass es endlich so weit war. Ab und zu fiel sein Blick auf ihren Strauß Nelken, den Josefina versorgt und in Ermangelung einer Vase in einem Weißbierglas auf den Tisch gestellt hatte.

Seine Faust hielt das Messer, die andere war um die Gabel gekrampft, als hätte er jeden Augenblick vor, die Köchin zu ermorden.

Josefina hatte sich zuerst nach den Katzen erkundigt. Das Ablenkungsmanöver hätte sie sich sparen können, er gab ihr eine böse Antwort.

»Hab sie ertränkt.«

Sie glaubte ihm nicht, meinte aber, ihm ihr Zuspätkommen erklären zu müssen.

»Es tut mir leid, dass es etwas später geworden ist. Ich war im Wald, bei der Ruine«, sagte sie.

»Ach was«, gab er pampig zurück. »Und nachdem du da oben herumgeschnüffelt hast, fiel dir ein, was wir ausgemacht hatten, und dann musstest du noch ein Kalb erlegen und es zerteilen? Das dauert natürlich.«

Wie kleinlich. Er wollte eine Entschuldigung, dann würde er die eben bekommen. »Sie sind inzwischen nicht verhungert«, sagte sie und schenkte ihm ein Bier ein. Das war alles andere als eine Entschuldigung. Entschuldigungen fielen ihr schwer.

»Beinahe wäre ich von Blicken erdolcht worden, von zwei netten Dorfbewohnerinnen«, erzählte sie weiter. »Mitten in der Metzgerei vom ›Schwarzen Gockel‹. Überhaupt gibt es hier einige seltsame Menschen.«

Sie erzählte dem alten Nikolaus, wie sie am Vortag Franziska begegnet war und dass sie gern gewusst hätte, wohin die Frau gegangen sein könnte. »Ich wollte nicht neugierig sein, aber dann war ich es doch. Dort oben steht ein Steinkreuz. Wilfried Baldus hat erzählt, dass niemand weiß, wer es dort aufgestellt hat.«

»Wilfried Baldus«, sagte Nikolaus abschätzig. »Dass du verstanden hast, was er sagen will, wundert mich. Was der daherredet, sieht am Ende aus wie eine Häkeldecke – überall Löcher, und Muster ergibt es auch keins.«

Josefina musste lachen, der Vergleich war absolut passend. »Die Ruine im Wald, Sie kennen doch bestimmt die Geschichte«, sagte sie dann. Vielleicht konnte sie ihn so dazu bringen, dass er endlich das Besteck hinlegte. Und es klappte, sie konnte am Tonfall hören, dass Nikolaus von Precht in Erzählstimmung geriet.

»Familienbesitz«, sagte er. »Dort oben lebte und wütete Adlus von Precht, der legendäre Raubritter.«

Legendär würde bedeuten, Josefina müsste von ihm gehört haben, aber damit konnte sie nicht dienen.

»Wann wütete er, in welchem Jahrhundert, und was hat er genau getan?«, hakte sie nach. Schauergeschichten. Sie schaute nach dem Braten, machte das Rohr wieder zu und setzte sich zu Nikolaus an den Tisch.

»Das war im 13. Jahrhundert. Adlus ist einer unserer Vorfahren, und Prechtenstein, der Ort, ist nach der Burg benannt. Man erzählt sich, der Ritter habe nachts die Gegend auf der Suche nach jungen Frauen durchstreift. Eine war ihm nicht zu Diensten, und er nahm sie mit auf die Burg. Sie starb qualvoll in einem der Verliese. Seither spukt eine weiße Frau in der Burgruine.«

Genüsslich gab Nikolaus diesen Teil seiner Familiengeschichte wieder. Schauer und Folter. Alles lange vorbei. Wollte er sie davon abhalten, dass sie noch einmal dort hinaufging? Dann hatte er gerade das Gegenteil erreicht. Ihr Gesicht zeigte ihm, was sie von alldem hielt.

»In Raubritterburgen gibt es Fallen, Mädel. Dafür waren sie einst bekannt, diese Herrschaften. Pass auf, wenn du dich das nächste Mal hinaufwagst auf den Berg. Du bist neugierig, drum sage ich es. – Zum Braten gibt's doch Semmelknödel. Die solltest du langsam mal aufsetzen, die brauchen ein bisschen.«

Er brachte sie durcheinander, und das ärgerte Josefina beträchtlich. Die Semmeln für die Knödel hatte sie, nachdem der Braten im Rohr war, in feine Scheiben geschnitten und in eine Schüssel gegeben. Dann die Milch erhitzt und darübergegeben. Während die harten Semmeln die Milch aufsogen, hatte sie eine Zwiebel geschält und fein gehackt. Auch die Petersilie. Zwiebel und Petersilie wurden in Butter glasig angebraten, danach mit den Eiern in die Schüssel gegeben, gesalzen und gut verknetet. Jetzt war sie dabei, die Knödel zu formen.

Er benahm sich, als wäre er Gast in einem Restaurant – ein mäkliger Gast, der alles kommentieren musste.

Einen Monat, sagte sie sich.

»Die weiße Frau, hat man sie wirklich gesehen?« Zu solchen Gespenstergeschichten gehörte meist auch eine Erscheinung.

»Natürlich, sonst gäbe es die Geschichte ja nicht.« Der alte Nikolaus klopfte auf den Tisch. Diesmal nicht, um seinen Hunger kundzutun.

»Und das Steinkreuz?«, fragte sie.

»Wer weiß«, tat er geheimnisvoll.

7

Der Saft aus frisch zerriebenen Spitzwegerichblättern heilt Wunden.

Harfenklänge drangen zu ihr heraus.

Es hörte sich wundervoll an, doch nachdem Josefina elf Balkonkästen bepflanzt hatte, es inzwischen nach zehn war, der Vollmond prall wie eine Buttercremetorte über ihr stand und Sebastian von Precht sich noch immer nicht bemüßigt fühlte, ihr zu helfen, platzte ihr der Kragen.

Sie räumte ihr Werkzeug auf, goss die Pflanzen an und sagte sich, dass es für heute genug war. Der April konnte launisch sein, aber das milde Wetter hatte den ganzen Tag gehalten. Trotzdem würde sie den Blumen vorsorglich ein Mäntelchen überwerfen müssen, sonst könnte es sein, dass sie statt der orangegelben Begonien, der violetten Fuchsien und der paar Weihrauchpflanzen dazwischen, die die Mücken abhalten sollten, nur mehr Eisblumen hätte.

»Teebeutelstemmer«, schimpfte sie leise.

Die Katzen hatten auch noch keinen Platz, vielleicht gäbe es eine ruhige Ecke im Pferdestall. Sie fragte sich, wie diese beiden so unterschiedlichen Männer ihr bisheriges Leben gemeistert hatten. Und wodurch Nikolaus von Precht sein Bein verloren hatte. Eine Dorfhelferin verbrachte geraume Zeit auf einem Hof, lernte die Menschen kennen und manches Mal mögen, dann wurde von einem Tag auf den anderen ein Schnitt gemacht und die Leute wieder sich selbst überlassen. Man stellte sich vor, dass sie es schafften, dass alles gut werden würde. Man wünschte es sich und ließ mindestens einen Tropfen Herzblut zurück, hin und wieder auch mehr. Ob es ihr mit den Bewohnern des Precht-Hofs ebenso gehen würde, wusste sie allerdings noch nicht.

Die Saiten der Harfe wurden noch immer angeschlagen, doch jetzt hatte Sebastian dazu ein schräges »La, la, la« angestimmt.

Josefina würde sich Watte in die Ohren stopfen müssen. Sie machte die Tür hinter sich zu und stieg die Treppe zu ihrem

Zimmer hinauf, wobei sie sich nicht bemühte, leise zu sein. Sie war sauer, das sollte er ruhig wissen. Arthrose, so ein Quatsch. Das hatte er doch nur gesagt, um sich vor der Pflanzaktion zu drücken.

Es miaute aus dem Korb, und vier Fellgesichter schauten ihr entgegen. Der alte Nikolaus hatte ihr tatsächlich die Katzen anvertraut. Na ja, die Wahrheit war wohl einfacher: Er hatte nicht gewusst, wohin mit ihnen.

Wenn sie es gleich erledigte, dann gehörte der restliche Abend ihr. »Wir fragen Adenauer und Florence, was meint ihr?«, sagte sie in den Korb hinein. Ein lang gezogener Klagelaut wollte sie vom Gegenteil überzeugen. »Kinder, wir brauchen eine Unterkunft für euch. Trocken und sicher.«

Josefina nahm den Korb, lief die Treppe wieder hinunter und mogelte sich eilig an der angelehnten Tür zum Wohnzimmer vorbei. Angrummeln konnte sie Sebastian von Precht auch morgen noch gehörig.

Im Pferdestall roch es angenehm nach Heu, etwas raschelte, wahrscheinlich waren es Mäuse. Somit hatte sich die Sache mit dem Futter schon von selbst erledigt. Und durch einen Spalt an der Längsseite würde die kleine Familie ins Freie gelangen. Josefina ließ ihren Blick umherwandern. Neben der Futterkiste wäre ein guter Platz. Sie nahm die Katzen aus dem Korb und legte die Decke aus. Die Kätzchen schliefen, und die Katzenmama hielt wachsam die Augen offen.

Den Schatten, der durch die offen stehende Stalltür fiel, bemerkte Josefina erst, als der Kies unter Schritten knirschte. Die Gestalt trug einen Rucksack auf dem Rücken, in der Hand einen Stock. Es waren ungleiche Schritte, mit einer Last und einer Prothese musste der Gang über die kleinen Kiesel beschwerlich sein. Wohin wollte der alte Nikolaus um diese Uhrzeit?

Als er sich kurz umschaute, presste sie sich instinktiv an die Stallwand. Es kam ihr unpassend vor; ihre eigene Reaktion genauso wie seine Heimlichkeit.

Ihr kam Adlus von Precht in den Sinn, der wollüstige Raubritter, der die jungen Frauen nach Gutdünken pflückte, und ein kalter Schauer lief ihr über den Rücken. Womöglich würde man in einem der Burgkeller bleiche Knochen finden. Die des Mädchens, das dem Raubritter nicht zu Diensten gewesen war.

Und gerade brach ein anderer von Precht auf, um …

Etwas knackte, und sie erschrak so, als hätte der Raubritter eine besitzergreifende Hand auf ihre Schulter gelegt.

Grüngelbe Augen starrten in ihre Richtung. Diese Augen kannte sie. Ein Fuchs lugte ums Eck, der auf ein paar prächtige Hühnerleiber spekulierte.

Nachdem sich Josefinas Herzschlag beruhigt hatte und sie das Dröhnen ihres Blutes nicht mehr in den Ohren hörte, lief sie zum Haus zurück. Vielleicht ein bisschen schneller als zuvor.

Sebastian war offenbar des »La, la, las« müde und zu Bett gegangen. Stille war eingekehrt auf dem Precht-Hof.

Josefina öffnete ihr Fenster. Vielleicht würde sie den alten Nikolaus zurückkommen hören. Wozu brauchte er den Rucksack? Bis jetzt hatte sie Nikolaus für durchschaubar gehalten, harmlos, wenn auch mit einem ziemlich eigenwilligen Humor. Doch nun war sie sich da gar nicht mehr sicher.

Sie setzte sich aufs Bett, schlug das Notizbuch auf und drehte die Mine des Kulis heraus. Im Verlauf des Tages war ihr einiges eingefallen, das sich für ein neues Rätsel eignen würde, zum Beispiel: Wie lange trägt eine Stute ihr Fohlen aus? Die Fragen waren nicht die eigentliche Herausforderung, vielmehr die Zusammenstellung, sodass ein Gitter entstand.

Josefinas Gedanken schweiften ab. Der Sühnestein spukte ihr im Kopf herum, aber ohne Zugang zum Internet konnte sie herzlich wenig tun, um ihre Neugier zu befriedigen.

Warum interessierte sie sich überhaupt für etwas, das nichts mit ihr zu tun hatte? Josefina kniff die Lippen zusammen und gab sich selbst die Antwort. »Weil nichts so ist, wie es scheint.« Es war ein Flüstern, das höchstens eine Fledermaus hätte orten können.

Sie legte das Notizbuch beiseite und ließ sich in die dicken Kissen sinken. Nach dem spätabendlichen unbefriedigenden Rätselraten wollte sie unbedingt erfahren, ob Maria sich jetzt dazu entschlossen hatte, das Kind zu bekommen oder doch nicht. Sie liebte diese Heftchenromane, im Moment las sie »Der Bastard vom Bacherhof«. Eigentlich verriet der Titel schon das meiste, aber es war Josefina egal. Sie wollte es lesen.

Und tatsächlich: So wie der alte Nikolaus gesagt hatte, er hätte die Katzen ertränkt, versuchte Lois am Ende sein Baby zu ertränken.

Lois war wie von Sinnen, er achtete vor blindem Zorn nicht auf den Untergrund. Er stolperte und trat ins Leere. Endlich ließ er das Kind los, um sich selbst zu retten, aber es war zu spät. Marias Liebster stürzte kopfüber in die Schleuse.
Ein Unfall, aber wer würde ihr glauben?
Lesen Sie im nächsten Heft, was weiter passiert!

Tränen rannen über Josefinas Wangen, sie schniefte, ihre Nase lief. Wo hatte sie die Taschentücher?

Beinahe im gleichen Augenblick klopfte es. Josefina fuhr zusammen. Stocksteif sah sie zu, wie langsam die Zimmertür aufgeschoben wurde. Sebastian streckte den Kopf herein.

»Josefina, mein Gott, was ist denn passiert?«

Sie musste schrecklich aussehen. Na und, sie weinte beim Lesen von Heimatromanen immer.

»Es ist nichts«, brachte sie mühsam heraus.

Sebastian schloss die Tür. »Ich hätte mich nicht einfach davonstehlen dürfen«, sagte er reumütig. »Nur hatte ich so etwas wie eine Eingebung und da … Entschuldigen Sie, Josefina. Morgen bin ich zur Stelle. Weinen Sie doch nicht. Oder war Nikolaus am Ende gemein?«

»Ich weine doch nicht Ihretwegen«, sagte sie und schnäuzte sich hörbar. »Und Nikolaus ist unschuldig. Da …« Sie deutete auf das Heftchen, auf dem zwei Menschen in enger Umarmung standen und sich anschmachteten.

»Deswegen? Ist das Ihr Ernst?« Er grinste, nahm das Heft und blätterte darin. »Das Ende fehlt«, bemerkte er dann und legte das Heft zurück. »Es geht nicht gut aus, oder? Dieses vorläufige Ende«, riet er.

»Deshalb werde ich mir auch den nächsten Teil kaufen müssen, in einem Monat«, gab Josefina zu und grinste ein wenig verschämt zurück.

»Träumen Sie was Schönes«, wünschte ihr Sebastian, bevor er die Tür schloss, diesmal von außen.

Hatte er wirklich gedacht, der alte Nikolaus würde die Schuld an ihrem Gefühlsausbruch tragen? Na, da müsste er sich schon etwas anderes einfallen lassen. So schnell gab Josefina nichts und niemanden verloren.

Der Saufteufel geht im gläsernen Röcklein spazieren.

8

Seit acht Monaten war sie verschwunden, und heute war ihr gemeinsamer Jahrestag. Wäre gewesen, verbesserte sich Leander. Er hatte eigentlich allein herkommen wollen, aber seine Freunde wussten, dass er nur grübelnd hier am See sitzen, vor sich hinstarren und um seine Liebe trauern würde.

Leander war ihnen dankbar, dass sie zu ihm hielten, denn genau das hatte er vorgehabt – und sich zu betrinken.

Es würde Fiona nicht zurückbringen, und er würde sich nicht besser fühlen, eher im Gegenteil. Aber der Wert der Dinge hatte sich halbiert. Ohne sie hatte seine Welt an Farbigkeit verloren. Beim Dorffest war Fiona in seinen Armen gelegen, und er dachte, so fühlt sich Glück an. Sie hatten über die Zukunft geredet. Über eine Zukunft, die es jetzt nicht mehr geben würde.

Veränderungen hatte es einige gegeben, und alle waren sie negativ bis grauenhaft gewesen.

Er hatte sich geärgert über das Verbot, mit der Band aufzutreten. Sie nannten sich die County Rocker, aber verdammt noch mal, es ging ihnen nicht um Sex and Drugs, es ging um Rock, *und das, meine Damen und Herren, können wir gut,* lautete Leanders Ansage für gewöhnlich.

Mit diesem Argument ließ sich allerdings nicht punkten. Leander vermutete, der ganze Dorfklüngel hatte gegen ihre Auftritte gestimmt, als würden sie die Jugend vom rechten Weg abbringen. Prechtenstein war in dieser Hinsicht gnadenlos rückständig. In den Nachbarorten durften sie spielen, wurden sogar eingeladen, und niemand dachte an so etwas wie einen Boykott. Leander, Christian, Sven und Marcel verdienten sich neben der Ausbildung ein bisschen Geld dazu, und sie spielten, was die Leute hören wollten. Mit der Zeit hatten die County Rocker ihr Repertoire ganz schön erweitert. Es machte Spaß, und die alte, etwas schwerhörige Philomena hatte ihnen ihr Backhaus zur Verfügung gestellt und ließ sie dort proben. Sie verlangte nicht einmal eine Gegenleistung, aber natürlich halfen sie ihr, wenn sie etwas brauchte.

Fiona hatte sich für die Band immer mit Haut und Haaren eingesetzt, und ihr Vater war der Bürgermeister. Wenn er dafür stimmte, meinte sie, dann müsste auch der Gemeinderat zustimmen. An dem Abend, an dem sie verschwand, hatte sie ihm ins Ohr geflüstert, sie hätte eine Idee. Am nächsten Tag zerbrach seine Welt. Fiona war weg, und alle starrten ihn an, als hätte er ihr etwas getan, als wäre er derjenige, der wusste, was ihr passiert war.

Er wusste überhaupt nichts, aber er war angeblich der Letzte, der sie an dem Abend gesehen hatte.

Nicht der Letzte …

Hinter sich hörte Leander einen Motor und drehte sich um. Christian, Sven und Marcel ohne Anhang. Nur die Band.

»Diesel«, sagte Christian und reckte das Sixpack Bier in die Höhe. »Wilfried wollte mir nichts verkaufen, aber Nella. Sie hat dir etwas aufgeschrieben, hier.« Er übergab Leander feierlich ein kleines Kuvert.

Nella war Fionas beste Freundin gewesen. Sie litt genauso, und er hatte nicht mal an sie gedacht. Leander schob das Kuvert in die Jeansjacke, er würde den Brief später lesen, wenn er dann nicht zu benebelt war. Also morgen oder danach.

Sven sorgte für die Beleuchtung. Die Scheinwerfer durchstießen das Wasser des Halbinger Sees ein Stück weit. Im Frühjahr war es noch klar, im Sommer würde es das nicht mehr sein, weil gebadet wurde.

Mit Fiona war Leander oft hier gewesen, dann hatten sie auf einer Decke am Ufer im Gras gelegen und sich ihre Träume erzählt. Wem erzählte sie jetzt ihre Träume? Vielleicht niemandem.

Er musste sie vergessen. Sonst würde er daran zugrunde gehen. Toni hatte ein Auge auf ihn geworfen, vielleicht sollte er es mit ihr probieren. Sie war hübsch, und sie hatte ein nettes Lachen und eine schöne Stimme. Aber das war auch alles, was er von ihr wusste. Sie war bei einem der Auftritte gewesen, hatte gefragt, ob die Band eine Sängerin suchen würde.

Darüber hatten sie auch vorher schon gesprochen. Von ihnen vier hatte nämlich keiner eine Stimme, die über das nötige Potenzial verfügte. Toni, die eigentlich Antonia hieß, wollte sich in den nächsten Tagen vorstellen, und Leander hatte ihr gesagt, sie solle am besten ins Backhaus kommen.

Er trank sein Bier und starrte ins Wasser, hinter ihm ließen sich die Freunde über einen neuen Song aus, den sie einstudieren wollten. Für eine Scheunenparty, er sollte also tanzbar sein. Leander konnte sich ein Grinsen nicht verkneifen. Von ihnen konnte keiner tanzen. Fiona hatte ein paarmal versucht, ihm ein paar einfache Schritte beizubringen, Fox, aber er war pausenlos auf seine Füße fixiert gewesen und dann irgendwo dagegengerumpelt. Sie hatte sein Gesicht in die Hände genommen und ihn so dazu gebracht, sie anzuschauen. Doch dann brachte er die Füße durcheinander.

So wie jetzt, als er sich noch eine Dose Bier holen wollte. Er stolperte und drehte sich, sodass er auf Knie und Hände fiel.

»Hey, der Stoff kann's nicht sein – du hattest erst ein Bier«, rief Christian und schüttelte die blonden Locken.

»Er ist durcheinander«, sagte Marcel. »Seine Lady ist tot, da wärst du auch abgeschossen.«

Tot. Wie kam er darauf, dass Fiona tot war?

»Woher willst du das wissen?« Leander baute sich drohend vor dem kleineren Marcel auf.

»Und das fragst du? Sie wäre nirgendwohin gegangen – einfach so. Nicht Fiona.«

»Leute, ist gut. Was auch immer passiert ist, Fiona ist fort.« Christian bemühte sich, vernünftig zu klingen. Ein Streit wäre das Allerletzte, das sie beabsichtigt hatten. Er gab Leander eine neue Dose Bier. Sven saß im Audi und übernahm die Beschallung. Er hatte irgendwas aus den Achtzigern ausgegraben und schnippte mit den Fingern dazu.

»Spot on«, krähte er übermütig. Der Verrückte schaltete die Nebelscheinwerfer ein.

Leander drehte sich um, weil ihn das Licht blendete. In der gleißenden Helligkeit wirkte das Wasser plötzlich schwarz.

Es erinnerte ihn an das Bild, das Fiona so fasziniert und von dem sie ihm erzählt hatte: »Ophelia« von John Everett Millais. Sie hatte es sogar als Bildschirmschoner benutzt. Leander hatte es gruslig gefunden, diese vielen Blumen um eine Tote im Wasser.

Kam man auf komische Ideen, wenn man etwas getrunken hatte? Jedenfalls war der Gedanke plötzlich aufgetaucht, und er würde nicht einfach so wieder verschwinden.

»Willst du dir deine Treter ruinieren?«

Leander hatte nicht bemerkt, dass er schon bis zu den Knöcheln in den See gewatet war. Das Wasser war kalt. Er riss sich die Jacke herunter, warf sie ins Gras, kickte die Schuhe von den Füßen und zog sich bis auf die Unterhose aus.

»Spinnst du?« Christian wollte ihn zurückhalten. »Scheiße, das Wasser ist eisig.«

»Ihr wollt tauchen gehen?«, fragte Marcel ungläubig.

Leander deutete in die Tiefe. »Fiona. Ich muss nachsehen.«

Gegen raue Hände eine Handvoll Haferflocken mit kochendem Wasser übergießen, eine Weile ziehen lassen und die Hände darin baden.

9

Josefina war vom Schlaf überfallen worden und hatte nicht mehr gehört, wann der alte Nikolaus in der Nacht nach Hause gekommen war. Doch jetzt hörte sie ihn. Er musste es sein, kein anderer würde sich erlauben, um ... wahnsinnig früh ... ihren Schlaf mit seinem aufdringlichen Geklopfe zu stören. Sie gähnte.

»Nein, nein, nein!« Jedes Wort ein Fluch. Es klopfte weiter. Das klang so munter, als hätte es die nächtliche Wanderung nicht gegeben.

Mühsam öffnete sie die Augen. Halb fünf. Welche Notsituation hatte er jetzt wieder zu vermelden?

Sie ließ ihn noch ein bisschen pochen. Der Tag hatte noch nicht begonnen, die Sonne war noch nicht aufgegangen. Schließlich rappelte sie sich auf, ging eine Tür weiter und betrat einfach das angrenzende Zimmer. Er wollte etwas von ihr, also würde er sicher nichts nach ihr werfen.

»Du hast einen Bärenschlaf«, raunzte er. »Und du siehst ganz verheult aus. Was stimmt denn nicht?«

»Bei mir stimmt alles«, erklärte sie, woraufhin er nur die Schultern zuckte.

»Dick und verquollen«, fügte er hinzu.

Er war bereits angezogen, sein Bein hatte er auch angelegt. Wieder deutete er auf das Bett und verzog das Gesicht. »Da.«

Kurz ließ Josefina den Blick schweifen, ob vielleicht irgendwo der Rucksack abgestellt war. Sie konnte ihn nicht sehen, aber das hieß nicht, dass er nicht da war.

»Wir müssen uns um ein saugfähiges Unterbett kümmern«, sagte sie. Die Matratze müsste wahrscheinlich auch erneuert werden. »Tragen Sie ... etwas in Ihrer Unterhose?«, fragte sie vorsichtig. Er war da sicher empfindlich.

»Willst du etwas von mir? Komm näher, und ich schreie.«

Er zog sie auf. Sollte sich doch Sebastian mit der Problematik auseinandersetzen. »Wir wechseln das Bettzeug«, sagte sie, ohne auf seine Bemerkung einzugehen.

»Wieso wir?«, fragte er.

Sie ignorierte ihn. Im Schrank hatte sie genügend Leintücher und Bezüge gesehen. Aber wenn er jeden Tag ins Bett machte, dann müsste sie in Kürze einen Großwaschtag einlegen.

Es hatte bestimmt einen Grund, warum er sein Bedürfnis, sich zu erleichtern, nicht kontrollieren konnte. Vielleicht hatte es ja mit dem Unfall zu tun, bei dem er das Bein verloren hatte. War es denn ein Unfall gewesen?

»Wir«, sagte er und stand plötzlich neben ihr, die Hand entschlossen an der Schranktür. Wollte er seine Bettwäsche selbst aussuchen? Er öffnete die Tür nur ein Stück und schob sich gleichzeitig davor. Warum machte er sie nicht ganz auf, so sah er gar nichts.

»Das kann ich doch machen«, bot sie an und griff in den Schrank. Ihre Finger berührten einen Riemen. Aber schon im nächsten Moment hatte Nikolaus von Precht die Wäsche herausgezogen, und die Laken landeten auf dem Boden, wo Josefina sie aufheben musste. Immer noch stand die Schranktür einen Spalt offen, und sie konnte sehen, was er unbedingt hatte verbergen wollen. Dort drin war der Rucksack.

Aus dem Stall erklang eine CD – Gitarrenmusik. Wurde da nicht die Milch sauer? Die armen Kühe. Aber für die Stallarbeit war Sebastian zuständig.

Josefina wollte die Bettwäsche einweichen und ging in die Waschküche. Eine Hausfrau musste hier auf nichts verzichten, die arbeitserleichternden Geräte waren alle vorhanden, was längst nicht auf jedem Hof und auf jedem Landgut der Fall war.

Josefina hätte ihr Ohr an diesem Morgen zu gern noch ein wenig auf die Matratze gedrückt, stattdessen drückte sie ihre Nase auf das Bettlaken. Nikolaus von Precht hätte beschämt sein müssen, zumindest aber hätte er mit allen Mitteln versucht, Josefina nicht sprichwörtlich mit der Nase darauf zu stoßen.

Es roch nicht, obwohl es das eigentlich müsste. Zumindest wenn sich Urin darauf befunden hätte.

»Du hast Wasser darauf ausgeschüttet«, sagte sie laut.

Der alte Nikolaus war alles andere als inkontinent, er war fit und sauber, und er war ein böswilliger alter Knochen.

»Na warte!«, sagte Josefina.

Außerdem würde sie nachschauen, was in dem Rucksack war. Aber zuerst kümmerte sie sich ums Frühstück. Nikolaus von Precht hockte wie eine Spinne dort oben, er würde nicht erlauben, dass sie an den Schrank ging. Sie würde es heimlich tun müssen.

Sie machte sich in der Küche zu schaffen, es war alles vorrätig außer frischen Semmeln, was nicht weiter schlimm war.

Plötzlich fiel ihr auf, dass sie keine Musik mehr hörte. Die Stallarbeit war demnach beendet. Sie drehte den Kopf, als jemand ans Fenster klopfte. Sebastian lachte ihr ein »Guten Morgen« zu.

»Ich dachte, ich könnte uns frische Semmeln holen«, sagte er.

Das klang gut. »Wie schnell sind Sie damit?«, fragte Josefina, und er deutete etwas zwischen Pistole und Jet an. Und bevor sie noch etwas sagen konnte, war er auch schon weg.

»Er rennt.« Nikolaus hatte sich erneut angeschlichen. »Zuerst melkt er die Kühe, dann rennt er – jeden Morgen. Er ist kein Rippenzähler, aber lattendünn. Und der will eine Frau angeln.«

»Vielleicht ist er ein guter Angler«, gab Josefina zurück.

»Ist er nicht«, sagte Nikolaus.

Josefina holte Eier aus der Vorratskammer und wollte ihn gerade fragen, wie er sie gern hätte, da war er schon wieder verschwunden. Kurz darauf tauchte er mit Blumen auf.

»Wo haben wir eine Vase? Ich kann mich nicht erinnern, wo Emma sie hingeräumt hat.«

Emma. Sebastian hatte erzählt, dass sie hin und wieder auf dem Hof half. Nikolaus konnte sich deshalb an keine Vase erinnern, weil es bestimmt seit Jahren im Haus keine Blumen mehr gegeben hatte, die man in eine Vase stellen musste. Außer in der Kapelle.

Josefina beäugte die Blumen, die er ausgerupft hatte – aus ihren frisch bepflanzten Kästen.

Bevor sie einen Streit vom Zaun brach, tauchte in allerletzter Sekunde Sebastian auf, und Josefina drückte Nikolaus ein kleines Glas in die Hand.

»Semmeln, Brezen und Informationen.« Sebastian schwenkte eine Zeitung, und der alte Nikolaus stellte seine Blumen in das Glas und auf den Tisch zu Josefinas Nelken.

»Gestatte mir die Frage, wofür das Gemüse gedacht ist, das die Gärtnerei geliefert hat. Wohin soll es, auf den Balkon und wohin sonst noch?« Er wirkte wie der Fuchs in der vergangenen Nacht, dachte Josefina.

Sebastian nahm sein Stirnband ab und spannte es zwischen den Händen. »Na ja, es soll doch schön aussehen, wenn …«

»Vielleicht solltest *du* mal lieber schön aussehen«, schlug Nikolaus vor. Er zeigte auf die Blumen in dem kleinen Glas. »Du siehst aus wie diese Stängel da.«

»Josefina kümmert sich darum. Also … Josefina kümmert sich um die Blumen. Es sind auch Stauden dabei und Kräuter«, sagte Sebastian, und sie konnte ihm ansehen, dass ihn das Gespräch einerseits peinlich berührte und andererseits ärgerte. »Für einen so schönen Bauerngarten, wie wir ihn damals hatten, als Mama noch gelebt hat.«

Der alte Nikolaus sagte, was er dachte, und zeigte dabei wenig Einfühlungsvermögen. Josefina konnte Sebastian mit den Blumen helfen, aber verteidigen konnte sie ihn nicht.

Sie stellte die Eier in die kleinen Halter, als ihr Blick auf die erste Seite der Zeitung fiel, die Sebastian auf den Tisch gelegt hatte.

»Ford Mustang im Halbinger See gefunden«, titelte das Blatt. Sie starrte das Bild sekundenlang an. Ein Wagen, an dem Schlamm klebte und aus dessen offenen Seitenfenstern das Wasser herauslief. Und doch glaubte sie, unter dem Schmutz das Metallicblau sehen zu können.

Aber das allein war es nicht. Das Wasser hatte das Nummernschild weitgehend gereinigt. Das V vor den Ziffern stand für Vinzenz, und sie konnte sich noch gut daran erinnern, wie er sich gefreut hatte, als er es von der Kfz-Zulassungsbehörde zugeteilt bekam.

Sie hörte die Stimme nicht, erst als sich ihr eine Hand auf die Schulter legte, ließen ihre Augen von dem Foto ab.

»Josefina ...«

Sie schüttelte den Kopf. Lieber Gott, nein!

»Ein Mustang Coupé 302 aus Las Vegas, mit original American-Racing-Felgen«, sagte sie tonlos. »Er gehört meinem Bruder.«

10

Hof um den Mond bedeutet Regen,
Hof um die Sonne große Stürme.

Josefinas Nackenhärchen richteten sich auf. Wo war ihr Bruder? Sie musste wissen, ob sie ihn gefunden hatten.

»Sie müssen etwas essen, dann können Sie klarer denken«, sagte Sebastian. Er goss Saft in ein Glas und bestrich eine Seite ihrer Semmel mit Honig, die andere mit Marmelade.

Nikolaus beäugte das Zeitungsbild neugierig, enthielt sich aber jeden Kommentars.

Sie versuchte, sich zu erinnern, wo der Halbinger See lag. Sie meinte auf ihrer Fahrt nach Prechtenstein an einem Wegweiser vorbeigekommen zu sein.

Den Artikel hatte sie bisher gar nicht gelesen. Was hast du hier getan, Vinzenz, dachte sie. Der Jungblut-Hof lag nicht einmal in der Nähe. Sie straffte sich und strich die Zeitung glatt. Was sie las, war ein Augenzeugenbericht.

Es war spät, wir sind mit den Wagen nahe ans Ufer gefahren und haben die Scheinwerfer eingeschaltet. Das Wasser des Sees ist frisch um die Jahreszeit, also klarer als im Sommer. Da unten war etwas, aber man konnte nichts Genaues erkennen. Ein paar von uns sind runtergegangen. Dann entdeckten wir den Wagen, ich dachte mir noch, hoffentlich sitzt da niemand drin. Aber im Fond war keiner, und in den Kofferraum haben wir nicht geschaut, das ging wegen dem Druck des Wassers schon nicht.

Josefina entschuldigte sich und stand auf. Sie musste sich Gewissheit verschaffen. Ihre Hände zitterten, als sie die drei Tasten auf dem Handy drückte.

»Polizeistation Prechtenstein, Axel Theis«, meldete sich eine sonore, ruhige Stimme am anderen Ende.

Josefina räusperte sich. »Josefina Jungblut. Ich würde nicht anrufen, wäre es nicht lebenswichtig«, sagte sie. Lebenswichtig für ihre Familie und für sie, denn mit einem Mal hatte sie entsetzliche Angst, dass ihr Bruder tot war.

»Ich muss bitte ganz dringend etwas wissen.«

»Frau Jungblut, ist etwas passiert?«, fragte Axel Theis. »Schwierigkeiten auf dem Hof?«

Sie beantwortete die Frage nicht, in ihrem Kopf drehte sich alles. »Der Ford Mustang im See …«, begann sie.

Eine Stunde später fuhr Josefina zusammen mit Axel Theis zum Halbinger See hinaus. Er hatte angeboten, sie zu fahren, er müsse ohnehin vor Ort sein. Vielleicht musste er das, oder er sorgte sich um sie.

Josefina erinnerte sich an das Schild, auch die Abzweigung war ihr nicht fremd, doch an dem See war sie nie gewesen. Es hieß, dort unten würden alte Waffen aus den Weltkriegen liegen, die man versenkt hatte. Sie erinnerte sich auch, dass Oma Mirellas Freundin in diesem See ertrunken war, weil sie in die Schlingpflanzen geriet.

Das war lange, lange her, und damals hatte man sich vielleicht einmal im Jahr gesehen, hundert Kilometer zwischen den Wohnorten waren eine weite Strecke.

An einem langen Waldstück führte eine Straße entlang, die schmaler wurde und schließlich direkt am Ufer endete. Axel Theis stieg aus und öffnete ihr die Tür. Vielleicht dachte er, dass sie sonst nicht aussteigen würde. Sah man ihr die Furcht so deutlich an?

»Sie haben Ihre Hände während der Fahrt ständig in Bewegung gehalten, und Sie zittern«, beantwortete er ihre unausgesprochene Frage und strich beinahe zärtlich über ihre Finger. »Die Taucher schauen sich noch um. Es war nicht ganz einfach, den Ford an die Oberfläche zu holen. Jetzt muss der Wagen noch untersucht werden.«

»Hat man im Wagen etwas gefunden?«, fragte Josefina. Etwas, denn sie konnte die grausigen Worte nicht aussprechen, es ging einfach nicht.

»Kommen Sie mit«, sagte Theis, und sie sog scharf die Luft ein. »Josefina«, er drehte sie zu sich herum, sodass sie ihm ihr Gesicht zuwandte, »das würde ich Sie nicht sehen lassen. Nein, im Wagen war keine Leiche. Und auf dem Seegrund wird noch gesucht, aber ich glaube nicht, dass sie etwas finden.« Er nahm ihren Arm.

Was sollte *sie* glauben? Ihre bisherige Annahme, Vinzenz sei weggegangen, weil er den selbstgerechten Vater nicht mehr ertragen hatte, erschien ihr plötzlich gar nicht mehr realistisch. Er hätte Mutter niemals ohne eine Nachricht zurückgelassen. Und den Mustang im See versenkt, wo ihm doch so viel an dem Wagen lag?

Sie kamen an einem kleinen Schuppen vorbei; im Sommer, wenn gebadet wurde, saß hier jemand, der den Eintritt kassierte. Jetzt war niemand da, der etwas verlangte, jetzt lagen auf dem Tisch keine Karten und keine Geldkassette, sondern Tüten, die Verschiedenes enthielten. Josefina konnte sich denken, was das war. Alles Dinge, die Vinzenz gehört hatten.

Axel Theis öffnete eine der kleineren Tüten und nahm eine Kette heraus. »Kennen Sie sie?«, fragte er und gab Josefina ein aufgeklapptes silbernes Medaillon. Im Innern waren zwei Fotos – eines zeigte Vinzenz, lachend und offensichtlich glücklich, das andere ein hübsches Mädchen, blond, mit einem Pferdeschwanz.

»Nein«, antwortete Josefina. Vinzenz' Mädchen hatten sich nie lange gehalten. Das war seine Art, er investierte keine großartigen Gefühle, er wollte ein bisschen Spaß haben, und er war so ehrlich, es zu sagen. Wenn er aber ihr Bild – wer auch immer sie war – in einem Medaillon aufbewahrte, dann konnte es sein, dass es für ihn diesmal ernster gewesen war.

Diesmal lag nur mittlerweile schon fast ein Jahr zurück.

»Sie waren lange nicht zu Hause, oder täusche ich mich?«, fragte Axel Theis vorsichtig. Sie hatte ihm erzählt, dass sie hier in der Gegend aufgewachsen war. »Ihr Vater hat wütend reagiert, als ich ihm heute am frühen Morgen sagte, dass wir den Mustang gefunden haben. Er ist davon überzeugt, dass Vinzenz alles hinter sich lassen wollte. Undankbar nannte er ihn. Er kenne da noch jemanden, dem die Eltern nicht heilig seien.«

»Eltern müssen sich ihre ›Heiligkeit‹ auch verdienen, zumindest aber Respekt.« Josefina konnte ihren Vater vor sich sehen, wie er massig in der Tür stand und dröhnend verkündete, was er davon hielt, dass Josefina als Hauswirtschafterin arbeiten wollte. Jetzt kam sie als Dorfhelferin zum Einsatz, was seinen Vorstellungen sicher genauso wenig entsprach.

»Haben Sie meine Mutter gesehen?«, fragte sie. Hilde Jungblut würde bleiben bis zum bitteren Ende, sie würde ihren Mann niemals verlassen. Nach ihrer Vorstellung musste eine Ehe ein Leben lang halten.

»Nur kurz. Sie war still, gefasst. Was hätte sie sagen können? Wir haben den Wagen gefunden, nicht ihren Sohn. Ihr Bruder war kein unbeschriebenes Blatt, Josefina, und sein polizeiliches Führungszeugnis alles andere als blütenweiß. Ich weiß nicht, wann Sie ihn zuletzt gesehen haben, aber vielleicht müssen Sie umdenken. Ihr Vater hat nicht unrecht.«

Und ob er unrecht hat, dachte sie. Seine verquere Art der Wertschätzung hatte mehr mit Geld als mit Leistung zu tun. Er war der Großbauer, und wer die Füße unter seinen Tisch streckte, der hatte sich nach seinen Wünschen zu richten. Es war ein verstaubtes Klischee, aber auf dem Land wurde es noch sehr oft bemüht.

»Was hat mein Bruder sich zuschulden kommen lassen?«, rang sie sich zu der Frage durch.

»Minderschwere Straftaten wie Randalieren, Schlägereien, leichte Körperverletzung, zu schnelles, zu forsches Fahren, Sachbeschädigung, Beleidigung … Ich kann noch weitermachen.«

»Ich hab schon verstanden.« Josefina wusste von der leichten Körperverletzung, und von der Beleidigung wusste sie auch. Eigentlich nahm man einen »Kasperl« in Bayern nicht beleidigend auf, außer man geriet an einen Polizisten.

Die Rückfahrt verlief wortlos, und Axel Theis ließ Josefina in ihrer zurückgezogenen Stimmung. Als er in der Einfahrt hielt, bedankte sie sich für seine Zeit und dass er mit ihr zum See gefahren war; Axel Theis wäre ihr sympathisch gewesen, hätte er diese letzte Bemerkung nicht gemacht.

»Josefina, überlassen Sie es mir, herauszufinden, wo Ihr Bruder steckt.«

Das würde sie sicherlich nicht. Sie würde selbst herausfinden, wo Vinzenz steckte, wie Theis das gerade genannt hatte. Nur wusste sie noch nicht, wie sie das anstellen sollte.

Als sie ausstieg, sah sie einen Schatten an der Kapelle. Im nächsten Augenblick war er verschwunden. Franziska? Der Schatten hatte die Silhouette einer Frau gehabt.

»Ein überschwemmtes Auto, und darum bekomme ich kein anständiges Mittagessen«, schimpfte der alte Nikolaus, kaum dass Josefina durch die Tür getreten war. »Würstchen und Brot.«

»Ich fahre nachher noch in den Ort, Sie können sich aussuchen, was es morgen geben soll.« Sie war nicht in der Stimmung, sich herausfordern zu lassen, und auch nicht in der Stimmung für Scherze. Nachher, das wäre, wenn sie die Stauden und Kräuter eingesetzt und die Stockrosen hochgebunden hätte. Sie freute sich auf die Arbeit, das würde sie von ihren düsteren Gedanken ablenken.

Sebastian hatte tatsächlich die richtigen Pflanzen für den Bauerngarten ausgesucht – für den Anfang. Nutzgarten und Zierde zugleich, und mit jedem Jahr würde auch seine Schönheit wachsen.

»Mädel …« Der alte Nikolaus griff nach ihrer Hand. »Lass dich nicht runterziehen.«

Wollte er ihr Mut machen? Den würde sie brauchen.

Untergraben von Zeitungspapier tut gelegentlich gute Düngerdienste.

11

Ihr Mann begann ihr nachzuspionieren. Wenn sie wusste, dass er nicht auf dem Hof war, dann konnte sie nie sicher sein, wo er in dem Moment lauerte.

Gemeindeversammlung, hatte Benno erklärt, also hätte sie die nächsten Stunden für sich. Sein argwöhnischer Blick sagte: Du wirst doch keinen Unsinn machen und ein braves Weib sein. Das war seine alleinige Sorge. Zu Beginn ihrer Ehe war er ihr gegenüber stets aufmerksam gewesen, später hatte er sich dann immer mehr zurückgezogen. Er war über zehn Jahre älter als sie; es hieß, dass es auch bei Männern in den Vierzigern zu einer Hormonumstellung kam, vielleicht war das der Grund, oder er liebte sie einfach nicht mehr.

Wenn Benno nach der Gemeindesitzung spätabends zurückkam, hatte er meist keine Lust mehr, sich zu unterhalten. Auf ein anderes Zusammensein hatte er auch wenig Lust. Er würde also nicht damit rechnen, ihr an diesem Abend noch zu begegnen, dachte sie.

Emma hatte es versucht, immer wieder, aber er hatte ihr keine Chance gegeben, und irgendwann hatte sie aufgehört, ihren Mann für sich interessieren zu wollen. Sie hatte sich keinen Liebhaber gesucht, jedenfalls nicht vorsätzlich. Und wenn Emmas Blick auf denjenigen fiel, mit dem sie jetzt schon seit vielen Monaten zusammen war, dann konnte sie nur denken, es durfte überhaupt nicht sein.

Auf einem Dorffest war es nichts Ungewöhnliches, wenn man sich näherkam. Sie hatten nebeneinandergesessen, sie hatten zusammen gelacht, sich ein Getränk geteilt und waren von den anderen dafür belächelt worden. Dafür hatten sie am nächsten Tag keinen Kater, und als die übrige Gesellschaft nur mehr in der Lage war, heimwärts zu torkeln, hatte er sich selbst und sie überrascht, indem er sie küsste.

Die nächste Berührung folgte erst viel später, aber dann konnte keiner von ihnen mehr damit aufhören.

Sie trafen sich im Wald, unterhalb der Burgruine. Prechtensteins Bewohner kamen nur selten hier herauf, und für den Fremdenverkehr bräuchte der Ort mehr als eine verfallene Ruine mit einer düsteren Geschichte. Ein im 13. Jahrhundert verschwundenes Mädchen und zwei erst seit Kurzem vermisste junge Frauen zählten nicht als touristische Dreingabe. Für die Eltern und Freunde der Vermissten musste es schrecklich sein, für sie blieb nur die Frage: Waren sie noch am Leben? Wenn sie es nicht waren, wo waren ihre Leichen, und wer hatte damit zu tun?

Emma blickte sich tausendmal um, wenn sie die Strecke fuhr, sah überall das Gesicht ihres Mannes, auch wenn es nur eingebildet war. Aber ihre Sehnsucht nach dem anderen war stärker, mittlerweile war es ihr fast gleich, ob ihr Mann es herausfand, wo er sie doch sowieso nicht mehr wollte. Doch aufs Wollen kam es nicht an, das hatte Emma mittlerweile verstanden. Was zählte, war die Meinung der Leute. Benno würde sich keine Hörner aufsetzen lassen, hatte er ihr klargemacht.

Warum vernünftig sein?, fragte sie sich. Sie hatte es ja nicht einmal gewollt, aber jetzt wollte sie es, sie wollte ihn.

Emma hätte nie gedacht, dass sie eines Tages so empfinden würde.

Er wartete auf sie in der Dämmerung am Rand des Waldes. Sie konnte seinen Schatten sehen.

»Er weiß vielleicht von uns«, sagte Emma und fiel in seine Umarmung. Sie konnte nicht anders.

»Nicht. Nicht jetzt. Lass deinen Mann nicht zwischen uns, sonst geht er nicht mehr«, gab er zurück.

Auf ihn würde Benno nicht kommen, doch für ihn zählte das »Wer« auch gar nicht.

Sie wollte Benno nicht zwischen sich und ihrem Liebsten haben, aber sein Verhalten in letzter Zeit bereitete ihr einige Sorge. Emma verscheuchte das Bild, als ihr Liebster ihre empfindliche Halsbeuge küsste. Sie schloss die Augen. Sie beide waren in ihrer eigenen kleinen Welt.

Er zog sie auf die Decke, die er auf dem Waldboden ausgebreitet hatte, und streichelte sie. Sie ließen sich Zeit, beeilten sich nicht, spielten miteinander. Zärtlich drang er in sie ein, die Bewegung eine Zeitlupensequenz. Sie erfühlten sich, bis Emma die Spannung nicht mehr aushielt und ihm vor Verlangen ihr Becken entgegenwölbte. Er keuchte, flüsterte Liebesworte in ihr Ohr. Sie klammerte sich an ihn, krallte ihre Finger lustvoll in seine Haut.

Sie durfte nicht schreien und presste die Lippen zusammen, als sie kam, ihr Gehirn für ein paar wundervolle Augenblicke leer gefegt. Er erstickte sein erlösendes Stöhnen in ihrem Haar, während er sich aus ihr zurückzog.

Doch jemand keuchte weiter, und es war keiner von ihnen beiden. Sie sahen sich entsetzt an. Wurden sie beobachtet?

Emma richtete sich benommen auf, hielt sich die Bluse vor die Brust und zog die Beine an den Körper. Er stieg eilig in seine Jeans und band sich die Schuhe.

»Ich gehe nachsehen.«

Auch wenn es idiotisch war, Angst zu haben, Emma fürchtete sich. Benno konnte ihm auflauern, er konnte ihn umbringen, er konnte …

Sie beeilte sich mit dem Anziehen, bemühte sich, alle Knöpfe ihrer Bluse zu schließen. Ihre Hände waren feucht. Sie hörte einen überraschten Laut, dem ein Murmeln folgte, dann rannte jemand.

Er war schreckensbleich, als er Emma in seine Arme riss. »Wir können nicht bleiben …«, flüsterte er. »Wir können auch nicht zurückkommen.«

Sellerieblätter ernähren die Knollen, darum sollte man sie nicht entfernen.

12

Diesmal half ihr Sebastian wie versprochen mit dem Pflanzen.

»Mama mochte es gern bunt«, erzählte er. »Ihr Bauerngarten war ein herrliches Durcheinander von einjährigen Sommerblumen, Stauden, Gemüsen und Kräutern.«

Ringel-, Korn-, und Sonnenblumen waren Einjährige, die gesät wurden. Rittersporn, Flammenblume und die unverwüstliche Pfingstrose waren mehrjährige Stauden. Josefina musste ihn nicht groß anweisen, wohin etwas gepflanzt wurde, Sebastian von Precht hatte ein gutes Gespür. Für die Zusammenstellung der Farben und für die Pflanzen.

»Was ist mit Nikolaus, war er immer schon so … eigen?«

»Das haben Sie nett gesagt. Ja, war er, doch in letzter Zeit ist es schlimmer geworden. Er hat Unsinn im Kopf, mehr als sonst. Und darum dachte ich mir, es wäre klug, um Hilfe zu bitten. Ich würde meinen Vater nie in ein Altenheim stecken. Aber inkontinent ist er ganz sicher nicht.«

Auch da musste sie ihm recht geben.

Eine kleine Weile arbeiteten sie schweigend. Josefina atmete das angenehme Aroma der Zitronenmelisse tief ein. Sie würde auch einen Teil des morgigen Tages im Garten verbringen; es machte Spaß, und es lenkte sie ein bisschen ab von ihrer Sorge um Vinzenz.

»Welches Geheimnis birgt der Ford Mustang? Möchten Sie darüber reden?« Sebastian brachte Vinzenz mit seiner Frage zurück.

Sie hatte eigentlich nicht darüber reden wollen, aber vielleicht war es ganz gut, über ihren Bruder zu sprechen.

»Er birgt tatsächlich ein Geheimnis.« Und Josefina erzählte Sebastian von ihrem Zuhause und von ihrer Familie und davon, dass sie Vinzenz' Weggehen immer für Absicht gehalten hatte, bis sein Wagen jetzt im Halbinger See gefunden worden war.

»Das Geheimnis sind die rätselhaften Umstände. Vinzenz liebte seinen Wagen, er hat praktisch jede freie Minute daran herumgewerkelt.« Ihre Angst schluckte sie hinunter, aus ihrer Stimme sprach Zorn.

»Das tut mir leid«, sagte Sebastian. »Dass der Wagen Ihres Bruders hier gefunden wurde, heißt, dass Ihre Familie in der Gegend lebt, richtig?«, fragte er dann.

Es war ohnehin gleich, Josefina erzählte ihm, dass ihr Vater der große Jungblut-Bauer war.

»Ich hatte schon mit ihm zu tun«, sagte Sebastian. »Ich hab Liesl und Berta von ihm gekauft.«

»Ehrlich ist er immer gewesen«, sagte Josefina.

»Und was war er nicht?«

»Ein liebevoller Vater, das war er nicht.« Ihr Vater hatte ihr gegenüber nie herzliche Gefühle gezeigt. Sie schüttelte den Gedanken ab. »Ich möchte wissen, was mein Bruder hier gemacht hat, wen er kannte.« Josefina dachte an das Bild im Medaillon. »Wahrscheinlich werde ich jemanden aus meiner Familie danach fragen. Bald.« Wenn sie es wissen wollte, blieb ihr keine große Wahl.

»Vielleicht hat er mit seinem Wagen an einem der illegalen Rennen teilgenommen, die hier manchmal veranstaltet werden.«

Auch Axel Theis hatte ihr gegenüber so etwas erwähnt. Die Rennen waren ihm ein Dorn im Auge. »Kann sein.« Sie nickte. Das würde zu ihrem Bruder passen.

Sebastian legte kurz eine Hand auf ihre. Dann drückte er ihr einen Becher mit einer Basilikumpflanze in die Hand. Josefina grinste.

»Basilikum wurde früher auch bei Erkrankungen der Harnwege angewendet.«

»Ich glaube, Nikolaus mag Sie«, sagte Sebastian.

Josefina wusste nicht, ob sie das auch glaubte. Aber im Grunde war es ihr auch gleich, und sie hatte keine Lust, weiter darüber nachzudenken. »Warum bekommen Ihre Kühe eigentlich Gitarrenmusik zu hören?«, fragte sie stattdessen. Es interessierte sie wirklich.

»Die Musik scheint sie zu beruhigen. Nikolaus spielt Mundharmonika, ziemlich gut sogar. Das mögen sie auch.«

Die gelbe Ente fuhr den Feldweg entlang, und Josefina riskierte einen Seitenblick, ob Franziska womöglich irgendwo umherstreifte. Es wurde allmählich Abend. Die Wolken bildeten dünne Streifen und sahen aus wie Schleier mit ausgefransten Rändern. Verschwand die Sonne hinter der Bewölkung, war die Welt plötzlich voller Schatten.

Josefina empfand die Schatten nicht als bedrohlich, aber sich selbst als machtlos. Wie sollte sie es anstellen, etwas über ihren Bruder herauszufinden? Axel Theis hatte ihr das Medaillon nur gezeigt, sie durfte es nicht mitnehmen, es gehörte zu den Beweismitteln. Was war damit denn bewiesen? Es gab keinen Fall, bloß ein Auto in einem See. Wenn überhaupt, war es Umweltverschmutzung. Josefina lachte spröde auf. Warum ausgerechnet jetzt?, fragte sie sich.

Sie hatte gedacht, Vinzenz zu kennen, und dass er niemals seinen geliebten Mustang im See versenkt hätte, aber vielleicht hatte er es aus Trotz getan oder weil er etwas angestellt hatte.

Tausend Dinge waren denkbar, nur eines wollte sie nicht denken – dass ihr Bruder nicht zurückkommen konnte, weil er nicht mehr am Leben war.

Sie parkte die Ente gegenüber der Linde mit ihrer Bank. Ein gut aussehender älterer Mann in Jeans und einem Shirt saß dort mit einem Zeichenblock auf dem Schoß; neben ihm lag ein altes Federmäppchen. Josefina folgte seinem Blick. Außer dem Pfarrhaus gab es nur bewegte Motive. Sie kannte sich mit Malerei nicht wirklich aus, aber wenn er nachher noch da war, könnte sie schauen, was er zu Papier gebracht hatte.

Sie hörte Stimmen und das Bellen eines Hundes. Ihr kamen ein paar Leute entgegen, sie grüßte und wurde wiedergegrüßt. Axel Theis dagegen hatte keinen Blick für sie, als sie den Gehweg herauflief. Seine Hand spannte sich grob um den Arm eines jungen Mannes. Josefina konnte hören, was Theis drohend zu ihm sagte.

»Sie haben dich außen vor gelassen, aber ich will wetten, du warst dabei. Sven geht nicht tauchen, der nicht. Du warst dort unten. Warum? Woher wusstest du, dass der Wagen da ist? Lüg mich nicht an, sonst … werde ich Fionas Akte noch einmal aufmachen, und dann könnte mir etwas ins Auge fallen, das ich vorher übersehen habe.«

»Oder das vorher gar nicht da war«, lautete die bittere Erwiderung.

Josefina lauschte nicht, der Wortwechsel war laut und sie nahe genug am Geschehen.

»Ich weiß nichts über den Wagen«, rief der junge Mann wütend. »Irgendwas hatte sich im Licht der Scheinwerfer gespiegelt, und ich bin nachschauen gegangen. Wenn ich es geschafft hätte, dann hätte ich auch den Kofferraum aufgemacht. Fiona hätte da drin sein können. Und jetzt lassen Sie mich in Ruhe.« Er riss sich los.

Theis' Gesicht verzog sich grimmig und machte aus den Narben kleine Krater. Seine Gedanken wollte Josefina jetzt nicht kennen. Anscheinend war der junge Mann dabei gewesen, als der Ford Mustang entdeckt wurde. Aber wer war Fiona, und warum hatte er befürchtet, sie könne im Kofferraum sein?

Josefina betrat den Bunten Laden und tauchte schnell zwischen den Waren ab. Sie hatte nichts zu verbergen, aber sie hatte auch keine Lust, Axel Theis in seiner geladenen Stimmung zu begegnen.

Sie hielt nach Wilfried Baldus Ausschau, entdeckte ihn aber nirgendwo. Dafür kam eine große Frau mit erdbeerroten Locken, einer Stupsnase, Sommersprossen und einem sympathischen Lächeln auf sie zu.

Josefina fragte nach dem Ladeninhaber. Zu gern hätte sie mehr von ihm erfahren. Mehr davon, was sich die Leute über den Wagen im Halbinger See erzählten. Und vielleicht auch, wer Fiona war.

»Wilfried ist nicht da. Sie sind Dorfhelferin auf dem Precht-Hof, oder? Die mit dem Surfstick.«

Das musste ja etwas ganz Besonderes sein. »Heißt das, er ist schon da?«, fragte Josefina hoffnungsvoll. Wenn sie schon nicht mit dem redseligen Wilfried sprechen konnte, wäre das zumindest eine kleine Freude.

»Leider nicht, in der heutigen Lieferung war er nicht.«

»Mist«, rutschte es Josefina heraus. Die Frau sah sie fragend an. »Ich muss die Rätsel fertig bekommen«, sagte Josefina, als wäre das eine plausible Erklärung. Aber immerhin bot es eine wunderbare Überleitung.

»Rätsel?« Die Frau hatte angebissen. Josefina erklärte, wie man ein Gitterrätsel konzipierte und dass man dazu jede Menge Fragen benötigte. Die dazugehörigen Antworten natürlich auch. Und die fand sie unter anderem im Internet.

»Das klingt interessant, aber auch ziemlich arbeitsaufwendig. Übrigens, ich bin Rowena, und ich frage gleich noch mal beim Anbieter wegen des Sticks nach, versprochen.«

»Das ist nett. Für das nächste Rätsel fehlen mir nämlich noch ein paar exotische Fragen, die nicht jeder sofort beantworten kann.«

»Im Keller des Rathauses gibt es eine kleine Bibliothek und ein Archiv. Die heimische Zeitung hat jeden Monat ein Extrablatt eingelegt mit dem Titel ›Land- und Hofleben‹, vielleicht finden Sie darin etwas Passendes.«

Josefina ließ sich das durch den Kopf gehen. Es klang nicht schlecht.

»Es ist allerdings ein bisschen gruselig dort unten, es gibt kein Tageslicht«, ergänzte Rowena.

Das Licht sollte Josefina nicht beeindrucken. »Ich brauche auch noch etwas anderes … es wird komisch klingen, wenn ich das frage«, sagte sie, obwohl es ihr ganz gleich war, wie es klang. »Ich dachte, hier im Laden kommen Sie bestimmt mit vielen Menschen zusammen, und es würde Ihnen auffallen, wenn jemand hereinkäme, den Sie vorher noch nie gesehen haben.«

Sie wollte hinzufügen: »Es geht um den Ford Mustang, der im Halbinger See entdeckt wurde«, aber da fragte Rowena schon besorgt: »Ist etwas passiert?«

»Ich weiß es nicht«, gab Josefina zu. »Der Wagen im See gehörte meinem Bruder.«

»Oh weh. Die eigenartigen Vorkommnisse häufen sich in letzter Zeit. Ich habe gehört, dass das Auto wohl schon länger dort auf dem Seegrund liegt.«

Josefina nickte. »Es könnte ja sein, dass Sie Vinzenz gesehen haben … irgendwann.« Sie gab eine Beschreibung ab und merkte, wie Vinzenz' Bild in ihrer Erinnerung schon jetzt an Lebendigkeit verlor.

»Gilt Ihr Bruder denn als vermisst, haben Sie die Polizei verständigt?«, fragte Rowena.

Josefina glaubte nicht, dass ihre Mutter eine Vermisstenanzeige aufgegeben hatte. Ihre Eltern hatten ja wie sie selbst gedacht, Vinzenz wäre abgehauen. Sie schüttelte den Kopf.

»Das wäre aber vielleicht hilfreich. Obwohl die Polizeiaktion in Fionas Fall leider auch nichts gebracht hat«, sagte Rowena. »Sie ist vor ungefähr acht Monaten verschwunden.«

Fiona. Jetzt würde Josefina doch noch etwas über sie erfahren.

»Wollen Sie damit sagen, Fionas Verschwinden hätte mit dem Auto im See zu tun?«

»Nein. – Ich weiß es nicht. Man macht sich nur seine Gedanken«, sagte Rowena. »Kurz nach Fionas Verschwinden hatte Wilfrieds Tochter Nella einen Unfall. Nella ist Fionas beste Freundin. Offenbar hat sie nach ihr gesucht und geriet dabei oben bei der alten Ruine in eine Felsspalte. Sie erlitt einen Schock, und seit dem Tag kann sie nicht mehr sprechen. Ein lebensfrohes neunzehnjähriges Mädchen, das ganz plötzlich schweigt, es ist schlimm für Wilfried und für uns alle.«

Um Himmels willen, und Josefina war völlig unbedarft dort oben herumgelaufen.

»Wenigstens handelt es sich nicht um eine von Adlus von Prechts Hinterlassenschaften, mit deren Hilfe er die Mädchen fing«, sagte sie.

»Von dem haben Sie schon gehört? Dieser Ritter muss ein Scheusal gewesen sein, und man sagt ja auch vom alten von Precht, dass er ziemlich boshaft sein kann. Aber ich wüsste nicht, wie ich das verkraften würde, wenn mir ein Bein fehlen würde.«

Josefina nickte nachdenklich. »Fiona wurde also nicht gefunden?«

»Nein, und auch das andere Mädchen nicht. Nikolaus von Precht allerdings dürfte aus dem Schneider sein, er kann niemanden über seine Schulter werfen und mitnehmen.«

Wenn du wüsstest, was der alles kann, dachte Josefina. Laut fragte sie: »Es gibt noch ein vermisstes Mädchen aus Prechtenstein?« Was war hier bloß los?

»Fiona ist die Tochter des Prechtensteiner Bürgermeisters. Die andere junge Frau kommt aus einem Nachbarort.«

Zwei junge Frauen. Galt das schon als eine Serie?

Josefina wollte Rowena nach dem zornigen jungen Mann fragen, der Axel Theis unterstellt hatte, er würde Beweise fälschen, wenn sie ihm nicht zusagten. So direkt hatte er es zwar nicht gesagt, aber es war dem sehr nahgekommen.

Sie erklärte, sie sei vorhin Zeugin einer Auseinandersetzung geworden. »Der Polizist und ein schmucker dunkelhaariger Kerl in Jeansjacke mit einem Aufnäher auf dem Rücken – ›County Rocker‹?« Den hatte sie erst gesehen, als er sich umwandte, und dann auch nur, weil sie sich ebenfalls umgedreht hatte.

»Klingt nach Leander Eggers, er war Fionas Freund. Er hat sie angeblich als Letzter am Abend ihres Verschwindens gesehen. Ich weiß immer noch nicht, wie es richtig ist … Gibt man einen Menschen nicht verloren, wenn man in der Vergangenheitsform über ihn spricht? Irgendwie glaube ich das.«

Irgendwie glaubte Josefina das auch.

»Wie klappt denn Sebastians Brautwerbung? Hat er sich schon entschieden?«, fragte Rowena unvermittelt, und Josefina sah ihre Augen ein kleines bisschen aufleuchten. »Ich mag seine Gedichte. Die Frauen müssen doch dahinschmelzen.« So wie es klang, schmolz zumindest sie dahin.

Als Rowena Josefina gestand, sie wäre ein kleines bisschen an Sebastian von Precht interessiert, hatte Josefina eine Idee. Kurzerhand bat sie Rowena, ihr den Surfstick freundlicherweise auf dem Precht-Hof vorbeizubringen, sobald er einträfe.

»Kupplerin«, sagte ein leises Stimmchen in ihrem Kopf. Gar nicht, es war gar nichts, nur eine harmlose Bitte.

»Danke für die Unterhaltung und für den Tipp mit der Bibliothek«, sagte sie. War dafür heute noch Zeit? Wahrscheinlich nicht. Und sie musste auch noch einkaufen. Der alte Nikolaus hatte sich einen Topfenschmarrn gewünscht mit Maulbeeren. Die waren ein Mitbringsel von Emma und wären in der Vorratskammer zu finden, hatte er sie informiert. Josefina hatte Maulbeeren bislang nur getrocknet gegessen. Sie waren süß, mit einer leichten Honignote und erinnerten an Rosinen.

Josefina kaufte noch frischen Topfen und Sauerrahm. Ein sparsames kleines Päckchen, das sie da mit nach Hause nahm. Nikolaus von Precht hätte dazu sicher etwas zu bemerken.

Doch er bemerkte nichts, registrierte nur die karge Ausbeute und muffelte vor sich hin.

13

Sommer 1968

Er studierte Medizin an der Ludwig-Maximilians-Universität in München. Über Anatomie wusste er alles, und gerade fand er ihre ganz spannend. Sie waren in der alten Jagdhütte, als er sie fragte, ob sie ihn vermisst habe. Er sah aus wie aus einem Modekatalog, und sie fragte sich: Kann es sein, dass er wirklich mich will?

Und wie sie ihn vermisst hatte, aber das würde sie ihm nicht verraten.

»Vielleicht ein bisschen«, sagte sie.

»Das wäre schade, dann wartet niemand auf mich.« Er klang, als würde ihm ihre Antwort etwas bedeuten und als hätte sie ihm gerade die falsche gegeben.

Sie würde aber jetzt nichts anderes sagen, das wäre zu dämlich, stattdessen berührte sie sein Gesicht und küsste ihn.

Peter kam am Wochenende, und bisher hatten sie jedes zusammen verbracht. Sie gingen essen, tanzen – und einige Male hatte Peter einen Freund mitgebracht. Theo.

»Wegen Leni«, hatte er gesagt, und tatsächlich fand Leni Theo ziemlich gut aussehend. »Außerdem ist er lustig«, sagte sie, doch Franziska bemerkte den Blick, mit dem sie Peter ansah. Theo war liebenswert, aber aufregend war Peter. Theo war amüsant und gemütlich, aber Peters kühle Lässigkeit wirkte attraktiver.

Leni hatte sich auf den ersten Blick in Peter verliebt, wurde Franziska klar, und sie verbarg diese Empfindungen ihr gegenüber auch nicht.

»Konntest du Peters süßen Hintern schon näher in Augenschein nehmen?«

»Ernsthaft?«, fragte Franziska.

»Ein bisschen«, lachte Leni.

»Ich glaube, er könnte es sein. Er macht mich jedenfalls ziemlich nervös«, gab Franziska zu.

»Wenn er dein Glück ist, gönne ich es dir«, hatte Leni gesagt und Franziska umarmt.

»Woran denkst du?«, fragte Peter jetzt und wartete die Antwort nicht ab. Er hob sie hoch und schob ihren Rock über die Schenkel, sodass der Stoff auf ihrer schmalen Taille saß. »Das nächste Mal möchte ich dich ohne Höschen«, sagte er und barg sein Gesicht in ihrem Schoß.

Sie wurde rot. Das nächste Mal. Sie hatten bisher nicht miteinander geschlafen, und Franziska wertete das als Zeichen seiner Ernsthaftigkeit. Was war mit ihr los, sie war doch diejenige, die gern Spaß hatte, und jetzt tat sie so, als wäre sie unnahbar, als hätte sie es noch nie zuvor gemacht. Aber die anderen Male waren nichts Besonderes gewesen, nicht mal besonders schön, sie hatte dabei keine Lust verspürt. Und sie wollte es diesmal richtig machen. Mit dem richtigen Mann.

»Ob Theo es grade mit Leni tut?«, fragte er lachend.

Zwei Freunde, zwei Frauen. Theo war wieder mitgekommen. Franziska glaubte nicht, dass die beiden es miteinander taten, aber sie mochten sich. Und Leni lachte, wenn Theo da war. Doch miteinander lachen war nicht genug, das war Franziska klar. Sie wollte nicht, dass Peter an Leni dachte. War sie eifersüchtig, nur wegen eines Gedankens?

Sie streifte langsam ihr Höschen herunter. Es war züchtig, keine Reizwäsche, sondern Baumwolle. Vielleicht sollte sie etwas aus Seide kaufen.

Sie griff nach seiner Hand und legte sie in ihren Schoß. Peters Blick hielt sie fest, und Franziska begann langsam, seine Finger auf und ab zu bewegen.

»Und wie du mich willst«, raunte er zufrieden in ihr Ohr.

14

Kürbis- und Gurkenkerne werden vor der Aussaat eine Nacht leicht in Milch eingeweicht.

Adenauer trabte mit einer in sich gekehrten Josefina auf dem Rücken über das Land.

Sie trug eine Stirnlampe auf dem Kopf; Sebastian hatte gemahnt, einer von beiden bräuchte Licht, und wenn nicht das Pferd, dann doch die Reiterin. Es war bereits dunkel, und am liebsten hätte sie den Ausritt auf morgen verschoben, aber sie hatte es versprochen. Pferde vergaßen nichts, war Josefina sich sicher. Immerhin konnte sie so den Tag gedanklich noch mal an sich vorüberziehen lassen. Angefangen mit dem schauderhaften Ausflug zum See.

Ob sie Axel Theis sympathisch fand, hatte sie für sich auch noch nicht abschließend herausgefunden. Unangenehm war er ihr nicht gewesen, aber dann hatte sie gesehen, wie er mit Leander Eggers umgegangen war, außerdem hatte ihr seine Äußerung nicht zugesagt, Josefinas Vater habe recht mit seiner Meinung über seinen Sohn.

Sie atmete tief ein. Landluft, rein und ohne Zusätze. Die Kapelle kam ihr wieder in den Sinn und dass sie glaubte, eine Frau dort gesehen zu haben. Sie könnte mit Adenauer zur Kapelle reiten. Gerade wollte sie ihm mit den Schenkeln Anweisung für einen Kurswechsel geben, als er plötzlich den Kopf wandte. Sein erfreutes Wiehern galt Florence, die von Sebastian geschickt an ihre Seite gelenkt wurde.

»Sie haben kein Licht«, sagte Josefina.

»Sie müssen für uns beide leuchten«, gab er zurück.

Josefina wartete darauf, dass Sebastian ihr erklärte, warum er sie gesucht hatte. Denn das hatte er getan, da war sie sicher. Glaubte er, sie war ausgeritten, um zu grübeln? Ein bisschen stimmte es. Josefina überlegte, warum Vinzenz diesen See angesteuert hatte. Wenn er nur einen See gesucht hatte, der tief genug für den Mustang war, dann hätte es sicher nicht dieser See sein müssen. Was hatte ihn dazu bewogen?

Sebastian würde ihr auf diese Frage keine Antwort geben

können, aber vielleicht auf eine andere. Sie erzählte ihm davon, wie sie auf den Sühnestein und das verbrannte Holz gestoßen war. »Dort oben stand einmal eine kleine Hütte«, begann Sebastian und wies in Richtung Felsen. »Die Hütte wurde von Jägern genutzt. Es gab auch einen Hochstand, aber das ist lange her. Der Hochstand ist weg, und die Hütte brannte nieder. Im Innern fand man eine Leiche. Aber auch das ist sehr lange her.«

Josefina durchfuhr ein Schauer. Wollte sie das wirklich wissen? Es war spät und die Geschichte gut für mindestens einen schlechten Traum.

»Sie haben mir erzählt, dass Sie Franziska begegnet sind«, erklärte Sebastian. »Es war Leni Lammbeck, Franziskas beste Freundin, die man in den verbrannten Überresten fand.«

Prechtenstein war ein Ort, der Josefina bereits nach wenigen Tagen unheimlich war, hier passierte allerhand – zu viel für ihren Geschmack.

15

Reinen Teint erzielt man durch Trinken von viel frischem Gurkensaft.

»Da hat eine Bewerberin angerufen«, posaunte der alte Nikolaus aus seinem Fenster im ersten Stock, als Josefina und Sebastian auf den Hof ritten. Oder war es am Ende ihr eigenes Fenster? »Also habe ich einen Termin vereinbart. Ein Abendessen im kleinsten Kreis. Natürlich muss ich mir die Schnecke anschauen, kann ja sein, dass sie mir nicht gefällt.«

Sebastian sprang von Florence' Rücken. »Vater, ob dir die ›Schnecke‹ gefällt«, er betonte das Wort, »ist mir gleich. Mach gefälligst nicht meine Verabredungen aus. Und du zählst nicht zum kleinsten Kreis, dass wir uns da verstehen.«

»Wir sollten festlegen, worauf du Wert legst. Hübsch muss sie sein, anpacken muss sie können, und kochen können muss sie sowieso, aber bloß nicht dichten, sonst springe ich hier noch aus dem Fenster.«

»Dann spring doch«, regte Sebastian an.

So ging es hin und her, Nikolaus von Precht oben, Sebastian von Precht unten, weswegen sich angeschrien werden musste. Bald würde die umliegende Nachbarschaft mitbekommen, dass der Bauer vom Precht-Hof ein Date hatte, sein Vater unbedingt dabei sein wollte und die Dorfhelferin das Abendessen zubereiten sollte.

Daran wollte sie sich nicht beteiligen. Josefina nahm Sebastian wortlos Florence' Zügel ab und brachte sie und Adenauer in die Boxen. Sie ließ sich Zeit mit der Pferdekörperpflege und erzählte den beiden, dass manche Menschen kein Gespür für andere besäßen.

Danach spielte sie mit den kleinen Katzen, die munter durchs Stroh sprangen.

Schlafen wollte sie nicht, ihren Roman hatte sie gelesen, und bei dem Rätsel kam sie ohne Inspiration nicht weiter. Sie könnte noch ein bisschen auf ihrer Gitarre zupfen, doch dafür war sie nicht in Stimmung. Oder sie könnte sich Gedanken machen, aber das konnte sie auch einen Tag später, wenn sie in der Rathaus-Bibliothek die Zeitungen durchsuchte.

Es gab mittlerweile einiges, wofür sie sich interessierte. Zwei vermisste Mädchen und ein versunkener Ford Mustang ohne einen Hinweis, wo der Fahrer abgeblieben war. Ein Sühnekreuz und eine Leiche in einer alten Jagdhütte.

Aber zuerst wollte sie Rache, und derjenige, dem sie galt, lag nur ein Zimmer weiter.

Josefina hatte beschlossen zu warten. Und wenn es bis zum frühen Morgen dauern sollte. In der Zeit konnte sie alles, was nötig war, vorbereiten.

So unauffällig und leise wie möglich befüllte sie einen Eimer und stellte ihn in ihrem Zimmer neben das Bett. An den Schrank und den Rucksack käme sie am besten, wenn der alte Nikolaus schlief. Die Schranktür quietschte nicht, so könnte Josefina sich unbemerkt den Rucksack schnappen und einen Blick hineinwerfen. Wenn sie wusste, was darin war, würde sie eine Entscheidung treffen. Sie hatte ein klein wenig Magengrummeln, denn er musste etwas versteckt haben, das es wert war, versteckt zu werden.

Die erste Aktion, das Schnappen des Rucksacks, wäre einfacher durchzuführen als die Sache mit dem Wassereimer. Josefina hatte ihre Zimmertür nur angelehnt. Dahinter saß sie in ihrem Nachthemd und spitzte die Ohren.

Irgendwann drang Schnarchen auf den Gang. Josefina achtete darauf, dass es überzeugend klang, nicht dass der alte Kerl nur so tat als ob. Bei ihm war mit allem zu rechnen. Aber es hörte sich echt an, und sie schlich auf Zehenspitzen mit gerafftem Nachtgewand zur Schranktür. Der Rucksack war noch da.

Als Josefina ihn auf ihr Bett legte und den Reißverschluss aufzog, kam es ihr vor, als wäre das ratschende Geräusch überlaut.

Sie kehrte das Innerste nach außen, weil sie sonst womöglich etwas übersah, dann hielt sie inne. Josefina hätte es überall wiedererkannt – ihr Umschlagtuch, das sie Franziska gegeben hatte. Sie faltete es auseinander und schaute es sich genauer an, als würde es ihr einen Hinweis geben. Es roch eigenartig … Dann sah sie die Blutflecken.

Josefina ließ sich aufs Bett fallen. Was hatte er getan?

Für einen Augenblick geriet ihr Entschluss ins Wanken. Es gab Wichtigeres, zum Beispiel Franziska suchen, doch da konnte sie gerade nicht viel ausrichten: Wie sollte sie mitten in der Nacht jemanden finden?

Josefina hieb ihre Faust in die Handfläche. »Ich werde dich das Fürchten lehren, alter Mann!«

Vielleicht etwas übertrieben, so leicht war Nikolaus von Precht bestimmt nicht zu beeindrucken, aber Josefina wollte wenigstens dafür sorgen, dass ihm die Kinnlade herunterfiel. Abwarten, bis er kurz das Zimmer verließ, und dann zuschlagen.

Sie hockte wieder hinter der angelehnten Tür, und irgendwann hörte sie seine ungelenken Schritte. Er machte sich auf den Weg zur Toilette. Es gab in seinem Zimmer keinen Nachttopf. Allein diese Nebensächlichkeit hätte ihr vom ersten Moment an verraten müssen, dass der Mann keiner war, der ins Bett machte.

Sie packte ihren Eimer und schlüpfte eilig hinaus und in sein Zimmer.

Als sie Minuten später in ihr kaltes Bett schlüpfte, war es früher Morgen, und feine Spuren von Rosa und hellem Blau durchzogen den Himmel.

Sie grinste. Es würde nicht lange dauern …

Es dauerte nicht lange. Klopf, klopf, klopf – erst zaghaft und dann ein wütendes Hämmern.

»Erscheine auf der Stelle!«

Glaubte er etwa an Geister? Seine Reaktion war wenigstens eine kleine Genugtuung, auch wenn Josefina das Bett wieder abziehen müsste.

Auch diesmal beeilte sie sich nicht, was sollte er auch machen, sie sich über die Schulter werfen? Nicht sie, garantiert nicht.

Seine Tür stand weit offen. »Da«, sagte er mit feurigem Blick.

Josefina biss sich von innen in die Wange, um nicht zu lachen. Sie wollte beinahe platzen vor Heiterkeit. Sie hatte ihn treffen wollen und ihm auf diese Weise sagen: Ich hab dein kleines Spiel durchschaut.

»Er ist weg«, sagte er jetzt. Sofort wusste sie, dass er den Rucksack meinte. Sie hatte vergessen, ihn wieder in den Schrank zu stellen.

»Dort drin ist mein Umschlagtuch«, gab sie zurück und verschränkte die Arme vor der Brust. »Außerdem riecht es nach etwas Totem. Und es ist Blut drauf.«

»Etwas Lebendes packe ich da auch nicht hinein.«

Je früher im April der Schlehdorn blüht,
desto eher der Schnitter zur Ernte zieht.

16

Er hatte die Angst seines Lebens ausgestanden, als das kalte Wasser über ihm immer dunkler wurde, als er tiefer und tiefer hinunterging. Sven war es nicht gewesen, der mit ihm getaucht war, er war nicht mal ein Schwimmer, schon gar kein Taucher. Axel Theis hatte völlig recht.

Christian war mitgegangen, Sven wäre zu betrunken gewesen, der wäre vielleicht nicht wieder aufgetaucht.

Leander konnte die Luft ziemlich lange anhalten, das Kunststück stammte noch aus den Tagen, als sie beim Schwimmen Wetten darauf abgeschlossen hatten, wer zuletzt auftauchte. Er war immer der Letzte gewesen. Letzter sein war sonst meistens ziemlich unattraktiv.

In dem Mustang war niemand gewesen, und er dankte Gott dafür. Das hätte er nicht ausgehalten. Unter Wasser kotzen, konnte man das? Ertrinken wäre wahrscheinlich die Alternative gewesen.

Christian war bei ihm geblieben, bis ihm die Luft ausging.

Leander hatte noch versucht, den Kofferraum aufzuhebeln, aber nachdem schon die Türen nicht aufgegangen waren, hatte das erst recht nicht funktioniert. Und nachdem sie die Polizei verständigt hatten, war er auch den Rest der Nacht dort geblieben, um zu sehen, ob die Polizeitaucher etwas finden würden. Jemanden, eine Leiche. Im Kofferraum. Es war ein absoluter Alptraum. Seine Freunde hatten mit ihm ausgeharrt, und Sven hatte die Aktion auf seine Kappe genommen.

Leander hatte sich im Gebüsch verkrochen, damit ihn Theis nicht bemerkte. Der Bulle hatte etwas gegen ihn, warum auch immer, darum hatte er es für besser befunden, wenn er nicht gesehen wurde.

Es war vorstellbar und plausibel, dass keiner von ihnen ganz nüchtern gewesen war, wer würde sonst in einem kalten See Anfang April tauchen gehen? Am Ende der Nacht waren sie jedenfalls alle ernüchtert.

Er musste an etwas denken, das im Fond des Mustangs gelegen hatte. Die Fenster waren geöffnet gewesen, und Leander hatte sich ein Stückchen hindurchgezwängt. Er war zu groß, als dass er es ganz geschafft hätte.

Ein orangefarbenes Lederarmband lag am Boden auf der Fahrerseite. Ein Kontrollband. Er hatte versucht, es zu angeln, aber dann hatte er es gelassen. Er brauchte die Luft für etwas anderes.

Es war nichts, das Fiona gehört hatte. Vielleicht dem Fahrer.

Vor einem Jahr hatte es in der Gegend ein Oldtimer-Festival gegeben. Marcel hatte genauso ein Band am Handgelenk getragen, er war dort gewesen, weil er sich für alte Schlitten interessierte. Selbst hatte er zwar keinen, aber er hätte gern einen. Er hatte die Holzfachschule längst abgeschlossen, aber das Sägewerk war noch immer in fester Hand – in der seines Vaters, und der hielt ihn finanziell knapp. Durch Marcel wusste Leander von dem Festival. Die gesalzenen Eintrittspreise hatten die Veranstalter damit gerechtfertigt, dass jeder Gast eine Erinnerung in Form eines Bildes auf dem Band erhielt.

Von seinem Aussichtspunkt im Gebüsch aus hatte Leander alles sehen können; es dauerte endlos, bis der Hebekran so im Untergrund verankert war, dass er das Wrack bergen konnte, und es dauerte noch einmal so lange, bis der Wagen aus dem See auftauchte. Es sah gespenstisch aus. Erste Nebel wanderten über die Wiese, und vom See stieg Dampf auf.

Die Taucher kamen zurück und zogen sich um, ein anderer Van fuhr vor, und Männer in weißen Anzügen stiegen aus. Es wirkte wie ein Science-Fiction-Dreh.

Doch Leander hatte den Wagen im Auge behalten, er wollte sehen, was im Kofferraum war. Er musste sicher wissen, dass es nicht Fiona war, obwohl sein Gespür ihm längst ein »Nein« gegeben hatte. Doch sein Gespür genügte ihm nicht.

Als einer der Taucher sich am Kofferraum versuchte, reckte Leander den Hals. Der Mann schüttelte den Kopf. Er bekam ihn nicht auf. Blech und Chrom hatten sich verzogen; er ging davon, vermutlich um ein passendes Werkzeug zu organisieren.

Leander hatte gewartet. Er würde nicht weggehen, bevor der verfluchte Kofferraum sein Geheimnis preisgab. Wenn es denn eines gab.

Und dann hatte er Marcel beobachtet, wie er um den Wagen herumging, als wüsste er, wem er gehörte. Er schaute in den Innenraum, und hätte Leander Lippenlesen beherrscht, er hätte gewettet, es war ein »Scheiße«, das er mit dem Mund formte.

Marcel hatte sich kurz umgesehen, ob ihn jemand im Blick hatte, sich dann in den Fond gebeugt, das orangene Lederband genommen und es eingesteckt.

Leander hatte kein Handy dabeigehabt, sonst hätte er es festgehalten. Hätte er sich das Band bloß näher angeschaut. Wenn Marcel es genommen hatte, dann musste sein Foto drauf sein.

Aber er konnte bluffen und so tun, als wäre er über alles im Bilde, was auch immer es war. Er würde Marcel fragen, wie es ihm auf dem Festival gefallen und was er mit dem Ford Mustang zu tun hatte.

Keinen Moment der Müdigkeit hatte er verspürt, bis er glaubte, alles gesehen zu haben. Bis auch der Taucher zurück war, mit einem Schneidbrenner, wie ihn die Feuerwehr benutzte, um jemanden nach einem Unfall aus dem Auto zu bergen.

Wie eine Sardinendose klaffte der Deckel des Kofferraums auf.

Leander hielt die Luft an.

Wieder wurde der Kopf geschüttelt.

Er hatte für einen Moment die Augen geschlossen, und es war auch der Augenblick, in dem die Spannung von ihm abfiel und er bemerkte, wie erledigt er war.

Axel Theis war weggefahren, kurz darauf war auch Leander aus seinem Gebüsch gekrochen.

Wäre es ihm lieber gewesen, sie hätte dort dringelegen?, fragte er sich. Dann hätte er die Gewissheit, dass Fiona tot war. So wusste er gar nichts und würde womöglich für immer auf sie warten.

Er musste aufhören, an sie zu denken, er brauchte ja nicht aufzuhören, sie zu lieben. Gesünder wäre es aber.

Irgendwie musste er zurück ins Leben finden.

Toni würde zur nächsten Probe der County Rocker kommen. Vielleicht …

17

Steigt der Saft in die Bäume,
erwachen die Frühlingsträume.

Er schuldete ihr eine Erklärung, doch als Josefina das nasse Bettzeug in die Waschküche gebracht hatte und wieder nach oben kam, hatte Nikolaus von Precht die Zeit genutzt und sich aus dem Staub gemacht. Ein Zettel lag auf ihrem Bett: »Hättest du genauer hingeschaut, du wüsstest längst, was gespielt wird.«

Dafür hatte er also noch Zeit gehabt. Ganz toll. Sie hatte genauer hingeschaut, das war es ja. Und wo konnte er jetzt wieder sein?

Josefina wollte eigentlich nur kurz die Augen zumachen. Sie hatte die ganze Nacht für einen Geist, für alte Geschichten und den ganzen Morgen für einen Quälgeist, für einen Eimer Wasser und das Verschütten aufgewendet. Aber als sie die Beine ausstreckte und den Kopf auf das Kissen legte, weigerte sich ihr Verstand, etwas anderes zu tun, als sich auszuschalten, und sie sank in einen traumlosen Schlaf.

Irgendwann klopfte jemand zaghaft an ihre geöffnete Tür.

»Guten Morgen. Ich hab es schon gehört«, sagte Sebastian. Er balancierte ein Tablett, und darauf sah sie frische Früchte, Joghurt, Wurst und Käse, Brot und Semmeln. Und etwas, das aussah wie Rührei. War das ihr Frühstück?

Moment. Was hatte er gehört? Sie musste fragen, wenn sie es erfahren wollte, aber sie wusste gar nicht, ob sie wollte.

»Sie waren schon früh auf den Beinen«, sagte Sebastian und stellte das Tablett ab. Josefina wollte immer noch nicht fragen.

»Sieht ganz toll aus, womit hab ich diese Aufmerksamkeit verdient?« Das interessierte sie wirklich. Das Arrangement sah aus, als hätte sich jemand Mühe gegeben, es sah aus, als wäre diesem Jemand der Frühstücksverkoster etwas wert.

»Ich hab mich kaputtgelacht. Mein alter Herr hockt im Nassen. Natürlich hätte er es mir nicht freiwillig erzählt, aber ich hab ihn ertappt, wie er mit dem Föhn über seinem Bett hantierte. Daraufhin hat er mir wütend erzählt, dass Sie das gewesen seien.«

»Ich war es ja auch«, sagte Josefina.

»Darum haben Sie mich neulich gefragt, ob Nikolaus inkontinent ist. Er hat Wasser ins Bett geschüttet, um Sie zu ärgern.«

»Das ist ihm gelungen«, gab Josefina unumwunden zu. »Er ist wahrlich ein Notfall.«

»Lassen Sie es sich schmecken«, sagte Sebastian grinsend. »Sie haben es sich absolut verdient.«

Das stimmte, und sie hätte dieses Frühstück im Bett auch zu gern verzehrt, aber Sebastian blieb stehen, als wäre er angewachsen.

»Ich wollte Sie um etwas bitten, schon wieder, wo ich das ständig tue …«, sagte er entschuldigend und scharrte mit dem Fuß. »Können wir Du sagen? Also, wenn du magst.«

Josefina stimmte dem Vorschlag gern zu, aber das war sicher noch nicht alles.

»Könntest du für Sabine und mich etwas kochen? Ein romantisches Abendessen zu zweit?«

Sabine war wahrscheinlich die Bewerberin, um die es gestern gegangen war. »Romantik wäre vielleicht etwas verfrüht«, gab Josefina weise zu bedenken.

Sebastian zuckte die Schultern. »Ich dachte nur.«

»Suppe, Hauptgericht und eine Nachspeise?«, fragte sie. Was, wenn sich noch eine Bewerberin anmeldete? Oder mehrere? Müsste sie dann jedes Mal für die Damen kochen?

»Ja, fein«, gab Sebastian zur Antwort, womit Josefinas Tag bereits vorgegeben schien. Sie würde trotzdem zuerst nach Franziska suchen. Nur schauen, ob mit ihr alles in Ordnung war.

Das Umschlagtuch konnte Nikolaus irgendwo im Wald gefunden und eingesteckt haben. Aber das erklärte nicht den widerlichen Geruch in dem Rucksack.

»Nikolaus …«, setzte Sebastian an, als hätte er ihre Gedanken geahnt.

»Ja?«, sagte Josefina. Wusste der Sohn etwas über den Vater?

»Es geht nicht, dass er Teil eines romantischen Abendessens ist.«

»Das war sicher nur einer seiner Scherze.« Und wenn nicht,

dann war das nicht ihr Problem. Sebastian war schließlich erwachsen.

»Vielleicht könntest du dich ein bisschen um ihn kümmern? Falls du nach dem Kochen noch nichts vorhast?«, fragte er.

»Ich hab aber was vor«, gab sie zurück, und Sebastians Gesicht nahm einen bittenden Ausdruck an. Vielleicht könnte man das ja kombinieren, dachte sie. Schließlich wollte sie etwas in Erfahrung bringen, und möglicherweise war Nikolaus eine gute Quelle. Es würde allerdings bedeuten, es mit ihm einen Abend lang auszuhalten. Keine Vorstellung, die ihr behagte, doch wenn eine Hand die andere wusch …

»Na gut, aber nur dieses eine Mal«, sagte sie und angelte nach ihrem Notizbuch, um sich eine Speisenfolge für den Abend auszudenken.

Vielleicht eine Sellerie-Kartoffel-Creme-Suppe, eine Tarte mit Bergkäse und als Nachspeise eine Rhabarbercreme?

Sie ließ sich in ihr Kissen sinken. Das Leben auf diesem Hof war aufreibender, als sie es sich gedacht hatte.

Nach dem Frühstück räumte sie das Tablett in die Küche und hinterließ eine Notiz auf dem Küchentisch: »Mittagessen am Nachmittag«.

Dann stieg sie in den Wagen und fuhr vom Hof.

Sie ließ sich Zeit. Die Strecke war ziemlich übersichtlich, und eine leicht bekleidete Frau hätte sie mit Sicherheit gesehen. Doch Franziska war nirgendwo zu sehen.

An der Stelle, an der sie ihr begegnet war, hielt sie an und stieg aus. Sie legte die Hände wie ein Sprachrohr an den Mund und rief ihren Namen. Nach dem fünften Rufen kam es ihr unsinnig vor. Die ganze Suche nach der Frau war unsinnig. Sie stieg wieder ein und kletterte erst am Rathaus wieder aus dem Wagen.

Sie schwang die breite Holztür auf. Ihr Notizbuch steckte in der Handtasche. Vielleicht würde sie in den Extrablättern, die Rowena erwähnt hatte, tatsächlich etwas finden, das sie für ihre Rätsel verwenden konnte, und wenn sie auf etwas anderes stieß, dann wäre ihr das auch recht. Vielleicht ein bisschen

Prechtensteiner Geschichte schnuppern. Vielleicht auch etwas über Fionas Verschwinden und über die andere junge Frau lesen.

Josefina ging durch die Gänge und klopfte an eine der Türen. Nicht an die von Axel Theis, absichtlich nicht, sonst würde er noch glauben, sie stelle ihm nach.

Ein Bürgermeister hatte eine Sekretärin, so auch der von Prechtenstein. Ihr fiel wieder ein, dass Rowena gesagt hatte, Fiona sei die Tochter des Bürgermeisters.

Josefina bekam den Schlüssel zur »Gruft«, wie die Dame mit dem gefärbten lilafarbenen Haar schmunzelnd sagte. »Das muss aber wirklich wichtig sein, freiwillig geht da selten jemand runter. Achten Sie auf Ihre Füße, es ist ziemlich düster.«

Bevor des Bürgermeisters offenbar ziemlich unausgelastete Sekretärin ihr erzählen konnte, was sie sonst noch alles wissen müsse, bedankte sich Josefina, schüttelte den Schlüsselbund zum Zeichen, sie würde zurechtkommen, und ging rückwärts aus dem Zimmer.

Die Treppenstufen waren ausgetreten, die Wände sepiabraun und eine der Glühbirnen kaputt. Da war Josefina aber erst auf dem Weg zu besagtem Raum und hatte den Schlüssel noch gar nicht ins Schloss gesteckt. Er hakte, als wolle er ihr den Eintritt verweigern. Die Tür quietschte in den Angeln, und ein muffiger Geruch schlug ihr entgegen. Es gab keine Fenster, und offenbar hielt es niemand für nötig, hier hin und wieder zu lüften, was bedeuten würde, die Tür aufzumachen.

»Gruft« war gar nicht so falsch, denn tot war hier so ziemlich alles. Aber ordentlich, sodass sie auf Anhieb die dicken Ordner der archivierten Zeitungen entdeckte. Das aktuelle Jahr war offenbar noch nicht erfasst, also nahm sie sich den Ordner aus dem letzten Jahr und sah sich nach einer Sitzgelegenheit um.

Im Raum befand sich keine gemütliche Leseecke, es gab gerade mal einen Stuhl, und der sah nicht sonderlich einladend aus, aber sie wollte auch nicht ewig hier unten bleiben.

Sie rückte ihn sich zurecht, setzte sich und blätterte ein wenig. Die Aufmachung des Extrablattes gefiel ihr; ein farbiges Blumenornament zierte die erste Seite, dazu gab es eine Bauernregel, und die Leser wurden über den Mondkalender informiert. Ihr fiel auf, dass die Überschriften ziemlich dezent waren, sie kämpften nicht um unbedingte Aufmerksamkeit, die bekamen sie auch so. Ländlich stilvoll, hätte Josefina es bezeichnet, und sie konnte sich vorstellen, dass das Blatt gern gelesen wurde. Weniger stilvoll war der Staub, der allem im Raum anzuhaften schien, Josefina musste niesen. Sie machte sich ein paar Stichpunkte, die sie für ihr Rätsel verwenden konnte; so meinte sie, es wüsste nicht jeder auf Anhieb, dass die Kronblätter des Klatschmohns zur Herstellung von roter Tinte verwendet wurden. Dann klappte sie ihr Notizbuch zu und blätterte durch einige der regulären Zeitungen.

Ihr Blick blieb an einer Meldung hängen:

Prechtenstein – die zwanzigjährige Fiona Hammerschmid wird seit dem 8. August nach dem Besuch eines Dorffestes vermisst. Fiona ist 165 cm groß, schlank und hat blonde, schulterlange, lockige Haare. Zum Zeitpunkt ihres Verschwindens trug sie ein buntes Sommerkleid in Wickeloptik und weiße Sandaletten. Wer Hinweise zu der Vermissten geben kann, wird gebeten, sich umgehend mit der Kriminalpolizei in Verbindung zu setzen.

Das kalte Behördendeutsch ließ Josefina frieren. Persönlicher und informativer war der nachfolgende Artikel, in dem die Leser etwas mehr über die Tochter des Bürgermeisters erfuhren. Fiona interessierte sich offenbar für Kunst und Musik, sang im Kirchenchor und probierte gern Backrezepte aus. Ihre Mutter war früh an Krebs gestorben, las Josefina, und jetzt musste der Vater auch noch um seine Tochter fürchten.

Josefina blätterte zurück, die andere junge Frau war schon etwas länger vermisst als Fiona, das hatte zumindest Rowena gesagt. Wie viele Monate »etwas länger« war, fand sie ziemlich bald heraus: seit fast genau einem Jahr.

Als Josefina das abgedruckte Foto der Vermissten sah, zuckte sie zurück. Es war das Mädchen in Vinzenz' Medaillon.

Hastig überflog sie den Artikel, suchte nach Informationen, fand den Namen des Mädchens. Veronika Landing, neunzehn Jahre alt.

Die Meldungen glichen sich, doch Veronika stammte aus Freiung, und statt eines Dorffestes war sie offenbar im Anschluss an ein Oldtimer-Festival verschwunden. Auch über sie gab es neben der offiziellen Meldung persönliche Details zu lesen: Sie wurde als sportlich beschrieben und interessierte sich für Autos, weil der Vater eine kleine Oldtimer-Werkstatt betrieb.

Darum also war Vinzenz hier gewesen. Weil sein Mädchen in einem der Nachbarorte wohnte. Und jetzt war seine Freundin verschwunden und sein Mustang im Halbinger See versenkt.

Josefina lehnte sich zurück und starrte für einige Augenblicke ins Nirgendwo. Der Stuhl knarzte, es war das einzige Geräusch im Raum, doch es kam ihr unangemessen laut vor.

Was war mit Veronika passiert, und wo war ihr Bruder Vinzenz?

18

Sommer 1968

Sie war aufgeregt, wie jedes Mal, wenn sie ihren Peter traf. Sie hatten noch nie darüber gesprochen, ob er *ihr* Peter war, aber musste man das? In einer modernen Gesellschaft ging man miteinander, und hätte sie jemand gefragt, hätte Franziska gesagt, sie und Peter gingen miteinander.

Die Jagdhütte war es diesmal nicht, und auch ins Kino würden sie nicht gehen. Franziska hatte den Tanzabend in Freiung selbst vorgeschlagen. Da konnte man sich richtig hübsch machen, und es konnte ja nicht schaden, wenn sich außer Peters noch ein paar andere, vorzugsweise männliche, Augenpaare auf sie richteten. Wenn sie ehrlich war, wollte sie heute herausfinden, wie es mit Peters Eifersucht aussah. Ein bisschen davon würde ihr durchaus gefallen.

Das Lokal »Moustache« war ein riesiger Tanzsaal, der zu einer ehemaligen Gastwirtschaft gehörte, in der früher Kameradschaftsabende stattgefunden hatten und Theaterstücke aufgeführt worden waren. Heute wurden die Nächte gnadenlos durchgetanzt und durchgefeiert. »Wild« wäre der richtige Begriff dafür, und Tom Jones und die Beatles wären sicher der gleichen Meinung. Es wurden zwar auch noch deutsche Twist-Lieder gespielt, ein Tanz, der Franziska lag, aber mittlerweile bewegte man sich lieber zu anderer Musik.

Sie freute sich auf Peter. Und wenn sie Lenis Gesichtsausdruck richtig deutete, erging es ihr genauso.

Freute sie sich auf Peter oder auf Theo?

Sie wollte nicht fragen. Zum ersten Mal machte sie sich Gedanken, ob sie ihre Gefühle mit der Freundin teilen sollte.

»Leni …«, sagte sie zögerlich. Zwischen ihnen sollte kein Mann stehen. Sie waren immer füreinander da gewesen, und es hatte nichts gegeben, worüber sie geschwiegen hätten. Jetzt war es ein bisschen anders. Kein Schweigen, aber ein Darübernachdenken, wie man etwas sagte. »Wie ist das mit Theo und dir?«, fragte sie.

»Ich hab Theo wirklich gern, er ist jemand Besonderes ... aber wir sind nur Freunde«, sagte Leni, und ihr Lächeln hatte beinahe etwas Entschuldigendes.

»Er ist dir rettungslos verfallen«, sagte Franziska. Theos Zuneigung war mehr als offensichtlich. Für ihn dürfte es mehr sein als nur Freundschaft.

»Du meinst, ich soll ihn ausprobieren?« Leni tat so, als würde sie darüber nachdenken, was sie ganz sicher nicht machte.

Franziska schüttelte den Kopf. »Dafür ist er viel zu nett.«

»Das ist er wirklich, und er hat schöne Hände.« Leni strich über ihre eigenen, und für einen Augenblick waren sie wieder die Freundinnen, die Vertrauten, die sie immer gewesen waren.

»Und du und Peter?«, fragte Leni. »Wie liebt er?«

So, dass ich den Kopf verliere, dachte Franziska. Ich würde alles für ihn tun, und er weiß es. Hatte sie sich in eine Abhängigkeit begeben? »Kann man jemanden bedingungslos lieben?«, fragte sie die Freundin.

Leni sah verführerisch aus, vielleicht nicht absichtlich, womöglich aber doch. Die Bluse geknotet, mit einem kurzen Rock und leichten Stiefeln, das Haar mit goldfarbenen Spangen aus dem Gesicht gesteckt.

»Ich glaube schon, wenn es der Richtige ist.« Leni zwinkerte.

»Du siehst toll aus«, sagte Franziska. Weil es stimmte und weil sie sich schämte, gedacht zu haben, Leni hätte es auf Peter abgesehen.

Franziska hatte sich die Seidenunterwäsche geleistet und brannte darauf, sie ihrem Peter vorzuführen, seine Reaktion zu beobachten und seine Augen zu sehen, wenn sie vor ihm stand und auffordernd den BH aufhakte. Er war eigentlich der Verführer, der genau zu wissen schien, was einer Frau gefiel. Bei ihm kam sie sich manchmal ein wenig wie ein dummes kleines Mädchen vor. Sie hatte nicht viel Erfahrung in Liebesdingen und fragte sich nicht zum ersten Mal, mit wie vielen Frauen Peter schon zusammen gewesen war. Verglich er sie mit anderen, und wie schnitt sie dabei ab?

Es war mehr als dumm, das war ihr klar. Ihr Selbstwertgefühl war ziemlich ausgeprägt, das war es zumindest gewesen, bis sie

Peter kennengelernt hatte. Seitdem fragte sie sich dauernd, ob sie hübsch genug war, sexy genug, klug genug, locker genug …

»Theo sieht mich an, als wäre ich die Einzige«, sagte Leni gerade.

Franziska unterbrach ihre Aufzählung, um Lenis Blick zu folgen. »Du bist für ihn die Einzige.« Sie wäre das für Peter auch gern gewesen.

Theo kam zu ihnen, wirbelte Leni übermütig herum, dann küsste er sie auf den Mund. Peter hob Franziska nicht hoch, aber sein Mund teilte ihre Lippen. Sein Kuss war sehnsüchtig, sie hatten sich zwei Wochen nicht gesehen. Eine angenehme Wärme breitete sich in ihrem Körper aus, und sie flüsterte ihm ins Ohr, dass sie nachher eine Überraschung für ihn hätte.

Eine kleine Schlange stand an der Kasse an. Im Saal spielte die Band den ersten Titel. Alles drängte hinein, und sofort wurde getanzt.

»Ich hole die Getränke für uns«, sagte Peter. »Was darf es sein?«

»Für mich eine Cola, bitte.« Franziska wollte nichts Alkoholisches; sie war hier, um zu tanzen, und das Nachher wollte sie sich auch nicht verderben.

Leni bedeutete Peter: »Zwei«, dann raunte sie Franziska zu: »Theo hat seine erste richtige Ausstellung. Er hat mich gefragt, ob ich später mit in die Galerie komme, mir die Bilder ansehen.«

»Und, wirst du?« Franziska hatte schon gehört, dass es Männer gab, die eine Frau allen Ernstes fragten, ob sie ihre Briefmarkensammlung sehen wolle. Theo gehörte wahrscheinlich nicht dazu. Sie wusste, dass er Künstler war, nur worum es in seiner Kunst ging, davon hatte sie keine Ahnung, und sie vermutete, Leni auch nicht.

»Ich möchte gern«, antwortete Leni. »Ich bin neugierig, wie gut jemand sein muss, um es mit seinen Bildern in eine Galerie zu schaffen.«

»Ich vermute, ziemlich gut«, war Franziska überzeugt. »Vielleicht wird aus Theo eine Berühmtheit. Ich kann ja nicht einmal die einzelnen Stilrichtungen unterscheiden.«

»Er erklärt es mir sicher. Im Januar hat ein Geistesgestörter im Pariser Louvre mit einem Messer das Gemälde ›Die Jungfrau mit den Engeln‹ von Rubens aufgeschlitzt, hat er erzählt und gelacht, wenn ihm das passieren würde, wären sein Name und seine Bilder von einem auf den anderen Tag weltberühmt.«

Franziska freute sich für Leni. Theo und sie waren inzwischen ziemlich vertraut miteinander. Vielleicht würde aus den beiden ja doch noch ein Paar werden.

Peter kam mit den Getränken. Es sah nach einem Balanceakt aus, und es hätte gut ausgehen können, doch seitlich von ihm entwickelte sich ein Streit zu einem Handgemenge, und dann ging alles sehr schnell; Peter lächelte noch in ihre Richtung, da flogen ihm schon die Gläser aus den Händen. Der Stoß hatte nicht ihm gegolten, sondern jemandem hinter ihm, der ihn dann mit seinem Schwung mitriss und ihn zum Stolpern brachte.

Glas splitterte. Die Flüssigkeiten aus den Gläsern verteilten sich überall. Peter fing sich wieder und fuhr herum. Auf dem Boden lag ein junger Mann. Er rührte sich nicht, lag einfach still da. Der Saal war beleuchtet, aber es war nicht die Absicht des Veranstalters, jede noch so kleine Ecke zu erhellen, und so sahen sie das Blut erst, als sich unter dem Kopf des Mannes ein kleiner See auf dem Boden ausbreitete. Er musste gegen eine harte Kante gefallen sein.

Peter war als Erster bei ihm. Er schrie, jemand solle für Licht sorgen. Theo verschwand daraufhin in der Menge.

Franziska schlug die Hände vors Gesicht, sie konnte kein Blut sehen, ihr wurde davon schlecht.

Peter wandte sich um und sagte etwas zu ihr, er wollte, dass sie ihm half. Sie schüttelte stumm den Kopf, die Hände immer noch an den Mund gepresst. Reiß dich zusammen, dachte sie. Aber sie konnte nichts tun. Sie zitterte, als wäre es ihr passiert, als läge sie verletzt am Boden.

Die Musik hatte aufgehört zu spielen, die Lichter gingen im ganzen Saal an. Leni kniete jetzt neben Peter, ihr machte das Blut nichts aus. Gemeinsam stabilisierten sie den Mann. Peter riss seinen Hemdsärmel ab. Den Stoff reichte er an Leni weiter und bedeutete ihr, was sie tun musste. Leni schlug den Leinenstoff mehrfach ein und drückte die Kompresse an den

Kopf des Mannes. Peter und sie verstanden sich ohne Worte. Franziska bemerkte den dankbaren Blick, den er ihr zuwarf; sie selbst schien er für den Moment komplett vergessen zu haben.

Mittlerweile bildeten die anderen Gäste einen Halbkreis um den am Boden Liegenden und die beiden Helfer. Niemand machte Anstalten, irgendetwas zu unternehmen.

Theo kam zurück und rief Peter zu, der Krankenwagen würde gleich da sein. Warum nur konnte sie nichts tun?, dachte Franziska verzweifelt. Sie war genauso stocksteif und hilflos wie alle übrigen, dabei war sie die Tochter eines Apothekers und an Notfälle gewöhnt. Die behandelte aber stets ihr Vater, und ihre Mutter kümmerte sich um einen Verband oder um Nadel und Faden, Franziska hatte sich immer zurückgezogen. Und das war noch geschönt. Sie war geflohen.

Jetzt zwang sie sich zu bleiben, sie sah Theo an.

»Peter macht das gut«, sagte er. »Ist nicht sein erster Notfall.« Er drückte kurz ihre Schulter. Wie sollte er auch ahnen, dass der Anblick von Blut ihr Schweißausbrüche und Übelkeit bescherte. Er dachte offenbar, sie würde sich um den jungen Mann sorgen, dabei kämpfte sie nur darum, sich auf den Beinen zu halten.

Es schien ewig zu dauern, bis Sirenen zu vernehmen waren, die verkündeten, dass Hilfe unterwegs war, und endlich kam die Ambulanz, um den Verletzten in ein Krankenhaus zu bringen.

Peter und Leni standen inmitten von Blut und den Überresten der verschütteten Getränke. Sie sahen einander an, als würden sie sich zum ersten Mal sehen.

»Wird er es schaffen?«, fragte Leni. Keiner von beiden wandte den Blick ab. »Die Wunde am Kopf sah schlimm aus.«

»Kopfwunden bluten fast immer heftig. Ich erkundige mich später, wie es ihm geht, und sage dir Bescheid. In Ordnung?« Peter umarmte Leni, und Franziska konnte hören, wie er sagte: »Ich hatte die beste Assistentin, die man sich denken kann.«

Lenis spontane und unerschrockene Hilfe war wirklich bewundernswert gewesen, warum versetzte es ihr dann einen so schmerzhaften Stich? Eifersucht? Genau das hatte sie doch auch gewollt, aber sie hatte das Gefühl nicht sich, sondern Peter gewünscht.

Getrocknete Pilze, durch die Pfeffermühle gedreht, ergeben eine hervorragende Würze zu vielerlei Zwecken.

19

Josefina musste noch die Zutaten für das Abendessen mit Sabine einkaufen. Sie weigerte sich, es ein »romantisches Abendessen« zu nennen. Nicht wenn Sebastian die Frau noch gar nicht kannte. Du mischst dich ein, nörgelte das Stimmchen in ihrem Kopf.

Beim Frischehändler – er nannte sich tatsächlich so, wehe, wenn sie das Gegenteil feststellen musste – erstand sie den Rhabarber, Stangensellerie, Frühlingszwiebeln, Blätterteig, frische Eier, Naturjoghurt und Sahne. Und fürs Abendessen – für ihres und Nikolaus' – wollte sie zwei Paar Landjäger und eine Lage Bauernspeck mitnehmen. Sich ein wenig umhören wollte sie obendrein.

In der Metzgerei erkannte man sie heute sofort, und sie wurde gefragt, wie es ihr auf dem Precht-Hof erging, wo doch der alte Nikolaus allmählich etwas wunderlich wurde. Sie wollte gerade eine Antwort geben, da betrat Sebastians Nachbarin Emma den Laden. Sie grüßte und stellte sich zu Josefina. Alle schauten immer noch erwartungsvoll in ihre Richtung, man hatte sie noch nicht vom Haken gelassen.

»Wir sind gerade dabei, den Bauerngarten neu anzulegen«, sagte sie, wohl wissend, dass die Prechtensteiner etwas ganz anderes von ihr hören wollten.

»Was ist das denn für eine Verabredung heute Abend?«, fragte der Metzger, ohne auf ihr Ausweichmanöver einzugehen. »Die Spatzen pfeifen es von den Dächern. Welche Schöne hat der junge von Precht denn auf den Hof geladen?«

Das hätte Josefina auch gern gewusst, aber darüber hatte Sebastian nichts verlauten lassen. Aus dem Ort stammte »die Schöne«, wie der Metzger es formulierte, aber offenbar nicht.

Josefina sah Emma an, die ihr zuzwinkerte.

»Ich weiß es nicht, aber es wird ein romantisches Abendessen«, sagte Josefina und zwinkerte zurück.

»Dann tut sich ja was bei den von Prechts. Zeit wird's!«, fand eine Frau in einer geblümten Schürze, und eine andere stimmte ihr zu: »Wenn es mit Nikolaus am Ende dramatisch wird, steht Sebastian wenigstens nicht allein da. Zu zweit schafft man manches besser.«

Jetzt meldete sich auch Emma zu Wort. »Aber irgendeine ist für Sebastian nicht gut genug. Und ein romantisches Abendessen bedeutet noch keine Hochzeitsglocken.«

»Dabei bist du doch immer diejenige, die ihn unter der Haube sehen will«, sagte der Metzger.

Josefina hätte gern noch länger dem Dorfklatsch gelauscht, aber wie immer drängte die Zeit. Als sich die Tür der Metzgerei hinter ihr schloss, ertappte sie sich dabei, wie sie nach jemandem Ausschau hielt. Die Polizei wusste doch immer alles. Axel Theis war mit Sicherheit einer der Bestinformierten in dieser kleinen Gemeinde. Aber der Polizist war nirgends zu sehen, nur die Jugendlichen waren wieder um die Linde gruppiert.

Oh, himmlischer Vater mein, lass den Surfstick bald bei mir sein!, dachte sie. Ein sehr frommer Wunsch, der sich hoffentlich in Kürze erfüllen würde. Sie stieg in die Ente, und bald darauf tauchte Prechtenstein auch schon im Rückspiegel auf. Irgendwie war ihr der Ort nicht geheuer. Alles schien so sauber und geordnet, aber der Eindruck traf nur für die Oberfläche zu. Was darunterlag, wirkte ganz anders.

Auch auf dem Rückweg hielt sie erneut kurz am Feldrand an, um nach Franziska Ausschau zu halten. Vergebens.

War womöglich auch sie verschwunden? Und wer würde die Verwirrte vermissen?

Der Zufall hatte ihr diese Frau vors Auto geschubst, oder vielleicht nicht? Warum sollte sie sich Sorgen um jemanden machen, der sicher schon seit Längerem in dieser Verfassung war und bislang auch ohne sie zurechtkam? Dennoch hatte dieser Zufall zur Folge, dass Josefina ein gewisses Interesse daran hatte, wie es zu dieser Verfassung gekommen war, und wo sie sich gerade damit beschäftigte, einiges herauszufinden, würde sie auch dieses »Warum« auf ihre Agenda setzen.

Der Journalist, der die Artikel über Fiona und Veronika verfasst hatte, mit dem wollte sie ebenfalls sprechen. Josefina hatte sich den Namen gemerkt: Heino Ganser. Der Mann konnte ihr vielleicht noch mehr erzählen, vielleicht sogar etwas über Vinzenz. Er würde sicher ein paar Dinge wissen.

Sie sollte ein schlechtes Gewissen haben, weil sie schon wieder spät dran war, aber nach der vergangenen Nacht sah Josefina keine Notwendigkeit mehr dafür.

Als sie die Ente verschloss, hatte sie wieder den Eindruck, da wäre gerade jemand aus der Kapelle geschlüpft. Die Bewegung, wie die Gestalt seitlich an der Mauer entlanglief und im Wald dahinter verschwand, hatte etwas Heimliches. Diesmal ging Josefina nachschauen. Was konnte jemand in einer Kapelle tun, außer beten, sich einen Moment Ruhe und Zurückgezogenheit gönnen? Daran wäre nichts, das niemand wissen durfte.

Gleich beim Eintreten fiel ihr auf, dass jemand einen frischen Strauß Blumen in die Vase gestellt hatte. Es duftete.

Auf den Bänken lagen einige Kissen, und Josefina schaute unter jedes, obwohl es ziemlich unwahrscheinlich war, dass dort etwas zu finden wäre. Es gab eine Bibel, doch auch da hatte niemand etwas hineingeschmuggelt.

Wo würde sie etwas verstecken?, fragte sie sich. Gesetzt den Fall, es gab etwas zu verstecken. Sie schaute sich um – und wieder blieb ihr Blick an den frischen Blumen hängen. Sie hob die Vase hoch, und darunter lag ein zusammengefaltetes Stück Papier. Sie klappte es auf, und bereits das erste Wort sagte ihr, worum es sich handelte.

Auch wenn sie den Zettel nur lesen und wieder unter die Vase schieben würde, wäre das natürlich ein Vertrauensbruch. Aber einer aus gutem Grund, rechtfertigte sie sich.

Welcher wäre das?, fragte das Stimmchen.

Vielleicht würde das, was dort geschrieben stand, jemandem fürchterliche Unannehmlichkeiten bescheren, dachte sie trotzig und las.

Liebste, ich möchte nicht ohne Dich sein, auch wenn es bedeutet, dass wir uns verstellen und lügen müssen. Du bist es, die mich berührt – lass nicht zu, dass er uns entzweit.

Sag mir, wann, und sag mir, wo wir uns sehen. Ich sehne mich endlos nach Dir.

Josefina legte den Brief zurück und stellte die Vase wieder darauf. Die Nachricht war nicht unterschrieben, aber das war sicherlich nicht nötig. Die Angesprochene würde wissen, wer der Verfasser war.

Hinter ihr hatte sich die Tür geöffnet, Josefina spürte den plötzlichen Luftzug. Nikolaus von Precht war gekommen, sie in die Küche zu schicken.

»Mädel, der Herd ist immer noch kalt – und ich wollte nichts Großartiges. Von dem Abendessen für meinen Filius ganz zu schweigen. Hast du grade um eine Eingebung für ein Rezept gebetet?«

»Ich könnte auch darum gebetet haben, der liebe Gott möge mir meine schlechten Gedanken vergeben, die habe ich nämlich zuhauf«, sagte sie und blitzte ihn an. »Und jetzt widme ich mich hingebungsvoll Ihrem nichts Großartigen! Amen.«

Der alte Nikolaus lachte nur. »Wir kommen immer besser miteinander zurecht, Josefina.«

Zum ersten Mal hatte er sie beim Namen genannt.

Vielleicht eine Wende. Doch kaum war Josefina in der Küche, da entfuhr ihr ein Aufschrei. Von der Decke baumelte an einem Haken ein totes Tier. Ein nacktes totes Tier.

»Was ist das?«, rief sie aus.

»Das ist ein Hase«, sagte Nikolaus, der ihr gefolgt war, »und den könntest du für eine von Sebastians nächsten Verabredungen zubereiten. Natürlich musst du ihn vorher einlegen, und weil dazu einige Tage nötig sind, um das Fleisch schön zart zu bekommen, dachte ich mir, ich schieße ihn schon mal.«

»Der Hase war in dem Rucksack«, kombinierte Josefina.

»Wie sollte ich ihn sonst transportieren? Sebastian mag es überhaupt nicht, wenn ich auf Hasenjagd gehe. Ich rede von den Vierbeinigen. Du könntest mich retten und sagen, du hättest das Tier beim Metzger gekauft.«

Wollte sie ihn denn retten? Immerhin hatte sich gerade ihre Theorie, Nikolaus von Precht wäre ein zweiter Adlus, der Mädchen verschleppte, zwar nicht ganz in Wohlgefallen aufgelöst, doch sie war zumindest arg beschädigt worden.

»Woher ist das Umschlagtuch, die Stola?« Je nachdem, wie die Antwort ausfiel, würde Josefina vielleicht über eine Rettung nachdenken.

»Ich hab sie im Wald gefunden. Jemand hat sie verloren. Wahrscheinlich Franziska. Wir könnten sie waschen«, schlug er vor.

»Es ist meine«, sagte Josefina. »Sie war eine Leihgabe. Sie ist nicht zum Haseneinwickeln gedacht.«

»Sag ich doch, wir müssen sie waschen.« Nikolaus schüttelte den Kopf, als wäre Josefina schwer von Begriff.

»Nikolaus ... wie gut kennen Sie Franziska?«, wollte Josefina wissen und schnitt den Schinken in Würfel.

»Heute kenne ich sie nicht mehr, aber früher, da kannte ich sie. Von ihrem Früher ist allerdings nichts mehr übrig. Die Tochter des Apothekers, schön und faszinierend, mit diesen blauen Augen, in die man am liebsten eintauchen wollte. Beinahe wäre ich einmal darin ertrunken ...« Er unterbrach sich, und Josefina ließ ihn sich erinnern.

Schweigend füllte sie Wasser in einen Topf und gab etwas Öl in eine Pfanne, um die Schinkenwürfel anzubraten. Nudeln waren in der Speisekammer, und Josefina suchte die kleinen Hörnchen aus. Und wieder fiel ihr eine Frage für ihr Rätsel ein. Zu erraten wäre, dass eine der wichtigsten Ölfrüchte überhaupt der Raps war.

Nikolaus erzählte weiter. »Franziska hat den Selbstmord ihrer besten Freundin nicht verkraftet, und seitdem ist sie in ihrer eigenen Welt. Sie wird nicht mehr zurückkommen, dafür ist es zu spät.« Er sagte es, als würde es ihm leidtun und als hätte ihm die Frau, die Franziska einmal gewesen war, etwas bedeutet.

Kannte dieser Ort nur solche Geschichten?

»Unser Pfarrer Drexel hat sie bei sich aufgenommen. Ich habe nicht viel übrig für die Kirche, aber das war eine gute Tat. Franziska und Leni«, sinnierte er. »Dunkel und Hell. Wunderschön anzuschauen. Aber was interessiert dich das überhaupt?«, fragte er plötzlich.

Josefina konnte ihm darauf keine zufriedenstellende Antwort geben, und so sagte sie ihm, dass es sie eben interessiere. Franziska war ihr immerhin vor den Wagen gelaufen.

»Geh zum Pfarrer, wenn du meinst, du musst dir Gedanken machen.«

Sebastian schaffte es rechtzeitig zum verspäteten Mittagessen. Die Schinkennudeln gerieten schön knusprig, was ihr von Nikolaus ein zufriedenes Lächeln einbrachte.

»Ich habe beschlossen, dir zu verzeihen«, sagte er und kaute genüsslich.

Das war ja wieder typisch. »Zu freundlich«, gab Josefina zurück. »Und ich habe beschlossen, von Ihnen nicht das Allerschlimmste zu denken.«

Je kleiner das Dorf,
desto bissiger die Hunde.

20

Leander stimmte seine Gitarre. Er hatte den Kopf geneigt und gab vor, konzentriert zu sein, dabei kreisten seine Gedanken um Marcel, von dem er gerade nur die Beine seiner Jeans sah. Marcel hatte sich am See mehr als seltsam benommen. Leander hatte den Ausdruck auf seinem Gesicht gesehen; wie seine Augen groß geworden waren und wie er geschluckt hatte, als der Kran den Mustang aus dem Wasser hob. Er hatte genug Zeit gehabt, alles zu beobachten, in seinem Versteck hatte er ja wenig anderes zu tun gehabt.

Auf ihn hatte es so gewirkt, als hätte Marcel den Wagen wiedererkannt. Und damit wurden in Leander Erinnerungen wieder lebendig.

Marcel war fünf Jahre älter, und er war auch der Erste mit einem Führerschein gewesen. Damit waren sie mobil, und Marcel übernahm die Chauffeurdienste gern, weil er es einfach mochte, am Steuer eines Wagens zu sitzen, egal, wohin es ging. Er war ein umsichtiger Fahrer, keiner, der andere in Gefahr brachte. Und er war der mit einem Traum. Nämlich eines Tages einen Oldtimer zu besitzen, Marcel hatte einen Jaguar MK1 favorisiert – und ansonsten favorisierte er Fiona. Das hatte Leander aber erst später bemerkt. Marcel hatte nach einem ihrer Auftritte den Arm um sie gelegt und ihr etwas ins Ohr geflüstert. Fiona hatte gelacht und den Kopf gegen seine Schulter gelehnt. Es hatte alles sehr vertraut ausgesehen, aber er hatte sich nicht getraut, sie danach zu fragen. Vielleicht ein Fehler. Und jetzt? Misstrauen hatte sich wie eine stinkende Decke über ihre Freundschaft gelegt.

Neben den Oldtimern waren seit jeher Schreinerarbeiten Marcels Leidenschaft gewesen, er war ein Künstler mit Holz. Das elterliche Sägewerk hatte ihn trotzdem nicht wirklich begeistert, aber er tat, was von ihm verlangt wurde, und irgendwann würde er es übernehmen. Dann konnte er sich seinen Traum erfüllen, so wie ihn sich auch ein anderer erfüllt hatte. Der Mustang hatte sicher eine Stange Geld gekostet, und selbst in diesem Zustand konnte man noch erkennen, dass der Wagen gehegt und gepflegt worden war.

Leander sah auf und Marcel an. Die kurzen Haare mit der lässig übers Auge hängenden schwarzen Strähne. Die Narbe an seiner Wange, die von einem Hundebiss herrührte, war ein Schönheitsfehler in seinem Gesicht, wie er einmal belustigt bemerkte. Sie kannten sich schon lange, aber vielleicht kannten sie sich nicht wirklich.

Und noch ein anderer hatte sich definitiv seltsam verhalten. Leander hätte sich nichts dabei gedacht, sicher wäre es ihm gar nicht sonderlich aufgefallen, hätte sich Axel Theis nicht so beeilt, sich den Wagen allein vorzunehmen, bevor die Kollegen dazustießen.

»Wo träumst du hin?«, wurde er gefragt, und eine Stiefelspitze tippte auf seine Sneakers.

»Was hat sie dir am Abend nach dem Gig im ›Gregory's‹ ins Ohr geflüstert?« Hatte er das jetzt wirklich gefragt?

Marcel versteifte sich. »Hör auf, hör einfach auf! Du glaubst doch nicht wirklich, dass ich was mit deinem Mädchen hatte! Sie war süß, aber wir waren nur Freunde. Muss ich dir das wirklich sagen?«

»Wieso war?«, fragte Leander. »Vergangenheit.«

»Genau, Vergangenheit. Fiona ist nicht mehr da. Lass es sein!«

Sven und Christian hielten sich zurück, niemand würde sich einmischen. Leander schüttelte den Kopf, um wieder zur Besinnung zu kommen. Würde es nie aufhören?

»Okay, Leute, wir sind fürs nächste Wochenende gebucht, wir sollten uns darauf einigen, was wir spielen.« Christian hantierte mit ein paar Zetteln. »Das ›Moustache‹ ist ein ziemlich angesagter Club, also lasst uns was Gutes zusammenstellen.«

In diesem Moment wurde die Tür des Proberaums geöffnet. »Hey ihr«, grüßte eine fröhliche Stimme, und ein dunkelhaariges Mädchen mit haselnussbraunen Augen und vollen orangefarben geschminkten Lippen trat schwungvoll ein. Toni.

»Ich bin ein bisschen nervös«, sagte sie.

Die Jungs schauten sie fragend an. Sie hatten doch gar nichts getan.

»Ach egal, was wollt ihr hören? Ich kann Rock, Pop, Schnulzen, und wenn es sein muss, jodle ich sogar. Ich hatte ein paar Jahre Gesangsunterricht und Stimmbildung.«

»Glaub ja nicht, dass wir deshalb jetzt einen Kopfstand machen«, sagte Sven. »Wir müssen dich gut finden.«

»Und ich euch«, gab Toni zurück.

Die Antwort war schon mal nicht schlecht, Toni hatte Format und Stil. Hätte sie nur einen anderen Lippenstift aufgelegt. Leander erinnerte die Farbe an das Lederband im Mustang. Er dachte wieder an Fiona, dabei wollte er das doch nicht tun.

Eine Stunde später musste auch der allzeit skeptische Sven zugeben, dass Toni es draufhatte. Sie war scheinbar mühelos in der Lage zu interpretieren, und das entlockte ihnen ein »Wow«.

»Versuchen wir's?«, fragte Toni in die Runde. »Vielleicht beim nächsten Auftritt? Mir ist aufgefallen, dass ihr so ziemlich überall spielt, nur nicht hier im Ort. Hat das einen besonderen Grund?« Sie schaute Leander an.

Er verzog das Gesicht. »Das ist kompliziert – wir sind sozusagen auf dem Index gelandet.« Er sah ihre Verwirrung; ihre Texte waren alles andere als drastisch. »Einige Leute mögen unsere Musik nicht, unter anderem der Bürgermeister und unser werter Oberpolizist, was heißt, dass wir als Band in Prechtenstein nicht willkommen sind.«

»Hasst dich Fionas Vater wirklich so sehr?«

Das hatte sich bisher niemand getraut, ihn zu fragen.

21

Blaue Kohlrabisorten sind widerstandsfähiger als weiße.

Sabine war nicht unbedingt das, was man hübsch nannte: Sie hatte Hasenzähne und einen Silberblick, nicht nur leicht, sondern ziemlich ausgeprägt. Um genau zu sein: Sie schielte, dass einem davon schwindlig wurde.

Josefina hatte die fast romantische Tafel im gemütlichen und ziemlich uneinsehbaren Esszimmer eingedeckt, mit bestickten Stoffservietten und silbernen Platztellern. Kerzen brannten und die kleinen Wandlampen; die Deckenbeleuchtung war ausgeschaltet.

Jetzt hielt sie mit Nikolaus in der Küche die Stellung. Sie hatte sich entschlossen, die Speisen zu servieren. Wenn sie schon hierbleiben musste, wollte sie wenigstens etwas zu tun haben.

»Josefina, denk dir schnell was aus, die können wir nicht nehmen.« Nikolaus rümpfte die Nase. »Und ich hab sogar noch Blumen gepflückt«, sagte er.

»Nicht schon wieder.« Josefina wollte gar nicht wissen, woran er sich diesmal vergriffen hatte. Bald gäbe es auf dem Hof wieder genauso wenig Grünes und noch weniger Blühendes als vor ihrer Ankunft. »Was soll ich denn tun, die Bewerberin vergiften?«, fragte sie.

»Die bekommt meinen köstlichen Hasen jedenfalls nicht.«

»Köstlich ist er erst, wenn ich ihn zubereitet habe, gerade liegt er pudelnackt im Gewürzsud«, sagte Josefina. »Ich mache das Licht an«, beschloss sie. »Dann sieht Sebastian Sabine deutlicher. Vielleicht hat sich dann alles schon erledigt.«

Als Josefina die Sellerie-Kartoffel-Cremesuppe auftrug, drückte sie den Lichtschalter, und helle Strahler illuminierten das Esszimmer.

Bei der Tarte mit Bergkäse war das Licht wieder aus. Josefina tat, als wäre sie gestolpert, und schaltete es wieder an. Zwei Minuten später fragte sie, ob alles recht wäre. Es war alles recht. Zwei weitere Minuten, und Josefina erkundigte sich, ob jemand noch etwas wollte. Niemand wollte etwas, Sebastian und Sabine saßen noch immer vor vollen Tellern.

Auf einmal hörten Josefina und Nikolaus, wie ein Stuhl heftig zurückgeschoben wurde. Einer der beiden war offenbar richtig, richtig verärgert. Es war Sabine.

»Mit den bescheuerten Versen kannst du vielleicht deine Kühe glücklich machen.« Sebastians schielende Verabredung rauschte aus dem Zimmer und knallte die Tür hinter sich zu. Aber zuvor machte sie noch das Licht aus.

»Danke«, sagte Sebastian, als er wenige Sekunden später in die Küche kam. »Mir war schon ganz schwummrig. Ich sollte mir vielleicht zukünftig ein Foto schicken lassen. Aber das kann man ja alles am Computer verändern, und wie soll ich wissen, ob eine Bewerberin ist, was sie scheint?«

Bevor Josefina etwas dazu sagen konnte, klingelte es an der Tür.

»Ich gehe«, schlug sie vor. Sollte es die Dame sein, die keine Nachspeise bekommen hatte, dann wüsste sie sie schon abzuwimmeln.

Aber es war Rowena. Und jetzt schien sie Josefina noch um einiges größer als im Bunten Laden mit all seinen Ablenkungen.

»Tadaa«, sagte sie lächelnd und überreichte ihr den Surfstick. Bei der Gelegenheit könnte sie auch gleich Sebastian Grüß Gott sagen, dachte Josefina und bat Rowena herein.

Der alte Nikolaus reckte einen Daumen und wackelte damit herum – was so viel hieß wie: »Könnte was sein.« Josefina deutete zurück: »Geht dich nichts an«, indem sie auf ihn zeigte und mit der Handfläche einen Schnitt beschrieb.

Hatte er ihr gerade die Zunge rausgestreckt?

Sebastian kam mit Tellern beladen aus dem Esszimmer, in dem noch immer die Kerzen brannten. Beim Anblick von Rowena flutete ein Lächeln sein Gesicht. Das hatte Josefina so noch nicht an ihm gesehen.

»Mögen Sie zufällig Rhabarbercreme?«, fragte er.

»Ihr Gast mochte keine?«, fragte Rowena zurück, der die Dekoration und die Kerzen nicht entgangen waren.

»Das wollte ich gar nicht herausfinden«, antwortete Sebastian.

»Ich nehme das Angebot gern an«, sagte Rowena.

Nicht bei Kerzenschein, dafür bei einer netten Unterhaltung trug Josefina wenig später die Creme auf. Rowena und Sebastian sahen ausgesprochen entspannt aus.

Sie und Nikolaus trafen sich wieder in der Küche.

»Die kenne ich«, sagte Nikolaus von Precht.

»Natürlich, Rowena arbeitet im Bunten Laden«, half ihm Josefina.

»Genau. So oft schaue ich da nicht rein. Was hat sie dir da gebracht?« Er betrachtete den Internetstick neugierig.

»Das verrate ich Ihnen nur, wenn Sie mir versprechen, dass Sie nicht mehr ins Bett machen.«

»Ich mache nicht ins Bett.«

»Genau – also hören Sie auf. Ich bin bald wieder weg, und so lange werden wir doch wohl auskommen.«

»Kommen wir ja, vielleicht würde ich dich sogar länger aushalten.«

Offenbar war das als Kompliment gedacht. Josefina beschloss, es damit bewenden zu lassen.

»Das ist ein Internetstick. Ich brauche ihn, um ein paar Dinge zu recherchieren. Über meinen verschwundenen Bruder. Und über einiges andere.«

»Wenn du etwas wissen willst, dann frag einfach.« Er verzog den Mund. »Ob ich dir allerdings einen Tipp geben kann, was den Bruder angeht … kann ich nicht sagen.«

Josefina wusste, Nikolaus war Vinzenz nie begegnet, aber er könnte wissen, welche Vereine in der Umgebung beheimatet waren. Immerhin gab es so ziemlich überall Oldtimerfans. Und genau das wollte sie von ihm wissen. Immerhin, so dachte sie, war es möglich, dass Vinzenz sich hier mit anderen Begeisterten getroffen hatte.

Nikolaus überlegte angestrengt, während Josefina sich fragte, was er als Gegenleistung erwarten würde. »Ein richtiger Verein ist es glaube ich nicht«, ließ er dann hören. »Es fährt ja auch kaum einer so einen Wagen. Oder hätschelt ihn nur in der Garage. Greise sind nicht interessant für dich, oder? Der einzige Jüngere, den ich dir nennen kann, ist der Sohn des Sägewerksbesitzers. Für die meisten Leute spinnt der ein bisschen.«

»Warum, weil er alte Autos mag?« Ihrer Meinung nach gab es schlimmere Spinnereien.

»Weil jemand gehört haben will, dass er gesagt hat, er könne einen Mustang Coupé haben – wenn er ein Rennen fährt oder so was in der Art.«

»Ein Gerücht also«, stellte sie fest.

»Wie das halt so ist auf dem Land, wahrscheinlich auch sonst überall. Jemand schnappt etwas auf und tratscht es weiter oder ist neidisch und tratscht es auch weiter. Was soll jetzt noch dieses geheimnisvolle andere sein?«, griff er das zuvor Gesagte wieder auf.

»Ich interessiere mich für die Kammern und Verliese in der Burg. Vielleicht ist davon noch etwas übrig?« Sie formulierte es als Frage.

»Was willst du entdecken?«, wollte er wissen.

Sie wollte nichts entdecken, aber sie fand, es wäre ein gutes Versteck, wenn jemand darüber Bescheid wusste und wenn dieser Jemand sich dort oben gut genug auskannte. Ein Versteck für vielerlei, auch für Vermisste. Und Josefina glaubte, bei Nikolaus an der richtigen Adresse zu sein. Ganz sicher kannte er sich aus.

»Ich möchte wissen, wie die Gänge angelegt wurden und wohin sie führen.«

»Wir könnten lieber die Speisefolge für morgen durchgehen. Etwas Feines aus dem Bach. Früher hab ich die Fische selbst gefangen.«

»Erst die Burg«, sagte Josefina.

»Erst, was es zu essen gibt«, hielt Nikolaus dagegen.

»Sagen Sie mir, welchen Fisch Sie mögen, und ich sage Ihnen, was es dazu gibt. Sie sind hartnäckig.«

»Saibling. Mädel, das ist nett umschrieben, aber es hat wenig mit dem zu tun, was du sagen wolltest.«

»Schön, Sie nerven gotteserbärmlich«, sagte Josefina rundheraus.

»Was ist mit den Beilagen?«, erkundigte er sich ungerührt.
»Gemüse wäre gut und Kartoffeln. Also, kann's losgehen?«

Sie saßen tatsächlich einvernehmlich auf Josefinas Bett – Nikolaus hatte einen historischen Plan auf den Knien ausgebreitet und studierte ihn. Josefina wagte kaum, das alte Pergament zu berühren. Es sah aus, als wäre es eine Federzeichnung; die Burg war in ihrer ganzen Pracht abgebildet und daneben separat aufgegliedert die verschiedenen Ebenen, das Innere.

»Könnte Adlus den Plan selbst gezeichnet haben?«, fragte sie.

»Sicher nicht, aber ganz bestimmt hat er den, der ihn angefertigt hat, hinterher umgebracht. Mitwisser konnte er sich keinen leisten. Es war Adlus von Prechts Bastion, uneinnehmbar sollte sie sein, zumindest wollte er, dass seine Gegner das dachten.«

»Das machen Sie absichtlich«, beklagte sich Josefina. »Damit ich schlecht schlafe. Ich lese Heimatromane zur Beruhigung.«

»Die findest du beruhigend?«, murrte er. »Da wird immer eine Magd schwanger, und der Hausherr will es nicht gewesen sein, aber getrieben hat er's natürlich mit ihr. Am Ende geht sie vor Kummer ins Wasser. Sehr beruhigend.«

»Ja – nein«, sagte Josefina. »Wie haben Sie das Bein verloren?«, fragte sie.

»Weil wir es grade so nett mit den Heimatromanen haben? Also gut – ein Traktorrennen, ein Duell mit Motoren. Mein bester Freund und ich, wir sind aufeinander zugefahren, wer zuerst ausweicht, hat verloren. Ich fuhr nicht auf die Seite, aber mein Gegner. Wir kamen uns zu nahe, sein Traktor stürzte die Böschung hinunter, und meiner kippte um. Er war abgesprungen, ich saß noch drauf und landete dann drunter. Mein Bein war nicht mehr zu retten. Mus.«

Sehr anschaulich, dachte Josefina. Beste Freunde. »Ging es um eine Frau?« Duelliert wurde sich doch meist um die Gunst eines weiblichen Wesens, zu allen Zeiten. Manche fanden es romantisch.

»Ich habe sie bekommen, hätte ich wahrscheinlich auch ohne den Unsinn. Sie war vernünftig, hielt uns für komplett verrückt … Wir sind nachts gefahren, sonst hätte sie versucht, uns davon abzuhalten.« Seine Züge wurden weicher, seine Stimme tiefer und wärmer. Liebe. Josefina hätte diesen früheren Nikolaus gern gekannt.

»Taugt auch nicht zur guten Nacht, oder? Du bist neugierig«, grummelte er. »Und die Rote hat dir was gebracht, womit du schneller neugierig sein kannst.«

»Eine Dorfhelferin sollte erreichbar sein, und außerdem muss ich auch meiner Agentur berichten.«

»Du petzt? Und erreichbar bist du auch hier.« Nikolaus sah sie prüfend an. »Adlus hätte sich die Zähne an dir ausgebissen.« Er nickte und wandte sich wieder dem Plan der Burg zu.

»Soweit ich weiß, gibt es eine Falltür. Ungefähr hier. Als ich das letzte Mal dort oben war, hatte ich mein Bein noch. Ich war überall, kroch auch noch in das kleinste Loch. Mein Vorfahr war ein Schuft, bösartig bis auf die Knochen. Er hat überall Fallen eingebaut, wenn man nicht vorsichtig ist, wird man aufgespießt. Speerspitzen. Er hat auch eine Art Rutschbahn konstruiert, die endet außerhalb der Burg und katapultiert jeden über die Felsen und in den fünfzig Meter weiter unten liegenden Bachlauf.« Er veranschaulichte es mit fliegenden Händen und einem Schlag auf den Oberschenkel.

»Hat er tatsächlich ein Mädchen dort oben eingesperrt?«, fragte Josefina.

»Ich dachte, du willst gut schlafen …«

Josefina war vor dem Schlafen noch einmal hinuntergegangen, um Esszimmer und Küche zu inspizieren. Oder um zu sehen, ob Rowena schon gegangen war. Die Küche war blitzsauber, wer auch immer dafür gesorgt hatte, und als sie einen Blick hinauswarf, lag auch die Auffahrt verlassen da, nur ihre gelbe Ente, die im Abendlicht grau aussah, stand an ihrem Platz.

Zurück in ihrem Zimmer begab sich Josefina mit ihrem Surfstick ins Internet. Es war ein seltsam freies Gefühl. Auf der Seite der Dorfhelferinnen, die momentan Dienst in verschiedenen Gemeinden taten, hatte sie sich nach langer Abstinenz wieder einmal gemeldet. Austauschen konnte man sich hier, aber sie war keine, die Spaß am Tratschen hatte. Eine fragte nach einem Backrezept, und da konnte Josefina helfen.

Sie wollte aber vor allem etwas über Veronika Landing herausfinden, Vinzenz' Freundin, und sie wollte deshalb mit dem Zeitungsreporter reden. Nikolaus' Bemerkung, »jemand will gehört haben« ging ihr dazu im Kopf herum. Wenn nur ein bisschen was davon stimmte, dann war der Sohn des Sägewerksbesitzers einer, der vielleicht etwas wusste. Aber jetzt verfolgte sie den ersten Gedanken.

Josefina versuchte es mit der Eingabe des Journalistennamens. Beinahe sofort tauchten neben seinem Namen Telefon und Anschrift auf. Sie nahm ihren Notizblock und schrieb es auf. Morgen gab es keine Verabredung und auch kein Dinner bei Kerzenschein, stattdessen wollte sie Obst trocknen. In der Vorratskammer lagerten Äpfel und Birnen. Sebastian hatte gefragt, ob ihr dazu etwas einfiel, und ihr war etwas eingefallen. Das klassische Auffädeln der Apfel- und Birnenringe auf lange Schnüre würde zwar zu lange dauern, auch das Trocknen in der Sonne oder an einem warmen Ort. Josefina würde die Trocknung beschleunigen und die Obstringe in den Backofen legen. Vielleicht war irgendwo dazwischen dann ja auch noch Zeit für Heino Ganser.

Morgen, denn noch war es heute. Sie notierte sich eine Rätselfrage – Apfel und Birne gehören zu welcher Pflanzenfamilie? –, zog ihr Nachthemd an und setzte sich aufs Bett. Den Ordner mit den Unterlagen der Burg hatte sie mit auf ihr Zimmer genommen.

Ihr Blick fiel auf die alte Federzeichnung. Adlus von Precht hatte gut daran getan, die Orte kennzeichnen zu lassen, womöglich landete der Fallensteller sonst am Ende selbst in einer.

Und mit alldem sollte sie jetzt einschlafen …

Sie schlief, aber sie träumte ein schreckliches Durcheinander; von einem umstürzenden Traktor über eine verbrannte Leiche im Wald bis hin zu einer Weißen Frau.

Sie war noch nicht aufgewacht, als sie das Geräusch wieder hörte. Poch, poch, poch … Klopf, klopf, klopf … Um drei Uhr morgens? NEIN!

Sommer 1968

22

Franziska war gerade dabei, die Liste der Bestellungen abzuarbeiten und die neuen Medikamente einzuräumen, als die Glocke über der Tür der Apotheke meldete, dass jemand hereingekommen war. Schnell verschloss sie das Schränkchen.

Sie hörte das Weinen, bevor sie überhaupt jemanden sah. Ein Junge hielt sich die Hand unter die Nase, das Blut tropfte wie von einem lecken Wasserhahn herunter, und er versuchte schnüffelnd, es wieder hochzuziehen. Franziska würgte, ihr wurde schwindelig.

»Können Sie mir helfen?«, bat der Junge und streckte eine Hand aus, ebenfalls blutig.

Franziska schaute weg, ballte die Hände an den Seiten zu Fäusten. Wie sollte sie ihm helfen?

Erneut ging die Türglocke, und als sie sich umwandte, stand Theo vor ihr. Franziska war elend, und sie war mit Sicherheit leichenblass, aber er sah schlimmer aus. Franziska erschrak.

»Hilfe?«, wiederholte der Junge. Sie reagierte nicht, versuchte, an dem Jungen vorbeizuschauen, und auch an dem Blut.

»Wir brauchen ein Handtuch«, sagte Theo. »Lass kaltes Wasser drüberlaufen und hol Taschentücher oder etwas Ähnliches.«

Sie nickte. Solange sie nur das Blut nicht sehen musste. Jetzt war jemand da, der etwas tun konnte.

Als sie das nasse Handtuch und die Taschentücher brachte, hatte Theo den Jungen auf einen Stuhl gesetzt und ihm gesagt, er solle den Kopf nach hinten legen. Er formte eine Rolle und legte sie ihm in den Nacken, dann putzte er ihm das Blut von Nase und Kinn. »Ist gleich vorbei«, sagte er, und seine Stimme klang beruhigend, ganz anders als seine Miene, die Sorge ausdrückte. Mit dem Jungen hatte es nichts zu tun.

»Theo?«, fragte Franziska. »Ist etwas mit Peter?«

»Ja – anders. Mit Peter … und mit Leni.«

Franziskas Herz wurde kalt.

»Ist schon viel besser«, sagte der Junge und nahm das Handtuch aus dem Nacken. Es floss kein Blut mehr. »Danke. Ich hab einen Fußball auf die Nase bekommen, tut höllisch weh.« Die Nase war angeschwollen.

Theo nickte. Ihm tat etwas anderes weh, mit Sicherheit war dieser Schmerz aber genauso scharf, und er würde nicht so schnell vergessen sein wie der Schlag eines Fußballs.

Der Junge ging zur Tür und drehte sich noch einmal um. »Sie haben ein Problem mit Blut, oder?«, sagte er mitleidig zu Franziska, dann ging die Tür wieder zu, und Theo und sie waren allein.

Sie würde sauber machen müssen, sie könnte die Augen schließen und den Lappen einfach seine Arbeit erledigen lassen. Sie könnte auch etwas von dem Laudanum aus dem Schrank trinken, es würde die Kälte in ihrem Innern vielleicht abmildern.

Theo drehte Franziska zu sich herum, wahrscheinlich glaubte er, ihr in die Augen sehen zu müssen bei seiner ernsten Eröffnung.

»Hat Leni dir von der Ausstellung erzählt?«

Franziska nickte.

»Es war der Abend, als wir tanzen gehen wollten, der Abend, als ich dachte, es würde endlich etwas werden mit ihr und mir. Und dann … Leni und ich waren anschließend noch in der Galerie, aber sie erschien mir so abwesend, als würde sie an etwas völlig anderes denken.«

Sie hatte an etwas anderes gedacht – vielmehr an einen anderen.

Franziska hatte den Abend mit Peter verbracht, aber genau wie Theo hatte sie genau gemerkt, dass er in Gedanken weit weg war. Ihre Seidenunterwäsche, die sie mit bangem Herzen und einem scheuen Lächeln auszog, hatte ihn wieder zu ihr zurückgebracht. Als er sie nahm, war er zärtlich und einfühlsam wie immer gewesen. Trotzdem war sich Franziska nicht sicher, dass er wirklich sie meinte in dem Moment.

Theo erzählte weiter. »Eine Woche später erhielt ich einen Brief. Ein Journalist hatte über meine Bilder berichtet, den Artikel las ein reicher Amerikaner und kaufte sie alle. Einfach so. Kurz darauf bekam ich ein Angebot, in einer bekannten

Galerie in New York auszustellen. Ich habe genügend Material, ich kann das Angebot annehmen.« Seine Augen leuchteten jetzt wenigstens wieder ein bisschen.

»Das kommt nicht so oft vor, oder?«, fragte Franziska. Sie konnte sich denken, was er sagen würde. Er hatte Leni gebeten mitzukommen.

»War es dumm, Leni zu fragen, ob sie sich vorstellen könnte, in New York zu leben – mit mir?«

Er wollte darauf keine Antwort, genauso wenig wie Franziska ihm zu sagen brauchte, was er ohnehin schon wusste.

»Ich liebe sie.« Er lachte freudlos. »Sie hat mit Peter geschlafen.«

Es fühlte sich an, als hätte Franziska den Fußball des Jungen in den Magen bekommen.

»Sie haben sich zufällig getroffen. Ich kenne Peter. An dem Abend hab ich gesehen, wie er sie ansah, da war mir klar, ich hab das Spiel verloren. Er wollte sie, und jetzt hatte er sie.«

»Für dich war es kein Spiel«, sagte Franziska. Und für Leni auch nicht. Sie war wenigstens so anständig, es ihm zu sagen, musste Franziska denken. Sie hatte ihn nicht ausprobiert. Er war eben zu nett dafür. New York. Sie dachte daran, ob sie mitgegangen wäre, wenn sie sich in Theo verliebt hätte.

Ja, sie wäre.

»Und für dich ist es das auch nicht«, gab Theo zurück.

»Nein«, bekannte sie. »Ich könnte mit Leni reden.«

»Worüber?«, fragte Theo. »Ich fliege in zwei Tagen, und ich habe keinen Grund mehr zurückzukommen.« Er zuckte die Schultern.

»Du wirst berühmt, dann kann ich sagen, ich kannte ihn mal, und er war ein Freund.« Franziska liefen Tränen über die Wangen.

»Nicht«, sagte er und fing das Nass mit zwei Fingern auf. »Vielleicht wird ja alles gut. Peter hat mir gesagt, eine von euch beiden wird es sein. Welche, soll sich noch entscheiden.«

Brotwasser aus altem, trockenem Brot ist ein durststillendes Getränk bei Hitze.

23

»Josefina-Mädel, steh auf«, sagte jemand neben ihrem Bett. Eindringlich. Dazu wurde an ihrer Decke gezupft.

»Ihr Bett ist nass«, kombinierte Josefina.

»Unsinn. Die Fruchtblase ist geplatzt.«

Sie murrte etwas und drehte sich wieder um. Wenn sie nicht reagierte, würde er hoffentlich wieder verschwinden.

Der alte Nikolaus verschwand nicht, er zupfte kräftiger an der Bettdecke. Josefina kam es vor, als wäre es draußen lauter als gewöhnlich zu dieser frühen Stunde. Sie hatte ihr Fenster gekippt, und da war Kuhgeschrei, untermalt von der unausweichlichen Gitarrenmusik.

»Drei Uhr morgens«, sagte sie, aber jetzt drehte sie sich zu Nikolaus um.

Er war angezogen und seine Miene besorgt.

»Schwierigkeiten?« Im Nu war sie hellwach und auf den Beinen. »Ich bin gleich unten.«

Murli, musste sie denken. Sie war nur einmal kurz im Stall gewesen, um sich die Kühe anzuschauen. Das tat sie immer, denn am Zustand des Viehs erkannte man den Charakter des Bauern. Der Stall war sauber, die Kühe waren es auch. Offenbar wurden sie gewaschen und gebürstet, und es gab Schilder über den Boxen, auf denen ihre Namen standen, sogar was jede von ihnen mochte und nicht mochte. Murli war Sebastians Lieblingskuh, wie er ihr beim Gang durch den Stall erzählt hatte. Sie war als eine der wenigen in den Genuss gekommen, sich vom Bullen des Nachbarn besteigen zu lassen, und jetzt bahnte sich das Ergebnis dieser Vereinigung seinen Weg ins Leben. Nikolaus hätte sie nicht geholt, wenn sie nicht wirklich gebraucht werden würde, aber warum nur konnte der Mensch nicht einfach anklopfen und sagen, dass es einen Notfall gab?

Weil das keinen Unterschied gemacht hätte, beantwortete sie sich die Frage selbst. Der Mann *war* ja der Notfall, laut Sebastian.

Sie zog eine alte Jeans an und ein Holzfällerhemd, krempelte die Ärmel auf, stieg in ihre Gummistiefel und ging hinüber zum Bauern und seinen Kühen.

»Guten Morgen«, grüßte Sebastian, ohne aufzublicken. Josefina hatte nur an der Bewegung des Mundes erkannt, dass er etwas gesagt hatte, die Musik pulsierte. Das ging nicht, wenn sie hier assistieren sollte, musste man auch etwas verstehen.

Josefina drehte am Lautstärkeregler. Murlis Schmerzensschreie erschienen ihr jedoch schlimmer als die Gitarrenklänge, und beinahe hätte sie wieder lauter gemacht.

Sebastians Hände strichen über den Bauch der Kuh. »Murli hat Probleme, das Kalb dreht sich nicht.«

Josefina ließ sich auf die Knie nieder. Er hatte frisches Stroh ausgelegt.

»Wir können versuchen, es zu drehen, aber das kann schiefgehen«, sagte sie. »Ist der Tierarzt auf dem Weg?«

Nikolaus von Precht stand hinter ihr mit einer Schlinge an zwei Stöcken, es sah aus, als wolle er sie garrottieren.

»Mädel, ich kann deine Gedanken hören. Um dich zu erwürgen, brauche ich keine Schlinge, meine Hände genügen. Und jetzt hör auf, kindisch zu sein. Wir müssen zwei Leben retten. Und damit drehen wir das Kalb.« Er zog ziemlich anschaulich an den Stöcken. »Der Doc schildkrötet herum, der ist seit meinem Anruf sicher schon wieder eingeschlafen.«

»Versuchen Sie es noch mal«, bat Josefina. »Sie leidet, und wir können ihr nichts geben.«

»Nein«, sagte Nikolaus von Precht.

»Nein?«, wiederholte Josefina ungläubig. Das konnte doch nicht wahr sein.

»Der Doc ist betrunken, darum nicht, und bis wir einen anderen erreicht haben, ist es vielleicht zu spät.« Nikolaus sah sie an. »Du kannst es, ich weiß es. Sebastian beruhigt Murli, und wir spielen Hebamme. Schalt die Musik wieder ein.«

Um sechs Uhr morgens stand das Kälbchen auf wackeligen Beinen, und Murli leckte ihren Nachwuchs zufrieden von oben bis unten ab. Josefina hatte Tränen in den Augen.

»Sie sind ein ganz gemeiner Knochen«, sagte sie und umarmte den alten Nikolaus, der ihr durchs Haar strich.

Sebastian tätschelte seiner Murli den Kopf und lobte sie. »Alles gut.« Mit müden Augen strahlte er Josefina an.

Es hatte mehr als nur einen Moment gegeben, in dem sie sicher gewesen war, sie würden es nicht schaffen. Eigentlich waren die Augenblicke, in denen sie zuversichtlich gewesen war, in der Minderzahl gewesen. Nikolaus hatte dann ihre zitternde Hand mit seiner umfasst. Geteilte Stärke.

»Ein neues Leben«, sagte sie staunend. Eine solche Situation hatte sie bisher nicht erlebt. Kalbende Kühe schon, aber es war entweder reibungslos verlaufen, oder sie hatte die Komplikationen nicht mitbekommen, und am nächsten Tag kam der Wagen eines Schlachtbetriebes und holte eine tote Kuh ab.

Das war auch einige Male auf dem Jungblut-Hof passiert, und mit dem Abtransport ging es schnell, schon wegen der anderen Kühe, die der Tod ihrer Gefährtin ängstigte. Was Josefina wieder daran erinnerte, dass sie ihre Eltern aufsuchen sollte und dass sie dieses Vorhaben nur immer weiter hinausschob.

Das Auto hörte niemand, die sich öffnende Stalltür auch nicht.

Die Gitarren erlitten einen Kollaps, als der Stecker aus der Dose gerissen wurde, weil jemand über das Kabel fiel.

»Besser gar nicht als spät«, drehte Nikolaus den Spruch um. Ihm war anzusehen, dass er dem Eindringling alles andere als grün war.

Jemand torkelte in ihre Richtung und nuschelte Unverständliches. Ein vollschlanker Mann mit Tonsur und Dreifachkinn, der seine Füße durcheinanderbrachte.

»Der schildkrötende Tierarzt?«, riet Josefina.

Der zu späte Veterinär verdrehte die Augen, sank neben Murli ins Stroh und begann nach Kräften zu schnarchen.

Josefina zog sich auf ihr Zimmer zurück und ging unter die Dusche. Sie würde den Tag mit einem Ausritt beginnen. Auf Florence, weil sie sich das letzte Mal für Adenauer entschieden hatte.

Ihr Herz klopfte freudig, dem Kälbchen ging es gut und Murli auch. Wie es dem Trunkenbold ging, war ihr völlig egal. Seit sie hier auf dem Hof war, hatte sie sich jeden Tag gesagt: nur ein Monat. Heute verzichtete sie darauf.

»Sei nicht beleidigt, ich kann euch nicht beide mitnehmen«, entschuldigte sie sich bei Adenauer.

Josefina nutzte die Zeit, um in aller Stille nachzudenken. Vielleicht hatten sich ihre Gedanken auch ein wenig selbstständig gemacht. Sie ritt den Feldweg entlang, und schon bald war sie wieder in der Nähe des Waldes. Er gab ein Stück weiter vorn eine Abzweigung, sie beschloss, sie würde heute diesen Weg nehmen.

Sie achtete nicht darauf, wohin Florence ihre Hufe setzte, bis plötzlich jemand am Zügel riss. Sie zuckte zusammen. Sie hatte niemanden auf sich zukommen sehen.

Die Hand am Zügel war voller Flecken, das war Josefina beim letzten Mal nicht aufgefallen. Oder aber Franziska hatte die Brandnarben beim letzten Mal noch nicht gehabt. Doch, entschied Josefina. Es waren alte Verletzungen.

Florence tänzelte nervös, und Josefina hatte Mühe, das Pferd zu beruhigen. Der Ruck am Zügel hatte den Haflinger erschreckt.

Josefina aber war einfach erleichtert, Franziska zu sehen. Diesmal trug die alte Frau Leggings, eine knapp unter der Brust verknotete Bluse, und sie hatte sich ein Halstuch umgebunden. Immerhin. Für kühles Nieselwetter war es trotzdem nicht passend, aber diesmal hatte Josefina nichts anzuziehen dabei. Doch sie hatte einem Kalb auf die Welt geholfen, da konnte sie sich auch eine spärlich bekleidete Frau aufs Pferd laden.

»Wir reiten jetzt nach Hause«, verkündete sie, obwohl sie nicht die geringste Ahnung hatte, wo Franziska zu Hause war. Doch, Nikolaus hatte etwas davon gesagt, dass sie beim Pfarrer wohnte. »Wenn ich Ihre Hand nehme, schaffen Sie es dann, aufzusteigen?«

Franziska schien völlig unempfindlich gegen den Regen zu sein. Sie packte Josefinas Arm und zog sich auf Florence' Rücken. Ihr Griff war überraschend kräftig, und Josefina machte sich darauf gefasst, mit ihr nach Prechtenstein hineinzureiten. Sie fühlte sich ein bisschen wie in der Sage von Godiva, nur dass dieses Pferd zwei Frauen trug, wovon eine unter ihrer halb geöffneten Bluse womöglich nackt war, und die Dorfbewohner sicher nicht anstandshalber die Fensterläden zuklappen würden.

Sie waren erst ein kurzes Stück geritten, da sprang Franziska schon wieder vom Pferd. Florence wieherte erleichtert, jedenfalls interpretierte Josefina es so.

»Wenn ich dir die Hand gebe, kommst du dann ein Stück mit?« Franziska sah erwartungsvoll zu ihr hoch. Josefina nickte; unweit der Stelle waren sie sich auch beim ersten Mal begegnet. Irgendetwas hier schien Franziska magisch anzuziehen. Josefina sprang ab, band Florence an einem Ast fest und erklärte ihr, sie würde gleich wiederkommen.

Franziska zog Josefina hinter sich her, die Mühe hatte, mit dem Tempo mitzuhalten.

»Hier habe ich geliebt.« Franziska blieb stehen und deutete auf die Stelle, an der einmal die Jagdhütte gestanden haben musste.

Sie klang einigermaßen vernünftig.

»Das ist ein verfluchter Ort. Die zarte Blonde darf nicht hier sein. Der kräftige Schöne, mit dem sie zusammenliegt, kann sie nicht schützen. Sie muss fortbleiben.«

Jetzt klang sie nicht mehr ganz so vernünftig, Josefina konnte ihren Gedanken nicht folgen. Was vermischte sie miteinander? Es hörte sich so an, als hätte sie ein bestimmtes Bild vor Augen.

»Hier ist der Tod.«

Vielleicht schaute Franziska zurück in die Vergangenheit. Der alte Nikolaus hatte gesagt, ihre beste Freundin hätte sich umgebracht, aber die verwirrte Frau danach zu fragen, verkniff sich Josefina.

»Sie waren mit jemandem in der Hütte«, sagte sie darum nur.

»Oh ja, oft.« Franziskas Blick kehrte sich nach innen, und sie begann, sich zu streicheln. Sie dachte offenbar an einen Mann.

»Was ist aus ihm geworden?«, fragte Josefina. Diesmal weniger aus Neugier, sondern weil sie wollte, dass Franziska aufhörte, sich anzufassen.

»Ich hab es getan, dabei kann ich doch kein Blut sehen.« Franziska schüttelte sich. Sie hieb mit der Faust und einem eingebildeten Werkzeug auf etwas oder jemanden ein – existent nur in ihrer Vorstellung, bevor sie mit den Händen Mund und Augen bedeckte. Würgelaute drangen darunter hervor, und bevor Josefina etwas halbwegs Passendes sagen konnte, rannte Franziska davon, den Hügel hinauf und tiefer in den Wald hinein.

»Franziska«, rief sie ihr nach und war sich doch im Klaren darüber, wie unnütz es war.

Ein eigenartiger Morgen, dachte Josefina. Vielleicht hatte sie aber gerade eine Antwort auf die Frage erhalten, wer das Steinkreuz aufgestellt hatte. Schuld. Sühne. Die Tochter des Apothekers konnte kein Blut sehen. Wessen Blut?

Josefina brachte Florence zurück und rieb sie trocken. Danach warf sie einen Blick in den Stall zu Murli und dem Kälbchen – der Tierarzt hatte einen Arm um die Kuh gelegt, die ihm mitleidig über den Kopf leckte. Seine Miene war die reinste Seligkeit, Josefina musste lachen.

Sie stellte sich zum zweiten Mal unter die Dusche, den Regen und den Wald abwaschen. Danach bekamen die Äpfel und Birnen eine Wäsche, anschließend wurden auch sie trocken gerieben und das Kerngehäuse entfernt. Josefina schnitt das Obst in kleinfingerdicke Scheiben. Die dünneren Scheiben ergäben Apfelchips. Sie tauchte die Ringe kurz in Zitronensaft, damit sie nicht zu braun wurden. Danach legte sie sie auf den Backofenrost und schob ein Abtropfblech darunter. Sie stellte die Temperatur auf sechzig Grad ein, es würde ungefähr eine halbe Stunde dauern, bis die ersten Äpfel und Birnen fertig wären.

Josefina ließ die Backofentür leicht geöffnet, damit die Feuchtigkeit abziehen konnte. Beim Trocknen zuzuschauen brauchte sie dem Obst nicht, darum konnte sie kurz telefonieren.

Heino Ganser klang, als käme er geradewegs aus dem Bett, und entschuldigte sich dafür. »Ich hatte eine turbulente Nacht, es gab einen Unfall, über den ich berichten musste. Ein Kraftfahrer wollte mit seinem *Lastwagen* mitten auf der *Autobahn* wenden. Zum Glück ist nicht viel passiert.«

»Alkohol?«, riet Josefina.

»Lebensmüde. Der meinte es ernst, hat sich aber die falsche Zeit dafür ausgesucht. Ich hab die komplette Geschichte.«

Die Josefina jetzt aber nicht zu hören wünschte. »Ich möchte Sie zu einigen anderen Dramen gern etwas fragen«, sagte sie. Er schien ja auf solche Fälle spezialisiert zu sein. »Sie haben über die vermissten jungen Frauen berichtet. Über Fiona Hammerschmid und Veronika Landing«, sagte sie.

»Gibt es einen neuen Fall?«, wollte er wissen. »Hört das gar nicht auf …«

»Nein, ich meine – ich weiß es nicht. Können Sie mir etwas über eines der Mädchen erzählen, über Veronika?«

In der Leitung blieb es still, dann sagte Ganser: »Und wer will das bitte schön wissen?« Er klang jetzt vorsichtig, als hätte er in seiner Einleitung schon zu viel über sich und seine Arbeit verraten.

Sie hatte sich ihm nicht vorgestellt, aber hätte sie mit der Tür ins Haus fallen sollen? »Josefina Jungblut, Veronika ist die Freundin meines Bruders. Ihre Artikel klingen, als würden Sie sich wirklich Gedanken um die verschwundenen Mädchen machen.« Genau das hatte sie beim Lesen empfunden. Und wenn es ihm schmeichelte und er darum ein bisschen mehr preisgab, konnte ihr das nur recht sein.

»Und was soll ich Ihnen dazu sagen? Dass keine von beiden wiederaufgetaucht ist, dass es keine Leichen gibt und dass ihre Familien immer noch warten? Mehr können Sie von mir dazu nicht hören. Fragen Sie Ihren Bruder.«

Wie gern sie das getan hätte.

Josefina musste Ganser etwas von Bedeutung entlocken. Geschmeichelt hatte sie ihm schon, vielleicht sollte sie ihn einfach bitten und selbst eine Kleinigkeit preisgeben, wahrscheinlich hatte er sowieso schon davon gehört, vielleicht sogar darüber geschrieben.

»Im Halbinger See wurde der Wagen meines Bruders gefunden, der ebenfalls seit einiger Zeit verschwunden ist. Am

Innenspiegel hing eine Kette mit einem Medaillon mit Veronikas Bild darin. Ich dachte mir, Veronika könnte der Schlüssel zu diesem mysteriösen Fund sein, bis ich in Ihrem Artikel las, sie sei auch verschwunden.«

»Hmm«, überlegte er. Sie konnte es hören. »Hmm.« Heino Ganser ließ sich Zeit mit dem Überlegen. »Wenn Sie den Artikel über Veronika gelesen haben, wissen Sie auch, dass sie ziemlich gut Bescheid wusste über Oldtimer; und der Ford Mustang zählt ja auch nicht mehr zu den Youngtimern. Ihr Bruder und sie könnten sich bei so einem Treffen kennengelernt haben. Pure Theorie natürlich.«

»Natürlich«, bestätigte Josefina. Allzu viel brachte ihr das nicht.

»Veronika kam aus Freiung«, fuhr Ganser fort. »Da ist auch dieser Club, das ›Moustache‹. Da treffen sich die jungen Leute aus dem ganzen Landstrich. Vielleicht können Sie da etwas über Ihren Bruder erfahren. Morgen spielt dort übrigens eine Band, dic Jungs nennen sich die County Rocker. Sie waren es auch, die den Ford Mustang entdeckt haben.«

Das war tatsächlich eine Information, mit der Josefina etwas anfangen konnte. Diesen Club würde sie sich ansehen.

24

Würde man von der Arbeit reich,
so gehörte dem Esel die Mühle
und dem Taglöhner die ganze Welt.

Saibling. Nikolaus ließ es sie nicht vergessen. Josefinas Augenlider flatterten, sie war gerade an einem toten Punkt, über den ihr vielleicht ein starker Kaffee hinweghelfen würde.

Wollte sie später wirklich noch zu ihren Eltern und noch später in diesen Club? Heute Morgen hatte sie gewollt, jetzt am Vormittag träumte sie nur von ihrem gemütlichen Bett.

Der Kaffee war eine gute Idee, und eine andere der Kaffeesatz; ihn würde sie als Dünger verwenden. Umweltverträglich und frei von Schadstoffen. Nur konnte sie gar nicht so viel Kaffee trinken, wie Dünger gebraucht wurde. Aber das Gebräu hatte sie wieder aufgeweckt.

In ihrem Leichtsinn fragte sie den alten Nikolaus, was sie noch mitbringen sollte, wo sie schon unterwegs war.

»Etwas Süßes«, antwortete er, und auf ihren missbilligenden Blick hin: »Naschwerk. Was denkst du denn? Wilfried hat immer diese Schweizer Pralinen. Die sind gut, ich teile auch.«

Pralinen. Sie könnte auch Schokolade schmelzen und die getrockneten Apfelchips darin eintauchen. Auch köstlich und viel günstiger. Sie wollte das Obst nicht umsonst getrocknet haben.

»Wie wäre es mit Bio-Naschwerk aus eigener Herstellung?«

»Du meinst das Dörrobst«, sagte er. »Davon war ich noch nie begeistert.«

»Mit Schokoladenüberzug sind Sie es vielleicht«, sagte sie.

»Darüber kann man verhandeln. Du machst dir viel Arbeit.«

»Schön, wenn das bemerkt wird«, sagte Josefina süffisant.

Nikolaus schüttelte unwillig den Kopf. »Da war wieder so ein Anruf«, sagte er dann. »Aber diesmal schauen wir uns die Frau besser zuerst an, bevor es den Hasen gibt.«

Jetzt hieß es schon »wir«. Josefina kam sich vor wie eine Verschwörerin, die mit dem Hofnarr gegen den König intrigierte. »Sie halten Augen und Ohren offen, ich bin heute Abend schon anderweitig verplant.«

»Soll das heißen, du hast eine Verabredung? Mit wem denn, du hattest doch bislang keine Gelegenheit, einen Prechtensteiner kennenzulernen. Nein, ich weiß es. Du spionierst«, sagte er mit einer unangebrachten Grabesstimme.

»Ich muss etwas überprüfen«, sagte Josefina. »Es geht um meinen Bruder.«

»Was, glaubst du, ist ihm passiert?«

Josefina verschränkte die Arme vor der Brust zum Zeichen, dass sie dazu nichts sagen würde.

»Vergiss meine Pralinen nicht, die schokolierten Biodinger kann ich dann immer noch probieren, und vielleicht gibt es endlich mal eine neue Scheibe mit Gitarrenmusik, die eine können wir schon alle mitzupfen, die Kühe eingeschlossen.« Der alte Nikolaus drückte ihr das Portemonnaie mit der Edelweißstickerei in die Hand.

Ihre Ente gluckste, was Josefina aber keineswegs erheiterte. Der Citroën kam in die Jahre, und die Spinnereien nahmen zu. Irgendwann würde er den Geist aufgeben, da konnte dann auch keine Ermunterung mehr helfen.

Wo bekam man fangfrische Fische?, hatte sie sich gefragt und brauchte sich keine große Mühe zu geben mit der Suche, weil gleich am Ortseingang eine Tafel stand, die darauf hinwies: »Heute frische Fische«. Im Angebot waren Forellen, Renken, Saibling, Barsch, Wels und geräucherter Aal. Josefina hoffte, dass »heute« wirklich heute war. Sie hielt an und reckte den Hals. Unterhalb der Schrift stand ein Name, und daneben war angegeben, wohin man fahren musste, um die Fische zu bekommen. Der Name kam ihr bekannt vor. Auerswald. So hieß auch die elfenhafte Emma.

Josefina landete beim Frischehändler Obmann, den sie schon kannte. Nur befand sich heute seitlich vor dem Laden ein kleiner Stand, an dem der Auerswaldbauer seine Fische feilbot. Der Mann hinter dem Verkaufstisch konnte einem auffallen. Nicht ohne, und wen diese braunen Augen musterten, der konnte sich schon angesprochen und angezogen fühlen. Und doch ließen sie Josefina merkwürdig unberührt.

Sie kaufte Saiblinge und ein Stückchen Aal. Der Auerswaldbauer schlug die Fische einzeln sorgsam in Butterbrotpapier ein. Sie bedankte sich und überlegte, ob sie zum Aal, der doch ziemlich fett war, vielleicht auch gleich eine gute Flasche Schnaps kaufen sollte. Im Bunten Laden, dorthin wollte sie sowieso noch. Außerdem würde sie Pfarrer Drexel einen Besuch abstatten. Ihm und Franziska.

Sollte sie dem Pfarrer etwas mitbringen? Sie schalt sich, dass sie nicht früher dran gedacht hatte, und beschloss, im Bunten Laden noch eine Kleinigkeit zu besorgen. Sie hatte die alte Linde noch nicht ganz erreicht, da sah sie, dass der Zeichner wieder hier Platz genommen hatte. Sein Stift bewegte sich flink übers Papier. Vielleicht könnte sie ja diesmal einen Blick erhaschen. Sie ging weiter und wollte gerade auf sich aufmerksam machen, als sie hinter sich Schritte hörte.

»Josefina?« Es klang wie eine Frage, und sie wandte sich um. Axel Theis' Lächeln war freudig.

»Ja?« Vielleicht hatte er sie angesprochen, weil es eine neue Entwicklung gab. »Wissen Sie etwas über Vinzenz?«

»An Ihren Bruder hab ich grade nicht gedacht«, sagte er.

»Woran haben Sie dann gedacht?«

»Ob Sie vielleicht mit mir ausgehen.«

Mit ihm ausgehen. Josefina ging eine Millisekunde in sich und fragte sich, ob sie das wollte. »Sehr gern.« Ihre Antwort war in Turbogeschwindigkeit aus ihrem Mund gekommen. »Gern«, wiederholte sie und räusperte sich.

»Sie haben die Wahl. Was würde Ihnen gefallen?«

Theis' Blick hatte sie keine Sekunde losgelassen, und Josefina sagte das, was ihr gerade einfiel.

»Das ›Moustache‹ in Freiung würde mich interessieren. Darüber hab ich schon einiges gehört.«

»Das ›Moustache‹«, wiederholte er, als hätte sie ihm gerade vorgeschlagen, in einer Gefängniszelle bei Kerzenschein zu Abend zu essen. »Wie wäre es mit einem netten Café? Es ist leiser, und wir können uns unterhalten«, schlug er vor.

»Wie wär's dann mit jetzt gleich?« Sie deutete auf das Café Donner.

»Jetzt gleich geht leider nicht«, sagte Axel Theis, und Josefina sah ihn fragend an, doch sein Blick glitt an ihr vorbei.

Er musste den Maler meinen. Und der wandte sich im selben Moment um. Offenbar erkannte er Theis, er nickte ihm zu, aber der Polizist drehte den Kopf zur Seite.

Josefina lächelte ihn an, grüßte und sagte: »Ich habe Sie gestern zeichnen gesehen. Ich wäre gern neugierig gewesen, aber dann waren Sie schon weg.«

»Dann seien Sie ruhig ein andermal neugierig.«

Es war eine Einladung, die Josefina bestimmt annehmen würde.

Axel Theis dagegen benahm sich beinahe unfreundlich, und Josefina fragte sich, was der Grund dafür sein mochte. Der Ältere hatte einen amerikanischen Akzent, angenehm. Für Theis offenbar nicht.

»Wir sehen uns?«, fragte Theis Josefina.

Und die fragte sich, was das Ganze sollte. Theis war charmant, aber auch widersprüchlich, und was er außerdem war, würde sie vielleicht noch herausfinden.

Heute wohl nicht mehr. »Ja, vielleicht«, lautete ihre vage Antwort, obwohl sie sicher war, dass er sie überhaupt nicht mehr registrierte, sondern vielmehr daran interessiert war, den älteren Mann im Auge zu behalten. Was konnte er verbrochen haben?

Theis strich über ihren Arm und verabschiedete sich ziemlich schnell.

Sie sah die Augenpaare nicht, die auf sie gerichtet waren, aber sie durfte sicher sein, es gab sie. Hinter irgendeiner Gardine, hinter dem Fensterchen in einer Tür lauerten sie und fragten sich, was die Dorfhelferin mit ihrem Polizisten zu tun hatte.

Josefina spazierte flotten Schrittes in den Bunten Laden. Wenn Wilfried Baldus außer den Schweizer Pralinen auch noch eine CD mit Gitarrenklängen vorrätig hatte, dann würde sie einen Luftsprung machen.

»Ich könnte die Pralinen vorbeibringen, wenn ich sie gleich bestelle, sind sie morgen in der Lieferung.« Die erdbeerrote

Rowena lächelte sie an. Josefina hätte beinahe vermutet, dass die Pralinen auch heute schon da waren, sie aber gern wieder vorbeikommen wollte, um Sebastian zu treffen.

»Ich hatte noch keine Gelegenheit zu fragen, ob die Recherche im Rathaus erfolgreich war.« Rowena wollte nicht nur höflich sein, sie wollte sich offenbar wirklich mit ihr anfreunden.

»Es war einiges dabei, das ich für mein Rätsel verwenden kann«, sagte Josefina. »Zum Beispiel, dass sich das Frühjahr besonders für das Sammeln von Heilkräutern eignet, denn wenn die Pflanze noch jung ist, besitzt sie die größte Heilkraft.«

»Gemüse, das unter der Erde wächst, gedeiht gut, wenn man beim Säen oder Pflanzen auf den abnehmenden Mond achtet«, wusste Rowena.

Sie tauschten noch ein wenig Garten- und Pflanzenwissen hin und her, bevor Josefina sich verabschiedete.

»Morgen gegen Abend, ist das in Ordnung? Ich wollte beim letzten Mal nicht in eine Verabredung platzen. Aber es sah ja glücklicherweise so aus, als wäre ich nicht geplatzt.« Sie lachte. »Ich rede Unsinn.«

Verliebten Unsinn, fand Josefina. Rowena war ihr sympathisch, und Nikolaus wäre auch einverstanden mit ihr. Fehlte noch Sebastians Urteil.

»Sie haben die Küche aufgeräumt, das hätten Sie wirklich nicht tun müssen«, sagte sie.

»Ach, das war gleich erledigt, ich hab gespült, und Sebastian hat abgetrocknet. Die Rhabarbercreme war übrigens sehr lecker.«

Josefina bedankte sich artig und kaufte ein, was sie sich notiert hatte. Auf einigen hellgelben Milchtüten stand in dezentem Hellblau zu lesen »Sommerfrische«, und Josefina fiel eine weitere Rätselfrage ein: Wie nannte man früher den Urlaub auf dem Bauernhof?

Sie ging zur Kasse, hinter der ein hübsches Mädchen in Jeans und T-Shirt stand. Himmelblaue Augen schauten auf Josefina, und ein schön geschwungener Mund deutete ein kleines Lächeln an.

»Ich hätte gern noch einen Marillenlikör«, bat Josefina.

Das Mädchen nickte wortlos und wandte sich den Spirituosen zu. Josefina vermutete, dass es sich um Nella Baldus handelte.

Sie brauchte noch Schokolade für die Apfelringe, fiel ihr ein. Im Regal vor der Kasse gab es genug Auswahl. Josefina wollte die Alpenmilchvariante und schob einige der anderen beiseite. Sie stutzte. Lagen dahinter nicht die Pralinen, die Nikolaus von Precht haben wollte? Es sah ganz danach aus, aber sie würde Rowena nicht die Freude verderben, die Pralinen persönlich vorbeizubringen.

Ihre Ware wurde eingepackt, und als sie das Geld aus dem Edelweißportemonnaie abzählte, tippte ihr Nella auf die Hand. Josefina blickte auf. »Ja?«

Nella schrieb etwas auf einen Zettel und legte ihn Josefina umgedreht hin. Darauf stand: »Axel Theis ist nicht geheuer.«

Josefinas fragender Blick ließ Nella den Kopf schütteln. »Ich werd dran denken«, versprach Josefina. »Nicht geheuer« klang reichlich sonderbar. Sie nahm die Tüte und verließ den Bunten Laden. Der Blick der jungen Frau hatte etwas Eindringliches gehabt.

Auf zum Pfarrhaus, sagte sie sich, falls ein Mitbringsel gern gesehen war, hätte sie ja noch den Marillenlikör.

Auf ihr Klopfen öffnete Josefina eine kleine unscheinbare Frau in einer Kittelschürze mit braunem Haar, das im Nacken zu einem Knoten zusammengesteckt war.

Die Haushälterin, vermutete Josefina und stellte sich der Frau kurz vor.

»Sie sind die Dorfhelferin auf dem Precht-Hof? Das ist aber schön, dass Sie kommen«, wurde sie begrüßt. »Franziska hat von Ihnen erzählt.«

Beinahe hätte Josefina gefragt: »Wirklich?«, so überrascht war sie.

Die Haushälterin sah ihr die Überraschung sicher an. »Kommen Sie herein. Pfarrer Drexel ist im Studierzimmer. Ich sage ihm gleich Bescheid. Kleinen Augenblick.« Und damit verschwand sie.

Josefina stand in einem breiten Gang, der in einem sanften Apricotton gestrichen war. An den Wänden hingen allegorische Bilder, aber auch Landschaften, und in den Wandnischen standen Heiligenfiguren; Josefina erkannte den heiligen Florian und den heiligen Sebastian. Der erste mit einem Eimer gegen Feuer, der andere ein Märtyrer, dessen Leib von Pfeilen gemartert war.

Pfarrer Drexel hatte sich bestimmt nicht anschleichen wollen, doch als er ihr eine Hand auf die Schulter legte, zuckte Josefina zusammen.

»Normalerweise sagt man, nur der erschrickt, der ein schlechtes Gewissen hat.« Dazu lachte der Pfarrer, was wohl bedeuten sollte, dass Josefina seine Bemerkung nicht ernst nehmen solle.

»Joachim Drexel«, stellte er sich vor. »Pfarrer von St. Jakob.«

»Josefina Jungblut.« Sie gab ihm die Hand.

Pfarrer Drexel, ein Mann um die siebzig, der eine Stoffhose trug und dazu ein schwarzes Hemd mit einem weißen Plastik-Kollar, ging voraus in einen Raum, der Josefina wie ein Wohnzimmer erschien, bis ihr Blick auf die Kruzifixe fiel.

Hier standen keine Figuren, dafür sammelte der Pfarrer offenbar Kreuze. Sie hingen nicht an den Wänden, es gab eigens gezimmerte Schaukästen, dazwischen standen alte Bücher. Es roch nach Zedernholz und Zigarren.

Er bot ihr einen Platz auf dem Kanapee an. Der Bezug cremegoldfarben, mit Messingknäufen an den Seiten. Barock, schätzte Josefina. Und gemütlich, fand sie, nachdem sie Platz genommen hatte.

»Ich dachte mir, Sie mögen vielleicht ein bisschen Holunder-Limonade, ich hab sie grade frisch gemacht.« Die Haushälterin stellte ein Tablett mit Gläsern und einem großen Glaskrug auf den Tisch.

»Danke, Erna, sehr aufmerksam«, sagte der Pfarrer und schenkte Josefina ein. Holunder-Limonade, da konnte sie ihn auch fragen, ob er Schokoapfelringe mochte.

»Au ja, die habe ich lange nicht mehr gehabt, und die gekauften mag ich nicht gern.«

Wunderbar, hier schien sich jemand richtig zu freuen. Josefina versprach, ihm welche vorbeizubringen. »Wie geht's dem alten Nikolaus?«, erkundigte er sich dann.

»Wirklich alt erscheint er mir gar nicht«, sagte Josefina.

»Ein Sparifankerl, wenn er will, aber das war er bereits in seiner Jugend. So lange kennen wir uns schon.«

Ein Teufelchen hätte ihn Josefina nicht genannt. Obwohl …

Sie trank einen Schluck von ihrer Limonade. »Nikolaus erzählte mir, dass Sie sich um Franziska kümmern. Sie ist mir vor einigen Tagen vors Auto gelaufen. Das war unser Kennenlernen.« Josefina ließ Franziskas unpassende Kleidung weg, auch die Stimmung, in der die alte Frau sich befunden hatte, erwähnte sie nicht. »Sie bat mich zurückzukommen.« Josefina sah Drexel fragend an. »Heute Morgen war ich mit Franziska im Wald unterhalb der Ruine, wo einmal diese Jagdhütte stand. Ganz in der Nähe gibt es ein Steinkreuz.«

»Das Geheimnis im Wald«, sagte der Pfarrer. »In der Hütte starb ihre beste Freundin Leni, aber die Einzelheiten kamen längst nicht alle ans Tageslicht. Was auch immer damals vorgefallen ist, es hat Franziska um den Verstand gebracht. Schon möglich, dass sie das Kreuz dort aufstellen ließ, weil sie dachte, dadurch etwas gutzumachen.« Drexel sah sie an. »Vielleicht kann Ihnen Theo Fahringer mehr darüber erzählen, er war Lenis Freund. Als sie starb, damals, hat er schon in den USA gelebt, aber vor einiger Zeit ist er zurückgehrt.«

Sie schaute ihn bittend an.

»Er wohnt im Austragshäusl vom Gmeiner-Bauern, gleich nach dem Ortsschild von Beckerau auf dem Hügel.«

Darum drehten sich Josefinas Gedanken, als sie zum Precht-Hof zurückfuhr. Franziskas Geschichte und das Geheimnis im Wald.

Sie stellte die Tüte aus dem Bunten Laden in die Küche und legte das Haushaltsgeld in der Edelweißaufmachung zurück in die Schublade.

»Keine Pralinen?«

Wie konnte jemand mit nur einem funktionstüchtigen Bein

so schleichen?, fragte sich Josefina. Und wie konnte dieser Jemand den Inhalt einer Tüte so schnell erkennen?

»Doch, sie werden geliefert. Spätestens morgen.«

»Von der Rothaarigen. Denkst du, wir sollen der anderen absagen? Da.« Der alte Nikolaus zog ein Foto aus der Hemdtasche und strich es glatt. »Niedlich, aber schau dir mal ihre Hände an.«

»Wie kommen Sie zu dem Bild?« Sollte sie das wirklich fragen? Wie kam Nikolaus für gewöhnlich zu etwas? Er nahm es sich.

»Der Brief kam heute an.«

Und er hatte ihn natürlich sofort gefleddert. Josefina verdrehte die Augen. »Sie muss Sebastian gefallen, nicht Ihnen, Sie wollen sie auch nicht heiraten … Lassen Sie sehen.« Er hielt ihr allzu bereitwillig das Bild hin. Niedlich stand wohl für die weichen Gesichtszüge, nicht unhübsch, dachte sie, doch die Frau trug an jedem Finger einen Ring – an jedem.

»Wie kann man damit arbeiten?« Nikolaus tippte auf die beringten Hände. »Sebastian sollte etwas dichten über die Arbeit auf dem Hof, dann bekämen wir auch vernünftige Angebote. Nicht so einen Liebeskram. – Blender.« Damit steckte er das Foto wieder ein.

Josefina kommentierte das Gesagte lieber nicht. Sie putzte den Lauch und die Kartoffeln und schnitt Filets aus dem Saibling.

»Nikolaus …«, begann sie dann und erzählte ihm, dass sie am frühen Morgen Franziska getroffen und vorhin dem Pfarrer einen Besuch abgestattet habe.

»Geht's ihm gut?«, fragte Nikolaus.

»Das wollte er von Ihnen auch wissen.«

»Ach was«, staunte Nikolaus. »Ich hab ihm in der Schule einmal eine fette Kröte in den Schulranzen getan, er hat Mordio geschrien, und seitdem ist er nicht so gut auf mich zu sprechen. Was wolltest du denn über Franziska beantwortet haben?«

»Franziska hat ziemlich wirres Zeug geredet. Etwas über einen Mann und eine andere Frau und darüber, dass sie kein Blut sehen kann.«

»Immerhin hat sie überhaupt mit dir geredet. Dann bist du nicht schlecht. Soweit ich weiß, redet sie nämlich für gewöhnlich nur mit sich selbst.« Er nickte. »Ja, den gab es, den Mann. Ihr Freund, nicht ihr Ehemann. Franziska und Peter Theis, der Vater von Axel, waren zusammen.«

25

Was der Herr für Wetter macht,
hat der Kalender nicht bedacht.

Jemand hatte den verdammten Stein ins Rollen gebracht. Und jetzt ließ es sich nicht mehr aufhalten.

Die Dorfhelferin fragte herum, sie wollte unbedingt etwas herausfinden, und würde sie erst einmal anfangen zu graben, könnte sie es entdecken. Es lag ein wenig unter der Oberfläche, doch nicht sonderlich tief.

Er konnte nicht zulassen, dass sie weiter herumschnüffelte.

Schlimm genug, dass der Wagen aufgetaucht war. Er war ein ziemliches Schmuckstück, und es hatte ihm leidgetan, dass er ihn im See versenken musste.

Es war ein überlegenes Gefühl, ein bisschen kam es ihm vor wie damals. Die Atemzüge seiner Freunde ängstlich und so leise, dass offensichtlich war, sie lauschten angespannt in die Dunkelheit. Die Erwartung, was passieren würde, lähmte – ihn aber hatte es angestachelt, er hatte nichts zu befürchten.

Sommer 1968

26

»Hat sich eine Wandlung vollzogen, oder seit wann bist du in der Lage, einem Blutenden zu helfen?« Ihr Vater wusste es, weil die Mutter des Jungen sich bei ihm dafür bedankt hatte, dass man ihrem Sohn geholfen hatte.

Zum Glück war nirgendwo mehr etwas davon zu sehen, und Franziska hatte keine Lust, ihrem Vater darauf eine Antwort zu geben. Nicht wenn er so verächtlich fragte.

Theo hatte sauber gemacht. Theo, der Künstler, der eine Ausstellung in New York hatte. Franziska freute sich für ihn. Ob er schon packte? Oder machte er sich genau wie sie Gedanken um Leni und Peter?

Wahrscheinlich nicht. Oder anders. Er ließ sein bisheriges Leben hinter sich – zum großen Teil. Theo hatte Franziska nicht gebeten, ihn auf dem Laufenden zu halten. Sie würde es auch nicht tun. Wenn er etwas erfahren wollte, dann müsste er den Anfang machen, er kannte ihre Adresse.

Aber vielleicht würde er sich nicht bei ihr, sondern bei Peter melden. Waren sie immer noch Freunde?

Peter hatte sie angerufen, gefragt, ob sie sich am Wochenende sehen würden, und dabei geklungen wie immer.

»Warum Leni?« Franziska wollte nicht verletzt klingen und schon gar nicht wie eine Betrogene.

»Weil ich mir vorgestellt habe, wie es mit ihr ist, und weil ich weiß, du bist nicht eifersüchtig.« Dann wusste er mehr als Franziska. »An Theo und Leni hab ich nie geglaubt. Nicht, wie sie mich angesehen hat, und du bist nicht blind, du wusstest es.«

Das konnte sie nicht leugnen, doch hatte sie darauf vertraut, dass wenn man fest mit jemandem ging, es auch etwas bedeutete.

»Wie geht es weiter?«, fragte sie.

»Franziska, ich kann dich nicht aufgeben. Leni ist wunderbar und ganz anders als du. Ich muss an sie denken, und ich muss an dich denken. Ich bin durcheinander, ich will euch beide.«

»Du kannst nicht uns beide haben«, sagte Franziska. Sie hörte sich vernünftig an, obwohl ihr Innerstes aufschrie und ihr Herz in diesem Augenblick zu Staub zerfiel.

»Gut, dann du oder Leni – ich kann es nicht entscheiden, entscheidet ihr für mich. Bitte.« Peter schickte ihr einen Kuss, wünschte ihr eine gute Nacht und süße Träume.

»Ich liebe dich«, flüsterte Franziska. Die Träume der Nacht würden sicher nicht süß sein. Sie fühlte sich leer. Aber sie wusste genau, dass sie ihren Peter nicht aufgeben würde, und sie würde ihn nicht teilen. Auch nicht mit Leni.

Leni hatte ihr geschrieben. Das Briefchen hatte sie unter der Ladentür durchgeschoben. Früher hatten sie das oft gemacht. Leni bat sie um ein Treffen, sie klang zutiefst unglücklich.

Bitte sei heute um acht am Abend bei der Jagdhütte.
Es ist etwas geschehen, von dem ich dachte, ich könnte es wieder vergessen, könnte ihn vergessen.
Dafür hab ich Theo im Stich gelassen. Er wird es mir nicht verzeihen, er soll mir gar nicht verzeihen.
Das ist es nicht, aber Du – Dich kann ich nicht verlieren!

Franziska war um acht bei der Jagdhütte. Leni saß weinend auf der alten Pritsche. Auf dem wackeligen Tischchen standen zwei Becher und eine Flasche Wein.

Sie umarmten sich. Keine sagte ein Wort zur Begrüßung. Leni füllte die Becher.

»Du heulst und bist immer noch hübsch dabei«, sagte Franziska. »Tränen kann ich genauso wenig anschauen wie Blut.« Es sollte locker klingen, aber das tat es nicht. Sie setzte sich neben Leni.

»Ich hab den Kopf verloren, und das ist mir nie zuvor passiert.« Leni musste es erzählen, und sie war der ehrlichste Mensch, den Franziska kannte.

»Wir sind uns zufällig begegnet, es steckte keine Absicht dahinter. Du musstest noch arbeiten, und ich wollte den Abend genießen und ein bisschen schwimmen gehen. Ich bin mit dem Fahrrad zum See gefahren, mit Clark Gable im Gepäck.«

Leni hatte gern von Rhett Butler geträumt – Vom Winde verweht. Jetzt träumte sie wahrscheinlich von einem anderen.

»Und da war Peter, er hatte einen Ordner dabei und lernte. Er war allein. Ich hab einen Augenblick überlegt, ob ich einfach so tun sollte, als hätte ich ihn nicht gesehen. Er hat mir die Entscheidung abgenommen, weil er in dem Moment den Kopf hob. Also hab ich mich mit meiner Bastmatte und dem Handtuch neben ihn gelegt. Ich ging ins Wasser und schwamm ein wenig, dann cremte ich mich ein, und er fragte, ob ich etwas von der Sonnencreme für seinen Rücken opfern könnte. Ich konnte, er hatte bereits einen leichten Sonnenbrand.«

Sie wischte sich über die tränenfeuchten Wangen. »Ich las mein Buch, und er war mit seinen Studien beschäftigt. Wir haben uns zuerst auch gar nicht unterhalten, bis er sagte, er würde ins Wasser gehen, ob ich mitkomme. Wir schwammen nebeneinanderher, Peter wollte unbedingt ans gegenüberliegende Ufer. ›Wenn ich es nicht schaffe, musst du mich retten‹, scherzte er. Am anderen Ufer war die Sonne bereits zwischen den Bäumen verschwunden. Wir waren ziemlich außer Atem, als wir dort ankamen. An unserem Ufer lagen noch ein paar Leute, aber hier waren wir die Einzigen. Ich dachte nur daran, dass wir auch wieder zurückschwimmen mussten, und ließ mich erschöpft ins Gras fallen. Peter lag wieder neben mir, aber diesmal berührten wir uns. Ich konnte seine Haut an meiner spüren. Dann war plötzlich sein Gesicht über mir.«

Franziska sah es vor sich, Peters Hände, die nicht sie, sondern Leni liebkosten. Wie er nicht sie, sondern Leni besitzen wollte.

Sie schloss die Augen und wandte den Kopf ab. Sie wusste, es war noch nicht zu Ende, sie würde auch noch das Finale zu hören bekommen. Tränen rannen ihr über die Wangen, lautlos.

Leni atmete heftiger, sie hatte die Arme schützend vor dem Körper überkreuzt und rieb ihre Oberarme, als wolle sie sich Wärme geben. Einen Augenblick war die Erzählung ins Stocken geraten, dann fuhr Leni mühsam fort.

»Er strich mir übers Haar und küsste mich. Franziska, ich konnte ihn nicht wegstoßen, weil ich es wollte. Seit dem Abend im Kino hab ich es mir vorgestellt. Meine Hände zerwühlten sein Haar, wir hörten nicht auf, uns zu küssen. Er streichelte mich und öffnete die Bänder meines Oberteils. Irgendwann lag ich nackt da. Ich wusste, es war falsch, weil ich dich betrog. Nur ein Mal, sagte ich mir und zog ihn auf mich. Nur ein Mal. Und aus diesem einen Mal wurde eine ganze Nacht. Die schönste, die ich jemals mit einem Mann verbracht habe.« Leni sah Franziska nicht an. »Später liefen wir um den See herum zu unseren Handtüchern, zurückschwimmen konnten wir im Dunkeln nicht. Er lud mein Rad in seinen Wagen und brachte mich nach Hause. Es war vorbei, ich würde ihn nicht wiedersehen und konnte doch die ganze Zeit an nichts anderes denken.«

Sie trank einen Schluck Wein und hustete. Franziska nahm ihre Hand.

»Wir lieben ihn beide – und er will uns beide.«

»Nein«, sagte Leni. »Peter gehört zu dir, das hat er von Anfang an getan.«

»Du hast ihn aber zuerst gesehen.« Franziska hatte es nicht vergessen.

»Das könnte ich nicht, einen Mann teilen.« Leni schüttelte den Kopf. »Allein die Vorstellung, dass ich mit ihm schlafe, und beim nächsten Mal nimmt er dich … Liebe im Kreis … Dann wären wir wirklich Angélique im Harem.«

»Ich kann es mir genauso wenig vorstellen. Ein Dreier. Dabei habe ich mich immer für so aufgeschlossen und modern gehalten.« Und als Nächstes offenbarte sie Leni Peters Bitte.

»Er überlässt uns die Entscheidung? Wie sollten wir so etwas entscheiden? Franziska, kein Mann soll jemals zwischen uns stehen, das haben wir geschworen.« Leni drückte ihre Hand.

Franziska ließ den Kopf auf ihre Schulter sinken.

»Wenn es eine von uns nicht mehr gäbe, dann …«

Abendrot und Morgenhell
sind ein guter Wettergesell.

27

Nichts hatte sich verändert. Nichts, was auf den ersten Blick erkennbar gewesen wäre.

Der Jungblut-Hof schaute äußerlich gepflegt in die Welt. Jeder konnte sehen, und das sollte man auch, wie großartig der Bauer dastand. Nur die Atmosphäre passte nicht zur Erscheinung, und das hatte nichts mit dem Nebel zu tun, der von den Wiesen herüberwehte.

Der Vierseithof hatte ein riesiges Tor, die Mauern waren aus Stein und einen halben Meter dick. Man hätte sich beschützt fühlen können. Heimelige Wärme aber hatte Josefina hier nie empfunden.

Die Ente in ihrem freundlichen Gelb war ein Fremdkörper und Josefina ein Eindringling. Ihr fiel auf, wie zögerlich sie ihre Schritte setzte. Der Schwung war weg, die Leichtigkeit und das Lachen in ihr gerade nicht mehr spürbar. Sie ließ den Blick ein wenig umherwandern. In der großen Garage hatte Vinzenz seinem Hobby gefrönt und an seinem Auto geschraubt. Josefina sah wieder die geöffnete Tür und das Licht, hörte die Musik. Jetzt war die Tür verriegelt.

»Wo bist du?«, flüsterte sie.

»Josi«, klang es liebevoll-überrascht hinter ihr. Josefina musste an Oma Mirella denken. Ihr war nie aufgefallen, dass ihre Mutter eine ganz ähnlich gefärbte Stimme hatte.

»Mama«, sagte sie, drehte sich um und umarmte ihre Mutter spontan. Sie sah alt aus, obwohl sie es nicht war.

»Er ist nicht da«, war das Erste, was sie Josefina nach der langen Zeit zu sagen hatte. Er. Ihr Vater. Vielleicht ganz gut so, dachte sie.

»Du siehst richtig schön aus. Und du riechst so gut.«

»Ich gehe nachher noch aus«, sagte sie.

Sie würde nach ihrem Bruder fragen und dann wieder gehen.

»Mama, bitte rede mit mir. Es ist wichtig, es geht um Vinzenz.« Sie standen zwischen dem Tor und dem Haupthaus, und

Hilde ergriff die Hand ihrer Tochter. Wie Franziska, schoss es ihr durch den Kopf. Vielleicht war sie auch genauso verzweifelt.

»Vinzenz ist gegangen.«

»Ja. Aber hat er dir gesagt, wohin? Du weißt, dass sie seinen Wagen im Halbinger See gefunden haben. Ich habe mit der Polizei gesprochen.«

»Eine Tasse Tee? Vinzenz hat seine Sachen gepackt, gesagt, er würde verschwinden, dann ist er ins Auto gestiegen. Wir haben ihn nicht mehr gesehen.«

»Keine Tasse Tee, Mama. Ich möchte Vinzenz' Zimmer sehen.« Ihre Mutter hatte sich schon immer zurückgenommen, aber doch nie so zurückgezogen.

»Sein Zimmer«, wiederholte ihre Mutter. »Ja, das gibt es noch. Deines gibt es nicht mehr.«

Was für eine Überraschung, dachte Josefina. Es brannte schlimmer als eine Ohrfeige, das Gefühl, in diesem Haus nicht mehr willkommen zu sein. Sie hatte es doch gewusst, warum konnte es sie immer noch verletzen?

Sie gingen schweigend nebeneinanderher. Ihre Mutter öffnete die Tür und ging voraus, die Treppe zum ersten Stock hinauf. Die Türstöcke waren verziert, und Josefina zeichnete die alten Kerbschnitzereien mit den Fingern nach.

Das Zimmer ihres Bruders war unverändert. Josefina fühlte Vinzenz in diesem Raum, als wäre nicht über ein Jahr vergangen, dass er es nicht mehr betreten hatte, als hätte er den Raum nur kurz einmal verlassen.

»Ich weiß nicht, was er angestellt hat, das musst du mir glauben«, sagte ihre Mutter, und jetzt hatte ihr Ton etwas Bittendes.

»Vielleicht hat er gar nichts angestellt«, sagte Josefina. »Kanntest du seine Freundin, Veronika?«

»War das der Name des Mädchens im Medaillon? Der Polizist hat es uns gezeigt. Nein, Josi, ich kannte sie nicht. Die Mädchen kamen und gingen.«

Es gab sicher kein Tagebuch, obwohl sich Vinzenz oft Notizen gemacht hatte; über alles Mögliche, auch über Autos und Veranstaltungen, eben alles, was ihn interessierte. Wenn sie die finden würde, stünde dort vielleicht auch etwas über Veronika.

In einer Schublade entdeckte sie zwei Schreibhefte. Josefina nahm sie heraus. Anschauen und lesen konnte sie sie später.

»Was suchst du denn? Oder was willst du finden?«, fragte ihre Mutter.

»Das weiß ich nicht. Veronika Landing gilt als vermisst, Mama. Vermisst seit letztem April.«

Ihre Mutter schüttelte den Kopf. »Er kommt nicht zurück.« Sie machte den Kleiderschrank auf. »Das hat er dagelassen«, sagte sie.

Für Josefinas Geschmack hatte ihr Bruder zu viel dagelassen.

Sie schob einen Bügel nach dem anderen zur Seite, und als Nächstes schaute sie in seine Kommode.

»Dein Vater und Vinzenz hatten einen schlimmen Streit, Vinzenz hat gesagt, er würde es hier bei uns nicht länger aushalten. ›Ich zahle jeden Cent des beschissenen Wagens zurück, vielleicht versenke ich ihn aber auch im See.‹ – Das hat er gesagt, Josi, das hat er gesagt«, beteuerte ihre Mutter. »Und vielleicht hat er es auch genauso gemeint.«

Sie hatte ihre Mutter nicht gefragt, wie es ihr ging, sie hatte auch nicht nach dem Vater gefragt, obwohl sie es gern gewusst hätte. Sich nicht zu verstehen bedeutete nicht, dass einem am anderen gar nichts lag.

Besser keinen Blick zurück, hatte sie sich gesagt, als sie die Ente wendete und vom Hof fuhr.

Der Club, in dem am Wochenende immer etwas los war – sie war nicht in der Stimmung dafür, sie war in überhaupt keiner Stimmung, darum würde sie hingehen. Sie sah schön aus, und sie roch gut.

Josefina suchte und fand für die kleine Ente auf dem großen Parkplatz noch eine Lücke. Und als sie dachte, die Feuchtigkeit auf ihren Wangen wären Tränen, spannte jemand neben ihr einen Regenschirm auf. Sie lachte erleichtert.

Sie bezahlte den Eintritt, und an der Kasse sagte man ihr, es gäbe mit der Karte ein Getränk gratis. Was trank man hier? Sie würde es herausfinden.

Vorher aber wurde sie Zeugin eines ziemlich intensiven Zungenkusses.

»Damit du an mich denkst«, sagte die hübsche junge Frau und löste sich von dem jungen Mann, den sie eben so leidenschaftlich geküsst hatte. Josefina erkannte sie; sie war gerade eben an einem Plakat vorbeigelaufen, auf dem ihr Gesicht ihr entgegengelächelt hatte. Es war eine Werbung für die Band, die an diesem Abend auftreten würde: die County Rocker.

Jetzt ließ die Hübsche den Geküssten stehen, der seine Lippen berührte, als könnte er nicht glauben, was ihm da gerade widerfahren war. Allmählich trat ein unsicheres Lächeln auf sein Gesicht.

Es war Leander Eggers, der Freund von Fiona, des Bürgermeisters verschwundene Tochter. Und es sah aus, als wäre das sein erster Kuss gewesen – nach Fiona. Gut möglich, dass die Hübsche eine Chance hatte.

Als die Band schließlich die Bühne betrat, wurde sie begeistert empfangen, und die nächsten eineinhalb Stunden tanzte Josefina ausgelassen zu bekannten Songs, von denen einige textlich ins Bayerische übertragen worden waren. Die Hübsche brachte sogar einen Jodler. Schon formierte sich in Josefinas Kopf eine Idee. Sie könnte die County Rocker auf den Precht-Hof einladen. Ein Geburtstag müsste es ja nicht sein, vielleicht feierten sie den Nachwuchs; irgendwie doch ein Geburtstag.

Das Kälbchen hieß Fini – Sebastian hatte den Einwand seines Vaters, es müsste Finnick heißen, weil es zwei Geburtshelfer gehabt habe, mit einem Schnauben kommentiert. Er war ja schließlich auch beteiligt gewesen. Sollte es vielleicht FinSeNick heißen?

Josefina würde Sebastian darum bitten, die Band einzuladen, schließlich hatte sie ihm schon einige Gefallen getan. Und der Gegengefallen bestand nur darin, zu sagen, dass es seine Idee gewesen war. Die Bezahlung würde Josefina schon selbst übernehmen.

Als die County Rocker sich unter Verbeugungen bedankten und die Bühne verließen, dachte sie, das sei eine gute Gelegenheit, eine bessere würde sie vielleicht nicht bekommen.

Sie musste sich durch Massen von trinkenden Gästen und sich küssenden Pärchen hindurchbewegen, um auf die andere Seite zu gelangen. Dann befand sie sich im privaten Bereich des Clubs, wo sie eigentlich nichts zu suchen hatte.

Es war dunkel in dem Gang, der seitlich an den Saal anschloss; es brannten nur ein paar schummrige Lampen, die jeweils ein Stückchen Dunkelheit ausleuchteten. Vor sich sah Josefina einen breiten Wandschirm, die Motive darauf zeigten eine Tanzszene. Dahinter schien die Beleuchtung besser, sie war womöglich nur von der falschen Seite gekommen. Noch privater.

Sie hörte etwas und stoppte. Schritte kamen von gegenüber, zuvor war irgendwo eine Tür aufgegangen. Josefina blieb hinter dem Wandschirm stehen, der den Weg und die Sicht versperrte. Stimmen wurden laut, es hörte sich nach einem Streit an.

»Leander, das kannst du nicht glauben. Damit hab ich nichts zu tun.« Die Stimme, die es beteuerte, klang rau und ein wenig verschnupft.

Josefina hörte, wie Leander sagte: »Ich hab es gesehen, als der Mustang auf der Wiese stand. Seine Fenster waren heruntergelassen. Man brauchte nur eine Hand auszustrecken. Vinzenz Jungblut hat den Wagen gefahren, ich hab den Ford Mustang nicht gleich erkannt, aber jetzt bin ich mir ganz sicher. Und es gibt nur einen Grund, das Band mitzunehmen. Es verrät dich, Marcel.«

»Es war meins. Aber ich schwöre, ich hab es nicht in dem Wagen verloren. Ich hab Vinzenz gekannt, ja. Wir sind uns auf einigen Oldtimer-Treffen über den Weg gelaufen. Er wollte ein Rennen gegen mich fahren, aber mit meiner Klapperkiste brauchte ich gar nicht anzutreten.«

»Zeig mir das Band. Ich will dir ja glauben, aber da ist auch noch eine andere Sache …«

»Jemand muss das Band gefunden und in den Wagen gelegt haben. Ich kann es dir nicht zeigen, ich hab es entsorgt, was glaubst du denn. Welche andere Sache soll das sein? Keine Ahnung, wovon du redest«, sagte Marcel. Jetzt klang er genervt.

»Ich frag dich später«, sagte Leander; und es hörte sich wie eine Drohung an.

Leander ließ den anderen stehen, und sie hörte ihn Luft holen, tief, als hätte er einen Kampf ausgestanden.

Was für ein Band hatte er aus Vinzenz' Wagen mitgenommen? Und was besagte dieses seltsame Aneinandergeraten? Eines zumindest ganz sicher: Einer von beiden wusste etwas über Vinzenz. Vielleicht wussten sogar beide etwas.

Josefina war zwar nicht gazellenhaft schlank, doch sie riskierte es, den Wandschirm zur Seite zu schieben und sich gleich mit. Es schaute ja gerade niemand hin.

Hinter einer der Türen waren mehrere Stimmen zu hören, während es hinter den anderen am Gang ruhig war.

Josefina klopfte dreimal kurz. Sie war kein Fan, sonst würde sie ein T-Shirt mit dem Bandnamen tragen, aber sie hatte immerhin einen Auftrag zu vergeben.

»Jaaa«, klang es fröhlich von innen, und sie öffnete die Tür.

Wenn man das Gebäude irgendwann renoviert hatte, dann war dieser Raum vergessen worden. Er sah ein bisschen aus wie Oma Mirellas Wohnzimmer mit dem dunkelbraunen Cordsofa, auf dem sie als Kind Trampolin gesprungen war.

Ein großer Schminkspiegel mit einem gepolsterten Stuhl davor nahm eine Ecke des Raumes ein, während braune Couchmöbel um einen Glastisch gruppiert waren. Josefina ließ kurz und schnell einen musternden Blick von einem zum andern wandern. Die Hübsche saß seitlich auf dem Stuhl vor der Spiegelkommode.

Leander, der angespannt wirkte, und ein junger Mann, dem eine dunkle Haarsträhne ins Gesicht fiel, saßen jeweils am gegenüberliegenden Couchende. Zwischen ihnen ein kleiner Blonder mit auffallend grünen Augen und Stoppelhaaren und ein großer Dunkelhaariger, dessen lange Wimpern auffielen. Alle Blicke waren erwartungsvoll auf sie gerichtet, was sie daran erinnerte, dass wenn man irgendwo anklopfte, man auch einen Grund dafür haben sollte.

»Das war mehr als gut eben, und ich würde euch gern engagieren«, sagte sie aus dem Stegreif. »Ich hab damit allerdings keine Erfahrung, ich weiß also nicht, worauf man achten und was alles besprochen werden muss.« Sie war mit der Tür ins

Haus gefallen, und allzu freundlich hatte sie auch nicht geklungen. Sie entschuldigte sich.

»Ich könnte noch mal anklopfen.« Josefina deutete hinter sich.

»Kein Problem, ist doch alles chillig«, sagte der kleine Blonde mit den auffallend grünen Augen. »Hallo, ich bin Sven. Und das sind Toni, Christian, Leander und Marcel.«

Josefina sah, dass sie Cola tranken. Jetzt standen sie nacheinander auf und gaben ihr die Hand.

»Es passiert nicht so oft, dass eine Frau einen Raum betritt und die Herren aufstehen. Es passiert beinahe nie.« Josefina sagte ihnen keine Nettigkeit, es war die Wahrheit.

»Danke!« Leander neigte leicht den Kopf.

»Setzen Sie sich doch«, forderte Toni sie auf. Die Verhandlungen, so sagte es ihre Miene, überließ sie den anderen. Josefina nahm auf dem einzigen freien Stuhl Platz.

»Haben Sie ein Lokal, oder wo hätten Sie uns gern?« Christian hatte sich interessiert vorgebeugt.

»Kein Lokal«, sagte sie. »Auf dem Precht-Hof, einem Landgut. Das ist …«

»Ich weiß, Sebastian und Nikolaus sind unsere Nachbarn. Dann sind Sie die Dorfhelferin.« Christian lachte sie an. Er hatte ein sympathisches Lächeln, fand Josefina. »Was wird denn gefeiert?«

Das hatte sie auch schon überlegt. Christian kannte vielleicht die Geburtstage seiner Nachbarn, das sollte sie also gar nicht erst versuchen.

»Wir haben Nachwuchs bekommen. Es war ziemlich eng für Murli und das Kleine, und wir dachten, ein neues Leben auf die Welt gebracht zu haben wäre schon ein Grund.«

»Wir reden hier über Nikolaus von Precht? Ich fass es nicht!« Christians Miene war ungläubig.

Ja, ich auch nicht, dachte Josefina und grinste unschuldig.

»Wir treten eigentlich in Prechtenstein nicht auf«, sagte Leander.

»Ihr spielt überall, aber nicht in Prechtenstein?« Josefina schüttelte den Kopf. »Warum das denn?«

Leander erklärte ihr, wer alles dagegen war, dass sie auftraten.

»Wirklich, Axel Theis?«, fragte Josefina ungläubig. »Er sieht nicht wie jemand aus, der gute Musik nicht schätzt. Er gibt sich doch so locker, als könnte man mit allem zu ihm kommen. Ich hätte gedacht, er sei ein verständiger Mann.« Und das dachte sie immer noch.

»Aber er mag keine Dagegen-Redner, er bezeichnet uns als Aufrührer und Unruhestifter. Vor einiger Zeit haben sich ein paar Jungs an verbotenen Rennen beteiligt. Da war zwar keiner von uns dabei, aber das interessiert niemanden großartig.« Sven zog ein Gesicht.

Josefina musste an ihren Bruder denken. Und an das belauschte Gespräch.

»Ihr möchtet mich warnen, das ist nett von euch. Aber ich kann privat engagieren, wen ich will. Und wie Rowdys wirkt ihr nicht.«

»Für Theis sind wir genau das«, sagte Leander, die Hände zu Fäusten geballt.

»Ich hoffe wirklich, ihr spielt auf dem Hof«, sagte Josefina.

»Zum Precht-Hof gehört doch auch die Burgruine«, warf Sven ein. »Wäre doch was, da oben zu spielen. Unplugged.«

»Die Idee ist gut, aber dafür ist es abends noch zu kühl, wir haben erst April«, gab Christian überlegt zurück. »Außerdem geht bei der Ruine die Weiße Frau um«, setzte er hinzu, zog eine Grimasse und ließ ein gruseliges Stöhnen hören. Die anderen sahen ihn mit hochgezogenen Augenbrauen an.

»Na, er hat sie doch umgebracht«, wollte Christian erklären, aber Leander unterbrach ihn.

»Wer hat wen umgebracht?« Sein Gesicht war blass geworden.

»Ach, kommt schon.« Christian wurde offenbar klar, was er bei Leander ausgelöst hatte. »Adlus von Precht. Ihr kennt doch die Geschichte. Er hat ein Mädchen umgebracht, die jetzt als Weiße Frau bei der Burg spukt ... heißt es.«

»Ein Gespenst. Und darum sollen wir an der Ruine nicht spielen. Ja klar!« Sven lachte.

Doch Josefina bemerkte, wie in Christians Gesicht ein Muskel zuckte. Hatte er einen anderen Grund, warum er die Band nicht dort oben haben wollte?

»Übrigens, wie heißen Sie eigentlich?«, wechselte er das Thema. »Haben wir Sie gar nicht gefragt vor lauter Gespenstern, sorry.«

»Josefina Jungblut«, sagte Josefina und sah dabei Marcel an.

28

Holz fault und verrottet nicht,
wenn es bei abnehmendem
Mond geschlagen wird.

Josefina saß mit ihrem Notebook und Vinzenz' Schreibheften auf dem Bett und versuchte, Ordnung in ihre Gedanken zu bringen. Sie hatte noch keine einzige Seite gelesen. Wäre es doch ein Heimatroman, den könnte sie einfach weglegen, wenn es ihr zu viel wurde.

Mit den County Rockern hatte Josefina das kommende Wochenende für den Auftritt vereinbart. Einfach so, ohne sich vorher mit jemandem abzusprechen. Na ja, es gab doch wohl Schlimmeres, als diese Jungs und Toni einzuladen, auf dem Hof zu spielen, sagte sie sich.

Sie war müde, aber mindestens genauso gespannt und neugierig, was ihr Bruder geschrieben hatte. Auch wenn ihr seine Schreibhefte eine Gänsehaut auf den Armen bescherten. Josefina nahm eines davon, schlug die erste Seite auf und begann zu lesen.

Vinzenz schrieb hauptsächlich über das, was ihn ärgerte und nervte. Josefina fand seine Notizen düster, was sie dort zu lesen bekam, sprach von Aufmüpfigkeit. Vinzenz hatte Unsinn gemacht. Aus Langeweile, oder warum sonst?

Sie blätterte weiter und stutzte. Hier stand etwas über sie; der Eintrag stammte aus der Zeit, in der sie den elterlichen Hof verlassen hatte, was nun schon beinahe fünf Jahre zurücklag.

Sie haben sie vertrieben. Ich dachte, Josi würde mit Hubertus gehen. Warum sie ihn nicht wollte, versteh ich nicht. Das wird ihr sicher irgendwann noch leidtun. Ein prima Polizist. Wo die Typen sonst nichts können außer meckern und einem Vorhaltungen machen.
Zu dumm zum Autofahren. I'm free. Sie haben mich nicht erwischt, und auf Verdacht geht sich das nicht aus. Ob ich es Josi erzählt hätte, weiß ich nicht, aber sonst gibt es niemanden, mit dem ich irgendwas teilen könnte. Oma Mirella ist tot. Ich bin wohl ziemlich allein.

Vinzenz' Bericht brachte auch ein Stück ihrer eigenen Vergangenheit zurück. Hubertus und sie waren ziemlich lange ein Paar gewesen, nur hatte Josefina irgendwann festgestellt, dass sie Hubertus zwar lieb hatte, ihn aber nicht liebte. Und das war zu wenig, um sich ein gemeinsames Leben einzurichten. Sie hatte es nie bereut, nicht mit ihm gegangen zu sein, das nicht. Aber sie dachte immer noch gern an ihn.

Es war ein super Wochenende, und ich hab ein hübsches Girl getroffen. Hübsch allein ist langweilig, aber sie … ist total anders, etwas Besonderes. Wir haben geredet – über Autos. Mit welcher Frau kann man sich schon über Autos unterhalten? Sie ist einzigartig. Vielleicht sehe ich sie öfter. Würde mir gefallen. Und ich glaube, ich gefalle Veronika auch.
Was mir weniger gefällt, ist ihr Exfreund, der an dem Abend zufällig auch im Club war. Na ja, an Zufall glaube ich nicht. Und sie erzählte, er meint immer noch, er hätte irgendwelche Rechte. Ich fand ihn eigentlich einen ganz netten Typen. Auch einer, der auf Oldtimer steht. Er fährt keinen. Veronika sagte, dass er dafür nicht das Geld hat. Findet sie komisch, seinen Leuten gehört das Sägewerk. Ich war ehrlich und hab ihr gesteckt, dass ich auch nicht das Geld dafür hatte, aber meinen Leuten der größte Hof in der ganzen Gegend gehört.

Sie fand es schön, dass meine Eltern mir meinen sehnlichsten Wunsch erfüllt haben. Vielleicht erzähle ich ihr irgendwann, wie es wirklich war.

Noch zwei Wochen bis zum Festival … darauf freue ich mich. Endlich mal ein Event, das den Besuch lohnt – eine Oldtimer-Show in Henning. Mit allem Drum und Dran. Und hey, Veronika an meiner Seite. Dazu ein paar Country-Bands aus den Staaten. Was kann man mehr wollen?
Vielleicht versuche ich, den Mustang einzutauschen. Den unbezahlten Mustang.
Nicht wirklich, aber meinem Alten will ich das Geld zurückgeben, sonst bin ich auf ewig der Schuldner.

Im nächsten Eintrag schrieb ihr Bruder von einem Unfall.

Ich hätte nicht drauf eingehen sollen. Die Angst hat man ihm regelrecht angemerkt. Aber er wollte unbedingt dieses Rennen fahren. Sein Schlitten war richtig heiß, er hatte Geld, ein Sohn reicher Eltern. Aber etwas war komisch. An dem Typen und wie er den Porsche dazu gebracht hat, sich zu überschlagen.
Wollte er sich umbringen? Das hab ich mich echt gefragt – und etwas getan, wozu ich sonst zu feige gewesen wäre. Ich bin zu seinen Eltern gefahren.
Seine Mutter hatte Tränen in den Augen und sagte, es tue ihr leid. Ich war völlig perplex. Was sollte ihr leidtun? Mir tat es leid. Ihr Sohn wird für sein restliches Leben ein Krüppel sein. »Soren ist krank und depressiv.« Und dann sagte sie mir, dass ihr Soren mich ohne Zögern in einen Unfall verwickelt und in den Tod mitgenommen hätte, weil er nicht allein sterben wollte. Es hat nicht geklappt. Netter Sohn. Und mein schlechtes Gewissen hält sich seitdem in Grenzen. Wie erkennt man einen Verrückten?

Vroni und ich sind seit einigen Tagen zusammen. Wir verstehen uns. Josi hätte ich sie vorgestellt. Meinen Leuten nicht.
Noch knapp eine Woche, und wir wandern zwischen den Oldies herum. Sie hat mir ihr Band vom letzten Festival geschenkt. Ihr Vater ist jedes Jahr im Organisationsteam. Und da machen sie sich Gedanken, wie das Ding aussehen soll. Aber Vroni sagt, es ist fast immer das Gleiche, Lederimitat, und ein nettes Foto drauf, das die Besucher vom Eintrittspreis ablenken soll. Höchstens die Farbe ändert sich. Letztes Jahr war es silbergrau. Aber mir hat ihr Foto gefallen, darum behalte ich es.

Vinzenz hatte ein graues Lederband an den Rand getackert. Josefina strich gedankenvoll darüber. Hatten sich Leander und Marcel über solch ein Band gestritten? Es dürfte sich um eine spezielle Art Eintrittskarte für das Oldtimer-Festival gehandelt haben.

Wenn etwas anders war, dann die Farbe, und Marcel hatte

seines offenbar in Vinzenz' Ford Mustang entdeckt. Sie hatte fragen wollen, warum sie wegen der Entdeckung des Wagens lügen mussten, aber die Band auf dem Precht-Hof spielen zu lassen war sicher die bessere Strategie, etwas in Erfahrung zu bringen.

Und Josefina hätte Vinzenz' Vroni gern kennengelernt. Jetzt heulte sie doch. Ein paar Tropfen landeten auf dem Papier, aber Vinzenz hatte mit Kugelschreiber geschrieben, und so verwischte die Schrift nur ein klein wenig.

Ich hab das Gefühl, jemand ist hinter mir her. Blödes Gefühl. Wenn derjenige etwas will, warum sagt er es nicht?
Vroni meint, es könnte ihr Ex sein. Keine Ahnung, ob er so einer ist. Wir haben uns ein paarmal unterhalten. Er sagte, vielleicht klappt es im nächsten Jahr endlich mit dem Oldtimer – sein Favorit ist ein Jaguar MK1 von 1957. Toller Schlitten aus irgendeinem Bond-Film. Der kostet.
»Wenn ich gegen dich antrete, ist der Einsatz ein anderer. Es geht nicht um eine Frau«, hat er gesagt. Glaube ich ihm, ich würde meinen, ihn interessiert inzwischen auch mehr die hübsche Tochter des Prechtensteiner Bürgermeisters.

Josefina schlief irgendwann zwischen den Zeilen ein. Aber die Information mit Fiona behielt sie.

Sie hatte sich den Wecker gestellt. Am liebsten hätte sie ihn ermordet, als er ohne Rücksicht losschepperte. Es war leichter, einen Wecker zu töten, als die Augen auf- und die Beine über den Rand zu bekommen. Sie war doch gerade erst eingeschlafen. Aber sie hatte vor, ein ganz besonderes Frühstück zu machen. Köstlichkeiten aller Art. Für jeden Geschmack etwas. Ein kleines Bufett in der Küche, wo sich jeder nehmen konnte, was er wollte und so viel er wollte. Einiges fand sie in der Speisekammer, das andere würde sie einkaufen.

Ihre Ente schien auch noch zu schlafen und war gar nicht erfreut, dass man in aller Herrgottsfrühe schon irgendwohin wollen konnte. Ihr fahrbarer Untersatz röchelte, und Josefina schimpfte.

»Mir egal, wie du es machst, aber du fährst!«

Nach zahllosen Drohungen kapitulierte das gelbe Vehikel und reagierte endlich auf Josefinas Tritt aufs Gaspedal. Man konnte seine wertvolle Zeit auch mit Unsinnigem vergeuden.

Das besondere Frühstück sollte nur einem Zweck dienen – sich Sebastian und Nikolaus gewogen zu machen, falls es wirklich so weit kommen sollte, dass sich einer von ihnen auf die Seite des Prechtensteiner Polizisten schlug und die County Rocker auf dem Precht-Hof nicht willkommen wären. Was Josefina nicht wirklich glaubte.

Marcel hatte den Blick schnell gesenkt, als sie sich vorgestellt und ihn dabei angeschaut hatte, und Leander hatte alarmiert zu ihm hinübergeschaut. Nach Vinzenz fragen würde sie Marcel und Leander nach dem Auftritt, bevor sie ihnen ihre Gage gab. Da konnten sie nicht einfach so verschwinden.

Vinzenz' Notizen schwirrten ihr durch den Kopf, und sie fühlte sich wie eine Verräterin. Er hätte sie gebraucht. »Ich konnte nicht bleiben«, war ihre Entschuldigung, die er womöglich nie mehr würde entgegennehmen können.

Wer in Prechtensteins Ladengeschäften hinter den Tresen und an den Kassen stand, schien auch noch nicht ausgeschlafen zu sein. Es war Josefina gleich, ob sie ihre Bestellung wiederholen musste, Hauptsache, in den Tüten befand sich am Ende das, was sie ausgesucht hatte. Irgendjemand kam auf die Idee, zu fragen: »Gäste?«, was Josefina als Maßstab nahm, dass es allmählich reichte.

Als sie ihre Einkäufe in der Küche auspackte, fiel ihr etwas auf, das immer noch an dem Platz stand, an dem sie es am Vortag abgestellt hatte.

Josefina hatte der Tüte aus dem Bunten Laden keine weitere Beachtung geschenkt, sie hatte Sebastian noch nicht einmal die neue CD gegeben. Aber was wäre es für eine Freude, wenn die Damen im Stall ob der bislang ungehörten Gitarrenklänge ein zufriedenes Muhen ertönen ließen? Sie wollte sowieso nach Murli und dem Kälbchen schauen.

Aber zuerst das Ausnahmebüfett. Sie hatte einige Schinkenvarianten, verschiedene Käsesorten, Quark, den sie mit Kräutern verfeinerte, unterschiedliche Brotsorten, sie briet Speck an, und es würde Rührei geben. Tomatensaft hatte sie auch eingekauft, der mit Pfeffer noch besser schmeckte.

An diesem Morgen hatte der alte Nikolaus die Füße still gehalten, kein durchnässtes Bett. Herrlich. Jetzt kam er schnuppernd hereingeschlendert.

»Das Fossil ist laut, so was hatten wir, als ich klein war. Du hast es gegen die Wand geworfen.« Es war eine Beschwerde, dazu passte der vorwurfsvolle Gesichtsausdruck. »Außerdem hat es noch Zeiger aus Phosphor, und die sind giftig.« Nikolaus schimpfte gerade über Josefinas Wecker.

»Wirklich ein schöner Morgen«, gab sie zurück.

»Phosphor«, beharrte er. »Macht einen wirr im Kopf. Wir haben keinen schönen Morgen, wir haben trübes Wetter.«

»Das Wetter war auch nicht gemeint.«

»Deine Verabredung gestern Abend, aha. Kann nicht der Bringer gewesen sein, dafür warst du nicht lange genug weg.« Er legte den Kopf schief, als erwarte er einen Bericht.

»Manche Dinge gehen schnell und machen trotzdem Spaß«, erklärte sie. Er schaffte es noch jedes Mal, sie wütend zu machen. Aber das konnte sie jetzt überhaupt nicht gebrauchen, sie benötigte seine Zustimmung.

»Sicht alles sehr fein aus«, kam das verspätete Lob. »Hast du jemanden mitgebracht?«

»Eigentlich wollte ich Sie um etwas bitten, aber jetzt haben Sie mich böse gemacht. Nein, ich habe niemanden mitgebracht. Das hätten Sie gehört – ganz sicher.«

»Um etwas bitten?«

»Essen Sie zuerst etwas, ich hab mir Mühe gemacht«, sagte Josefina.

»Vielleicht besser, mir könnte sonst noch der Appetit vergehen.«

Josefina schaute auf ihr liebevoll arrangiertes Büfett und hätte ihm am liebsten den Quark in die Haare geschmiert.

Der alte Nikolaus türmte sich eine Auswahl auf seinen Teller. Eine reichliche Auswahl, die er da vorhatte zu verspeisen.

»Das ist die Bestechung – was ist die Bitte?«, fragte er scharfsinnig.

Sie hatte eigentlich auf Sebastian warten wollen, aber bevor sie sich ihre Strategie zurechtlegen konnte, kam er auch schon gut gelaunt in die Küche, was ihr den Hickhack mit dem alten Nikolaus ersparte.

»Uns geht's richtig gut«, freute er sich. »Nikolaus, was sagst du? Ich glaube, ich hab schon mindestens zwei Pfund zugenommen, seit Josefina auf dem Hof ist.«

»Wo sollen die sein, die zwei Pfund?« Nikolaus sah seinen Sohn skeptisch an.

Josefina konnte besagte Zunahme auch nirgendwo an ihm entdecken. Sie freute sich trotzdem über seine Bemerkung, er registrierte und honorierte wenigstens ihre Bemühungen. Sie zog die CD aus der Tüte. »Habe ich im Bunten Laden entdeckt. Das haben sich die Damen verdient«, sagte sie.

Sebastian nahm die CD entgegen. »Toll, danke!« Er hatte einen ganz ähnlichen Turm auf seinem Teller wie Nikolaus und genoss das Frühstück sichtlich.

»Mal hören, ob die CD so gut ist wie die der County Rocker.« Irgendwann musste sie das Gespräch ja mal auf den Grund für dieses opulente Frühstück lenken.

»Das war deine Verabredung? Ein paar Jungs, die noch grün sind hinter den Ohren? Ich dachte, du wolltest auf den Jungblut-Hof.« Er hatte nicht gesagt: »auf den Hof deiner Eltern«. Nikolaus von Precht mochte einiges sein, einfühlsam sicher zuletzt, aber er verstand sie.

»Nikolaus, was bist du so neugierig?«, schimpfte Sebastian.

»Bin ich gar nicht, und du warst derjenige, der es erzählt hat, ich kann mir so was merken. Außerdem hat Josefina Kummer.«

Damit hatte er sie jetzt wirklich überrascht. Josefina biss von ihrem Butterhörnchen ab.

»Die Jungs, die noch grün hinter den Ohren sind, sind gestern in einem Club in Freiung aufgetreten. Sie sind richtig gut, und ich dachte mir, ich frage sie, ob sie hier auf dem Hof spielen, zu Finis Geburt.«

»Keine schlechte Idee. Aber das ist nicht das, was dich so

traurig macht«, war sich Nikolaus sicher und forderte sie auf weiterzuerzählen.

Josefina nickte. Sie würde nicht den Fehler begehen, ihm etwas vorzumachen. Möglich, dass ihm wirklich etwas daran lag, wie es ihr ging, wie sie sich fühlte.

»Ich war gestern bei meiner Mutter und habe Vinzenz' Notizhefte mitgenommen. Sie sind so etwas wie ein Tagebuch, und ich lerne meinen Bruder erst jetzt richtig kennen, scheint mir. Zwei von den County Rockern, Leander und Marcel, kennen Vinzenz, und sie tun ziemlich geheimnisvoll. Der eine traut dem anderen nicht über den Weg. Ich hab herausgefunden, dass Vinzenz' Freundin vorher mit Marcel zusammen war. Ich muss versuchen, sie zum Reden zu bringen.«

Sie trank einen Schluck Kaffee, bevor sie weitersprach. »Sie waren so ehrlich, mir zu sagen, dass sie in Prechtenstein niemand engagieren würde. Ich habe sie trotzdem engagiert, für das kommende Wochenende.« Josefina atmete aus, sie war sich schmerzlich bewusst, dass sie gerade ziemlich schuldig aussehen musste.

»Es wird Hasenbraten geben«, erklärte Nikolaus, dann stand er auf und war auch schon aus der Küche verschwunden.

Sebastian saß mit offenem Mund da, schließlich hörte Josefina ein Lachen. »Wir lassen die Stalltür auf, sodass auch die Damen etwas davon haben.« Er streckte Josefina beide Handflächen hin, und sie klatschte ihre dagegen.

»Danke.«

Josefina räumte die Hefte, über denen sie in der Nacht zuvor eingeschlafen war, in die Schublade des Nachttischchens. Sie wollte die Apfelringe mit Schokolade überziehen, einen Schwung davon Pfarrer Drexel vorbeibringen und sich bei der Gelegenheit ein wenig mit Franziska unterhalten, sie wollte auch mit Theo Fahringer reden.

Josefina hatte über diese alte Geschichte vielleicht schon mehr erfahren als über Vinzenz' Schicksal, und ihre Gewissensstimme mahnte sie. Vielleicht war nur der Abstand ein wenig größer, den sie zu Franziska hatte – was sie über ihren Bruder nicht sagen konnte. Da umfing sie eine Furcht, die lähmend war und die sie nicht zulassen durfte.

Sie hörte einen Wagen und eine Autotür, dann Schritte und danach Stimmen. Wenig später klopfte es kurz, und Sebastian schaute herein.

»Der Polizeichef für dich«, sagte er und schmunzelte. »So nervös, wie der ist, kann er noch nichts von deinem abtrünnigen Benehmen gehört haben.«

Josefina wusste, dass Sebastian scherzte. Sie zupfte ein bisschen an sich herum, aber da sie eine Jeans trug und dazu eine Bluse, machte das Zupfen nichts besser.

Nervös. Schön. Wenn einer um eine Verabredung bat und dann einen Rückzieher machte, dann war etwas Nervosität nur recht und billig.

Sie lief die Treppen hinunter. Nikolaus stand bei Axel Theis, und sie hätte gewettet, dass er ihn nicht leiden konnte. Wobei das bei Nikolaus eher die Regel als die Ausnahme zu sein schien.

»Ich wollte es dir persönlich vorbeibringen«, sagte Axel Theis. »Das Medaillon aus dem Mustang.« Er gab ihr eine kleine Tüte.

Sein Blick ließ sie nicht los. Josefina bedankte sich. Nikolaus stand immer noch da und verfolgte das gegenseitige Sichanschauen. Schließlich verzog er sich ins Haus.

»Und der Mustang?«, fragte Josefina.

»Dein Vater möchte den Wagen. Wir haben keine Hinweise auf ein Verbrechen gefunden, der Mustang ist freigegeben. Vielleicht lässt er ihn restaurieren.«

»Eher nicht«, sagte sie. »Er wird ihn in die Garage stellen. Dort kann er den Wagen immer anschauen und sich an seinen verlorenen Sohn erinnern.« Josefina wusste, wie sie klang.

»Es tut mir leid wegen gestern, und ich möchte dich immer noch bitten, mit mir auszugehen, oder habe ich die Schmerzgrenze überschritten?«

Es war ihm ernst. Sie setzte gerade zu einer Antwort an, da kam der verschwundene Nikolaus wie ein Springteufel aus seiner Deckung. Josefina musste sich das Lachen verbeißen, und das, obwohl sie vor einem Augenblick noch in trübsinnigen Erinnerungen gesteckt hatte.

»Josefina, frag ihn doch, ob er kommen mag.« Und zu Axel Theis gewandt: »Wir feiern eine Geburt und leisten uns die besten Musiker der Gegend. Die County Rocker werden am Wochenende auf dem Hof spielen. Also wenn Sie mögen, nicht wahr, Josefina, Sie sind willkommen.«

Axel Theis sagte nichts, aber Josefina hatte sein Gesicht beobachtet. Die Augen, die zuvor noch freundlich und beinahe liebevoll auf sie geschaut hatten, waren zu toten Murmeln geworden.

Schließlich rang er sich ein »Wahrscheinlich nicht« ab.

»Ach, wie schade«, sagte Nikolaus, bevor er sich umdrehte. Josefina konnte das zufriedene Grinsen sehen.

Axel Theis wiederholte seine Frage nicht und verschwand fast so schnell wie der alte Nikolaus. Josefina ärgerte sich, aber diesmal nicht über Nikolaus von Precht, sondern über Theis' Reaktion.

»Kindisch, lächerlich«, murrte sie.

»Und ob«, gab Nikolaus ihr recht. Allzu weit hatte er sich nicht entfernt. »Er ist kein Guter, daran ist wahrscheinlich seine verkorkste Kindheit schuld. Sein Vater wollte den unehelichen Sohn nicht, aber leidtun muss Axel Theis dir trotzdem nicht.«

»Kein Guter.« Dafür hätte sie gern eine Definition. »Sie kannten den Vater von Axel Theis? War er auch Polizist?«

»Er war Arzt, Allgemeinmediziner. Einer, der sich selbst nicht helfen konnte, starb an einem Gehirntumor.«

Wie sollte man sich da wohl helfen können ... »Das ist aber nicht der Grund, warum Sie nicht viel von ihm hielten.«

»Nein, das ist nicht der Grund, und ich sage *doch* etwas Schlechtes über die Toten. – Peter Theis sah schmuck aus, hat die Frauen gepflückt wie die Blumen auf der Wiese. Und er hat Franziska und Leni entzweit. Halt dich von seinem Sohn fern. Er meint es vielleicht sogar ehrlich mit dir, aber er duldet keinen Widerspruch ... und du bist das Feuer. – Das ist mein allerbestes Kompliment«, fügte er hinzu.

Sie war das Feuer.

Josefina war bei ihrem Gefühl für Axel Theis von Anfang an gespalten gewesen. Er war nicht gut aussehend im herkömmlichen Sinn, so wie es offenbar sein Vater gewesen war; eher war er interessant und strahlte eine selbstbewusste Sicherheit aus. Seine Nähe löste in ihr aber kein Hochgefühl aus. Vielleicht wollte sie ihm ein wenig gefallen, aber nicht um jeden Preis. Schon wie er Vinzenz' Verschwinden abgetan hatte, hatte ihr nicht zugesagt, und seine Reaktion gerade eben hatte sie sogar richtig geärgert.

»Ich hätte sagen sollen, dass *ich* die County Rocker eingeladen habe.«

Herbst 1968

29

Denn sie wissen, was sie tun …

Und sie wussten es beide. Kein Mann würde zwischen ihnen stehen, und sie würden ihn sich auch nicht teilen. Eine von ihnen starb heute Abend.

Franziska hatte das Gift besorgt, es war leicht, als Tochter des Apothekers an Digitalis-Pulver zu kommen. Schon gut zwei Gramm davon waren tödlich. Sie brauchte nur an den Schrank zu gehen, ein wenig davon in ein Tütchen abzufüllen und einen entsprechenden Eintrag ins Buch zu machen. – »Notfall«, schrieb sie. Herzanfall.

Leni würde den Tee mitbringen, denn das Pulver war bitter, und in gesüßtem Tee würde man es nicht so sehr schmecken.

Sie hatten sich abgesprochen – es würde keinen Abschiedsbrief geben, auch sonst nichts, das eine von ihnen verraten hätte.

Leni hatte gesagt, sie habe erst kürzlich etwas darüber gelesen, dass man einen toten Körper verbrennen lassen könne. Manche Bestattungsinstitute boten es an. »Es bleibt nur Asche übrig. Asche ist etwas Reines. Wenn ich es mir recht überlege, finde ich das schöner, als in einem Sarg zu liegen«, sagte sie. »So könnte niemand die Ursache des Todes feststellen.«

»Du meinst das ernst?« Franziska hatte sich nie zuvor mit dem eigenen Tod beschäftigt. Sie tat es auch jetzt nicht.

»Eine von uns trinkt den Tee und stirbt. Die andere übergießt sie mit Spiritus und zündet sie an. Die Leiche wird zusammen mit der Hütte verbrennen. Zu Asche.« Und das von der empfindsamen Leni.

»Es klingt gruselig«, hatte Franziska gesagt, die an den Geruch denken musste.

Aber am Ende hatte sie den Spiritus besorgt und die Streichhölzer. Und sie hatte auch das Kartenspiel gekauft, mit dem sie ihre Liebe ausspielen wollten.

»Schwarzer Peter.«

Es war ihnen passend erschienen. Es ging um Peter, im Leben wie im Tod. Was anderes also sollte ihr Schicksal besiegeln?

Der Tisch in der Jagdhütte war gedeckt. Sie tranken Wein.

Keine überlegte, was sie da taten. Es war beschlossen.

»Was ist denn sonst die Strafe für einen Spieler, wenn er den Schwarzen Peter hat?«, wollte Leni wissen.

»Ein schwarzer Punkt auf der Stirn oder auf der Nase«, sagte Franziska. Ihre Stimme bebte. »Ich hab sagenhafte Angst, Leni.«

»Ich auch.« Sie umarmten sich. »Wir verabschieden uns jetzt besser voneinander.«

»Ja«, stimmte Franziska zu, die die Wirkungsweise des Giftes kannte. Es wäre kein schöner Tod. Man dämmerte nicht einfach hinüber in eine andere Welt. Schneller und weniger schmerzhaft wäre nur Blei gewesen – eine Kugel.

»Du bist mir nah«, sagte Leni. »Und wirst es immer sein.«

»Wenn du es bist, dann werdet glücklich. Versprich es mir!«

Die Gläser klirrten aneinander. Franziska mischte und gab die Karten aus.

Kartenpaare durften abgelegt werden, danach wurde vom Mitspieler eine Karte gezogen und diese zum eigenen Blatt gesteckt. Das Spiel ging so lange, bis einem Spieler als einzige Karte der Schwarze Peter in der Hand blieb.

Franziskas Hände zitterten, zwei Paare. Leni zog und hielt die Augen geschlossen.

So ging es hin und her. Die Gemütlichkeit in der Hütte war der bangen Erwartung gewichen. Der Wein in den Gläsern konnte atmen bis zum allerletzten Tag, er wurde nie mehr getrunken.

Franziska schaute auf die Karten in ihrer Hand, der Schwarze Peter grinste sie listig an.

Wenn man ferne Geräusche auffallend gut hört,
ist mit dem baldigen Eintreten
schlechten Wetters zu rechnen.

30

Sie hatte Rowena und die Schweizer Pralinés schon fast vergessen. Aber jemand hatte auf das Klopfen geantwortet, und als Nikolaus mit der Schachtel die Treppe hinaufsauste, fiel es Josefina wieder ein.

Brachte er die süßen Köstlichkeiten tatsächlich in Sicherheit? Vor wem nur? Sie gehörte nicht zu denen, die sich an fremdem Eigentum vergriffen.

Und wieder fiel ihr auf, wie flink der Mann war.

Josefina hatte sich in der Küche zu schaffen gemacht und Schokolade für die getrockneten Apfelringe geschmolzen. In der Vorratskammer waren noch Regalbretter frei. Dort war es kühl genug, um die Schokolade fest werden zu lassen. Sie versah die Bleche mit Backpapier und tauchte das getrocknete Obst in die Schokoladenschüssel, um es anschließend nebeneinander aufzulegen.

Und so fanden sich am Ende auf den Regalbrettern einige Dutzend Apfelringe im Schokomantel. Genug, um welche zu verschenken.

Sebastian stippte einen Brotrand in die Schokoladenschüssel. »Was ich auch gern mochte und schon lange nicht mehr gegessen habe … Brot mit Zucker.« Er grinste.

»Das hatte ich auch lange nicht mehr«, sagte Josefina mit einem Lächeln.

Den frühen Abend nutzte sie, um Vinzenz' Notizen noch einmal durchzugehen. In der vergangenen Nacht war sie zu müde gewesen, womöglich hatte sie etwas Wichtiges überlesen. Sie war bis zu der Stelle gekommen, an der er schrieb, er hätte einen Verfolger. Aber wenn sie geglaubt hatte, es käme noch mehr … die restlichen Seiten des Heftes waren leer.

»Mist!« Wer konnte dieser Verfolger gewesen sein? Oder hatte ihn sein Gefühl getäuscht?

Vinzenz hatte leider auf ein Datum über den Einträgen

verzichtet. So war es unmöglich, einen genauen Zeitpunkt zu bestimmen.

Sie überlegte, wer dieser Typ gewesen sein konnte, von dem Vinzenz geschrieben hatte. Veronikas ehemaliger Freund? Der, den er mit Fiona in Verbindung brachte? Sie würde sich die Webseite der County Rocker anschauen. Wenn die Band so etwas hatte.

Sie hatte, und wer dafür verantwortlich zeichnete, hatte tolle Arbeit geleistet. Fotos, dazu Biografien, Mitschnitte von Auftritten. Josefina interessierte sich vor allem für die Biografien. Speziell für Marcels und Leanders.

Marcel Bentinger war mit achtundzwanzig Jahren der älteste. Er hatte eine Schreinerlehre gemacht, danach die Holzfachschule besucht und war jetzt stellvertretender Geschäftsführer im Sägewerk des Vaters. Eines seiner Hobbys waren Oldtimer.

Dazu kannte er Fiona. Und Vinzenz.

Ein Geräusch riss sie aus ihren Gedanken. Das übliche Geräusch. Nur nicht zur üblichen Zeit. Es pochte und klopfte. Warum konnte Nikolaus nicht einmal die Tür nehmen?

Josefina legte die Hefte ihres Bruders wieder in das Nachtschränkchen und klappte ihr Notebook zu. Was konnte er schon wieder wollen?

»Du lässt dich aber wirklich bitten«, beschwerte er sich, als sie das Zimmer betrat. Er saß auf seinem Bett, in einer Hand die Schachtel Pralinen, mit der anderen winkte er sie herein.

»Womit klopfen Sie eigentlich immer?«, fragte Josefina.

Er deutete auf einen Stock mit einem Silbergriff in Form eines Fuchskopfes.

»Das passt«, sagte sie.

»Ich hab gesagt, ich teile … hier.« Er hielt ihr die Schachtel hin.

Josefina hätte das Angebot sogar angenommen, aber es gab praktisch nichts mehr zu teilen, in der Schachtel war noch eine einzige Praline.

»Ich teile auch. In der Speisekammer sind schokolierte Apfelringe, und den Überrest hätten Sie gern auch noch essen können.« Josefina wollte wieder gehen; alles, was Nikolaus von

Precht im Sinn hatte, war, sie aufzuziehen und zu ärgern, auch wenn er hin und wieder menschlich schien und ihm aufgefallen war, dass sie Sorgen hatte.

»Ja, gut, sie waren weg, bevor ich es richtig bemerkt habe. Du magst keine?« Er stopfte sich auch noch die letzte Praline in den Mund. »Meine Geschmacksknospen lieben diese Schokolade«, schwärmte er. »Ich probiere aber die Apfelringe.« Das klang, als müsste er sich dazu erst durchringen.

Aber er hatte ihr immer noch nicht gesagt, worum es ging, wenn es überhaupt um etwas ging.

»Holst du deine Gitarre? Es ist lange her, vielleicht hab ich es nicht mehr drauf, aber einen Versuch wäre es schon wert. Und ich hab dich noch nicht spielen hören. Zu Bastis Harfe passt du nicht, aber vielleicht zu meiner Mundharmonika. Wie wär's, wagen wir es?«

»Sie fragen mich ernsthaft, ob ich mit Ihnen spiele?«, vergewisserte sich Josefina.

»Ernsthaft«, gab Nikolaus zurück, legte die Schachtel weg, stand auf und suchte nach seinem kleinen Instrument. »Musizieren ist besser, als Heimatromane lesen. Da heulst du bloß wieder, und davon bekommt man dicke Augen.«

»Ich nehme Ihnen den Stock weg«, drohte sie, aber er wäre imstande, ihn sich zu schnappen und damit zu flüchten, darum würde sie das bleiben lassen. Wie dämlich sähe das aus, sie auf der Jagd nach dem gehandicapten Nikolaus.

Josefina ging in ihr Zimmer und packte ihre Gitarre aus. Sie lächelte, sie würde ihn schwindelig spielen. Dachte sie. Aber gleich darauf wurde sie Zeugin, wie er sich mit einem Song von Sonny Boy Williamson einspielte, dass sie sich an den Mississippi versetzt fühlte, wo gerade die Sonne glühend orangerot unterging. Sie schenkten sich nichts, der eine forderte den anderen mit spontanen Interpretationen heraus. Schwindelig spielten sie sich gegenseitig, bis sie erschöpft aufhörten.

»Wollen wir hoffen, dass du schlafen kannst.« Er verstaute die Harmonika und sah sie erwartungsvoll an. Nikolaus von Precht warf Josefina gerade hinaus. »Ich muss mich jetzt fertig machen.«

Fertigmachen konnte bettfertig bedeuten, und das wollte sie nicht mitansehen. Tatsächlich kramte er jetzt in seiner Kommode herum, und Josefina verabschiedete sich schnell. Sie musste ihn nicht in langen Unterhosen bestaunen.

Ohne dass sie es gemerkt hatte, waren Minuten und Stunden einfach weitergezogen, und sie spürte, dass sie müde war.

Josefina legte sich hin, wickelte sich in ihre Decke und bemerkte dann, dass ihre Vorhänge offen standen. Der Vollmond schien zu ihr ins Zimmer. Er war richtiggehend aufdringlich, sie würde aufstehen müssen.

Der Holzboden war kühl, sie tippelte auf Zehenspitzen zum Fenster und zog den Vorhang mit einem Ruck zu. Eine Bewegung draußen ließ sie ihn wieder zurückziehen.

Nikolaus von Precht mit dem Rucksack auf dem Rücken und seinem Stock.

»Wohin willst du bloß schon wieder. Noch mehr Hasen?«, fragte sie in die mondbeschienene Nacht. Er hatte vielleicht wirklich nach einer langen Unterhose gesucht, aber nicht die Absicht gehabt, ins Bett zu gehen.

Josefina beobachtete ihn, bis er in der Dunkelheit verschwand. Dann zog sie die Vorhänge endgültig zu und ging wieder ins Bett. Ihre Füße waren kalt.

Herzrasen bekämpft man durch kalte Umschläge.

31

Ein Schauer durchfuhr Emma, als ihr Mann erzählte, die County Rocker würden am Wochenende auf dem Precht-Hof spielen. Sie hatte sich mit einem Buch ins Bett gelegt, und sonst sprachen sie am Abend kaum noch miteinander, aber diese Nachricht musste er ihr natürlich mitteilen.

»Mutig von Sebastian«, sagte er abfällig. »Aber vielleicht ist es ja auch der alte von Precht, der wieder mal querschießt.«

Emma hätte darauf gern gesagt, dass es wenigstens einer tat, aber mit Benno zu diskutieren hatte einfach keinen Sinn.

»Und du?«, fragte er.

»Und ich was?« Emma wusste nicht, was er von ihr zu hören wünschte, aber sie war eine, die sich nicht den Mund verbieten lassen würde.

»Sebastian liegt dir doch sooo am Herzen«, spottete er.

»Ja, das tut er. Und ich hoffe für ihn, dass er eine nette Frau findet.« Emma wünschte es ihm wirklich.

»Tatsächlich. So wie ich auch eine nette Frau gefunden habe.«

»Du bist bitter geworden«, sagte sie mitleidig.

»Was bin ich für ein Trottel!«, brach es aus ihm heraus. »Du hast mich doch nur immer wieder besucht, weil du dir finanziell was ausgerechnet hast, und ich war so dumm, mich in dich zu verlieben. Du hast mich geheiratet und dich ins gemachte Nest gesetzt!«

Das Buch fiel Emma aus der Hand. »Ich hab dich ehrlich geliebt, Benno, und das weißt du auch, aber ich kann für die anderen nicht länger so tun, als wäre alles in Ordnung. Du interessierst dich doch längst nicht mehr für mich!«

»Unser lieber Nachbar denkt, sein billiges Ablenkungsmanöver von wegen ›suche Frau‹ würde Wirkung zeigen, aber dafür fährst du mir ein bisschen zu oft in Richtung Precht-Hof. Pass auf, dass ich dir nicht mal hinterherfahre.«

»Spar dir deine schlechten Gedanken. Es ist längst nicht

immer so, wie es scheint«, sagte Emma. »Und erst recht nicht so, wie du es dir ausdenkst.«

»Dann gehst du also am Wochenende zu dieser lächerlichen Feier, ja? Als wären Kühe und neu geborene Kälber auf einem Bauernhof eine Sensation.«

Er wollte stänkern, und Emma musste sich vorsehen. Benno war ihr gegenüber noch nie handgreiflich geworden, aber er wurde zunehmend unberechenbarer. Und irgendwann würde er vielleicht zupacken. Emma wollte nicht im eigenen Haus Angst haben. Mit einem allerdings hatte er recht: Es war nicht ihr Haus, es war seins. So wie hier alles seins war.

»Sebastian hätte sich nie getraut, die Rocker spielen zu lassen, wenn, dann war das diese Dorfhelferin!«

Emma hatte eine böse Erwiderung auf der Zunge, schluckte sie aber herunter. Das Hin und Her erschöpfte sie. Sie musste es sich allmählich eingestehen: Ihre Ehe war unwiederbringlich am Ende. Für Emma stand fest, sie würde Benno verlassen. Jetzt war der Punkt erreicht. Ihr Mann würde sie verlieren.

In der Nacht hatte sie wieder den Traum. Er schien sie zu verfolgen. Es war immer der gleiche, lediglich ein paar Details veränderten sich.

Sie war mit ihrem Liebsten im Wald. Seine Hand streichelte sie. Er flüsterte. Im einen Moment war sie glücklich, fühlte sich leicht und unbeschwert, dann hörte sie die Stimme, die aus dem Nichts zu kommen schien. Leise und flehend, sie glaubte, diese Stimme zu erkennen. Dann war es wieder still.

Emma schreckte hoch. Sie schwitzte.

Ihr Gefühl sagte ihr, dass ein Traum nicht zurückkehrte. – Es war eine Erinnerung.

»Lieber Gott, lass mich nicht den Tod eines Menschen verschuldet haben!«

Sie musste sich jemandem anvertrauen.

Insektenstichen beugt man vor, indem man Gesicht, Arme und Hände mit Nelkenöl einreibt.

32

Josefina schoss aus dem Bett.

Nikolaus hatte ein Gewehr bei sich, aber das hatte sich nicht nach Schüssen aus einem Gewehr angehört. Damit kannte sie sich aus. Auch ihr Vater schoss, und sie war ihm aus Neugier früher öfter hinterhergeschlichen. Sollte sie sich jetzt an die Fersen des alten Nikolaus heften?

Es war eine klare Nacht, der Hall gespenstisch.

Josefina dachte nicht einmal daran, sich ihren Morgenmantel überzuziehen, sondern klopfte im Nachthemd und barfuß an Sebastians Schlafzimmertür. Nur kurz kam ihr der Gedanke, er könnte weiblichen Besuch haben. Der weibliche Besuch müsste eigentlich längst gegangen sein, zumindest jeder anständige weibliche Besuch. Sie öffnete todesmutig die Tür.

Sebastian schnorchelte mit verknoteten Beinen auf dem Rücken liegend, die Bettdecke lag irgendwo auf der anderen Seite am Boden. Aber er war allein.

Er hat die Schüsse nicht gehört, dachte Josefina und setzte sich zu ihm ans Bett.

»Du musst aufwachen … hallo … Sebastian.« Sie probierte es lauter, aber auch das versprach keinen Erfolg.

»Feuer!«, schrie Josefina.

Sebastian ruckte in die Höhe, seine Augen sahen durch sie hindurch, bevor er an ihr vorbei aus dem Bett sprang. Dann packte er sich Josefina, nahm sie auf die Arme und begann zu laufen.

»Moment, halt!«, rief sie und klopfte ihm auf die Schulter. »Lass mich runter, es gibt kein Feuer. Ich hab Schüsse gehört, und Nikolaus ist auf Hasenjagd.«

Sebastian setzte sie ab und sah sie ratlos an. »Kein Feuer?«

»Kein Feuer«, bestätigte sie. »Ich mache mir Sorgen und wollte nicht allein losziehen. Ich weiß nicht mal, wohin.«

»Er soll das Hasenjagen sein lassen, aber er hört ja nicht. Wenn er geschossen hat, dann hat er etwas erwischt, und dann kommt er bestimmt bald zurück.«

Er hatte sie immer noch nicht verstanden.

»Es klang aber nicht nach Gewehrschüssen, es … klang anders.«

Und bevor sie wertvolle Zeit vergeudeten und der alte Nikolaus vielleicht in Schwierigkeiten steckte, bot sie an, die Pferde zu satteln.

»Du machst dir wirklich Sorgen«, sagte Sebastian. »Gut, ich bin gleich so weit. Obwohl Nikolaus sicher in Kürze putzmunter mit den Hasen im Rucksack angeschlendert kommt …«

Angeschlendert kam niemand. Josefina und Sebastian waren auf Florence und Adenauer die Strecke bereits zweimal abgeritten. Sebastian trug die Stirnlampe und hielt Ausschau. Der Vollmond half, aber sie müssten tiefer in den Wald hinein.

»Wenn der Kerl seelenruhig in seinem Bett schläft, beiße ich mich in den Hintern«, sagte Sebastian. »Hast du nachgeschaut?«

»Nein«, bekannte Josefina. »Aber ich hab ihn weggehen sehen.«

Und dann war sie eingeschlafen. Wie viel Zeit war vergangen?

Irgendwo im Gebüsch raschelte es plötzlich, und Adenauer wurde unruhig. »Du bist doch nicht schreckhaft«, sagte sie zu ihm und war selbst einigermaßen erschrocken.

Nein, geschlendert kam Nikolaus nicht, im Gegenteil, er beeilte sich, aber er trug den Rucksack auf dem Rücken, auch seinen Stock hatte er dabei, und von seinem Arm baumelten an Schnüren die erlegten Hasen.

»Dachte schon, ich müsste Autostopp machen.« Er winkte.

»Sehr lustig. Hier fahren um die Zeit keine Autos«, sagte Sebastian wütend. »Was ist los?«

»Man hat auf mich geschossen, in meinem eigenen Wald«, beschwerte sich Nikolaus.

»Du machst nur Ärger.« Sebastian saß ab, Josefina ebenfalls.

»Bei wem möchten Sie aufsitzen?«, fragte sie ihn.

»Bei ihm nicht, der nörgelt sonst die ganze Zeit.« Nikolaus deutete auf Adenauer, zum Zeichen, dass er bei Josefina aufsteigen wollte.

»Tue ich auch, bleibt Ihnen nur die Wahl, wessen Stimme Sie

lieber hören.« Josefina würde sich nicht auf seine Seite schlagen. Sie fragte sich nur, warum ihr die Gewehrschüsse entgangen waren, immerhin hatte Nikolaus drei tote Hasen über dem Arm hängen.

»Josefina, du sitzt wieder auf, und ich hebe Nikolaus auf Adenauer«, sagte Sebastian. Er nahm seinem Vater Rucksack, Stock und seine Beute ab und verschränkte die Hände ineinander, um für ihn einen Tritt zu machen.

»Um Himmels willen, bist du verletzt?«, rief er plötzlich.

Josefinas Kopf fuhr herum.

»Die Kugel hat mein Bein erwischt. Aber das falsche. Oder das richtige. Nur die Prothese, aber die sieht ziemlich wüst aus.« Nikolaus kicherte ausgelassen.

»Du spinnst, und jetzt steig auf. Niemand wäre dir zu Hilfe gekommen, wenn Josefina mich nicht geweckt hätte. Niemand. Nikolaus von Precht, ein Wilderer. Wunderbar.«

»Sie haben keinen Jagdschein?«, fragte Josefina erstaunt.

»Hatte ich nie«, sagte er. »Ich gehöre zum bayerischen Räuberadel.«

Wieder auf dem Hof und in Sicherheit wollte sich Nikolaus möglichst schnell verziehen, aber das ließ Josefina nicht zu.

»Was hast du mit mir vor?«, fragte er, als sie ihn in die Küche dirigierte. »Ich muss unbedingt meine Flinte in Sicherheit bringen. Sebastian regt sich künstlich auf, am Ende nimmt er sie mir noch weg. Muss auch den Hasen das Fell abziehen. Heute noch.«

Um ein Haar hätte man ihm das Fell abgezogen. »Es waren Pistolenschüsse. Wieso Pistolenschüsse?« Josefina setzte ihn auf einen Stuhl und holte eine Schere, um sein Hosenbein, oder was davon noch übrig war, aufzuschneiden.

»Woher soll ich das wissen.«

Josefina legte die Prothese frei. Der Hartschaum sah aus, als wäre er explodiert. »Wenn es das andere Bein erwischt hätte, die Kugel hätte es zerfetzt.«

»Es hat aber nicht das andere Bein erwischt.« Zum ersten Mal senkte er den Blick. »Kann man das irgendwie flicken?«, fragte er hoffnungsvoll. »Es sieht nicht schön aus, und wir haben doch am Wochenende Gäste auf dem Hof. Nicht, dass sich die Überreste durch mein Beinkleid bohren.«

Josefina ging nicht darauf ein. »Wo waren Sie überhaupt genau?«, fragte sie stattdessen.

»Auf meinem eigenen Grund und Boden. Da braucht Sebastian mir nicht mit Wilderei zu kommen. Es sind meine Hasen – oder seine. In jedem Fall unsere. Und die schieße ich, wenn im Haus eine gute Köchin ist, die einen Braten zubereiten kann.«

»Wo«, insistierte Josefina.

»Bei der Ruine. – Würdest du vielleicht das Gewehr in deinem Zimmer verstecken? Ist nicht für lange.«

»Das nennt sich Beihilfe«, sagte Josefina.

»Wo*bei*?«, fragte er.

»Ach, ich weiß auch nicht. Wir müssen Sie zuerst verarzten, und dann kann ich mir Gedanken machen. Das wird jetzt gar nicht wehtun …« Sie drückte die Hartschaumschalen nach innen und klebte massenhaft große Heftpflaster auf die Beschädigungen.

»Reicht, oder?«, erkundigte er sich und wackelte probehalber mit der Prothese hin und her. »Ich hab niemanden gesehen … Das Gespenst war es jedenfalls nicht.«

Herbst 1968

33

Sie saßen einander gegenüber, Tränen liefen über Lenis Wangen.

»Irgendwie wusste ich es«, sagte sie und drehte ihre letzte Karte um. Der Schwarze Peter.

Leni zögerte nicht und drückte noch einmal Franziskas Hand, bevor sie den Tee in einen Becher goss und das Pulver dazugab. Sie rührte mit dem Finger um und wischte ihn an ihrem Kleid ab.

»Schau es dir nicht an, es wird bestimmt nicht schön. Komm zurück und äschere mich ein – das ist mein letzter Wunsch.«

Franziska drehte sich weg und schluchzte. Dann stürmte sie aus der Hütte. Sie rannte, als wäre der Teufel hinter ihr her. Irgendwo weit genug weg ließ sie sich fallen und hielt sich die Ohren zu. Leni würde schreien. Sie wollte es nicht hören.

Sie wusste nicht, wie lange sie an dem Fleck gekauert hatte, aber Franziska wusste, dass sie Leni ihr Wort gegeben hatte. Sie beeilte sich nicht. Was sie gleich tun musste, wäre schlimmer, als Blut zu sehen, viel schlimmer. Und was sie getan hatte, musste sie vergessen, sonst würde es sie zerstören.

Leni lag zusammengekrümmt da, Franziska vermied es, sie anzuschauen.

Sie packte das Kartenspiel weg. Ihr war eiskalt. Und gleich würde es im Innern der Hütte heiß werden. Die Gläser würden zerspringen, wenn Lenis Körper brannte.

Sie nahm den Spiritus und goss ihn über ihre beste Freundin, schüttete ihn auf die Bodenbretter und durchtränkte auch die Pritsche und den kleinen Vorhang.

Franziska hielt die Luft an und riss kurz hintereinander drei Streichhölzer an, die sie auf die Leiche warf. Und noch eines für die Pritsche. Eine Stichflamme schoss in die Höhe. Sie zog ihre Hand weg, aber nicht rechtzeitig. Sie zuckte zusammen. Den kleinen Schmerz hatte sie verdient.

Franziska machte die Tür auf. Einen Moment lang hatte sie

geglaubt, sie würde sich vielleicht nicht öffnen lassen, und ihre Strafe wäre es, hier bei lebendigem Leib zu verbrennen. Aber nichts blockierte. Sie lief ins Freie, schob die Tür hinter sich zu und tat ein paar tiefe Atemzüge. Ihre Augen brannten vom Rauch oder von den geweinten Tränen, sie wusste es nicht.

Vorbei, sagte sie sich. Aber es fühlte sich nicht nach Erlösung an. *Sie* hatte den Schwarzen Peter gezogen. *Sie* hätte sterben müssen.

Franziska hatte alles auf eine Karte gesetzt und bei einem Spiel betrogen, bei dem man nicht betrügen kann. Sie hatte zwei Spiele gekauft. Und aus dem zweiten nur den Schwarzen Peter behalten, den sie in ihrem Ärmel verbarg. Leni hatte den letzten Zug gemacht und ein Kartenpaar abgelegt, doch der Schwarze Peter blieb in ihrer Hand zurück. Franziska hatte ihre restlichen Karten unbesehen abgelegt, und darin befand sich der andere Schwarze Peter.

Eine schöne violette Färbung von Leinenstoffen erzielt man durch Tränken in Heidelbeersaft.

34

Josefina hatte kaum geschlafen. Nikolaus und Sebastian sahen auch nicht wirklich erholt aus.

»Etwas Deftiges für den Räuberhauptmann, bitte«, sagte der alte Nikolaus. Er hatte »bitte« gesagt.

»Von deinen Späßen hab ich erst mal genug«, sagte Sebastian. »Dass letzte Nacht jemand auf dich geschossen hat, war jedenfalls keiner. Wo hast du die Waffe?«

»Vielleicht interessiert dich, wen ich verdächtige«, sagte Nikolaus und umging die Antwort. Josefina wusste ganz genau, wo die Waffe war, sie hatte sein Gewehr mit in ihr Zimmer genommen. Dass Nikolaus jemanden verdächtigte, wusste sie jedoch nicht. Ihr hatte er davon letzte Nacht nichts verraten.

Sie holte einige Scheiben Speck aus dem Kühlschrank und schlug ein paar Eier auf. Für den Räuberhauptmann und für seine Komplizin.

Sebastian schien es nicht zu interessieren, doch Nikolaus wollte es trotzdem loswerden.

»Axel Theis.«

Josefina drehte sich ruckartig um, die Pfanne in der Hand. »Der Polizist soll auf Sie geschossen haben?«, sagte sie ungläubig. »Warum?«

»Das ist doch Blödsinn«, schimpfte Sebastian. »Ihr mögt euch nicht, aber eher würde ich noch glauben, dass du auf ihn schießt.«

»Da.« Nikolaus griff sich in die Hemdtasche und öffnete die Hand. »Ich hab sie rausoperiert, die war noch drin.« Eine deformierte Kugel lag auf seiner Handfläche.

Josefina hätte vorgeschlagen, Nikolaus solle zur Polizei gehen, nur wenn er ausgerechnet den Dorfpolizisten der Tat verdächtigte, war das ungünstig.

»Josefina, ich brauche eine neue Prothese, schreibst du mit mir an die Versicherung?«, fragte Nikolaus ausgesucht höflich, nur um gleich darauf, wieder ganz der Alte, zu bemerken: »Du bist schon wieder ganz woanders mit deinen Gedanken, der Speck brennt an.«

Woanders war Josefina wenig später nicht nur mit ihren Gedanken. Es hatte ihr keine Ruhe gelassen, es ließ ihr schon länger keine Ruhe.

Die Gruft war genauso wenig einladend wie beim letzten Mal, und auch die Sekretärin des Bürgermeisters schickte sie mit denselben Worten auf die Reise in die Unterwelt. »Achten Sie auf Ihre Füße.«

Josefina wollte mehr über das Oldtimer-Festival erfahren. Es konnte nicht so schwierig sein, bestimmt war ausgiebig darüber berichtet worden; so oft wurde in der Gegend sicher keine Veranstaltung dieser Größenordnung aufgezogen.

Es gab eine Vorankündigung, und jeden Tag wurde Bericht erstattet. Das lag einerseits an den bekannten Country-Bands, andererseits an der autobegeisterten Prominenz, die das Festival besuchte.

Und dann sah sie ihn. Auf einem der Schwarz-Weiß-Fotos.

Josefina ließ den Ordner liegen und stieg die Treppe wieder hinauf. Oben bat sie die Sekretärin des Bürgermeisters um eine Lupe.

»Das muss ja sehr brisant sein«, bemerkte sie und kniff die Augen zusammen, als würde sie erwarten, Josefina vertraue sich ihr an. Worauf sie lange warten konnte, aber Josefina bekam die erbetene Lupe.

Die Birne auf der Treppe hatte immer noch niemand ausgewechselt. Das nächste Mal würde sie an eine Taschenlampe denken, allerdings hoffte sie, es würde kein nächstes Mal geben.

Irgendwo im Halbdunkel der Treppe sagte unvermittelt jemand: »Josefina.«

Sie stolperte, ihre Hand suchte nach einem Halt am Geländer und ließ die Lupe los. Bevor sie stürzen konnte, wurde sie aufgefangen. Axel Theis.

»Du recherchierst?« Im Zwielicht konnte sie sein Gesicht nicht richtig erkennen, aber sein Ton klang misstrauisch.

»Der alte Nikolaus erzählt gern Gruselgeschichten«, sagte sie. »Ich wollte herausfinden, was davon stimmt.«

»Was erzählt er denn?« Theis nahm ihren Arm und geleitete sie nach unten. Wie ein Polizist einen Delinquenten, von dem er nicht wollte, dass er entkam. Josefina musste an Nikolaus' Behauptung denken, Axel Theis hätte auf ihn geschossen.

Sie wollte nichts von Vinzenz und dem Festival sagen und wen sie auf einem der Fotos noch erkannt hatte. Vielleicht konnte sie ja etwas anderes erfahren.

»Vom Brand in der Jagdhütte und dass dort eine Leiche gefunden wurde.« Für Josefina war es gruselig, den Einwohnern von Prechtenstein aber war es sicher seit Langem bekannt und darum nichts, worüber man nicht redete.

»Der allwissende Nikolaus.« Es hörte sich an, als würde jemand Säure ausschütten. Theis hielt sie noch immer fest, und Josefina fand es keineswegs angenehm. »Franziskas beste Freundin starb dort in der Hütte, und sie hat sie angezündet.«

»Angezündet?«, wiederholte Josefina ungläubig. »Warum sollte sie das getan haben, um Himmels willen? Nikolaus hat von einem Selbstmord erzählt«, sagte sie, und es knirschte unter ihren Schuhen. Sie war auf die Lupe getreten.

»Aber du hast keinen Bericht über den Brand gefunden«, sagte Theis jetzt leichthin. »Dafür einen über ein Oldtimer-Festival.«

Er hatte sich angeschaut, wonach sie gesucht hatte.

»Josefina, das bringt dir nichts, und Vinzenz bringt es nicht zurück. In Nikolaus von Prechts Oberstübchen geht neuerdings einiges durcheinander, wie dir bestimmt schon aufgefallen ist. Lass dir gesagt sein, die Vergangenheit ist tot.«

Josefina reichte es jetzt. Axel Theis erschien ihr immer mehr wie ein Mann, der keine Erklärungen wünschte, weil sie seiner Überzeugung zuwiderliefen.

Auf einmal legte er beide Hände um ihr Gesicht, zog sie zu sich und küsste sie.

Sie hatte gesehen, wie Toni Leander Eggers geküsst hatte, und da waren die Funken gesprüht. Jetzt sprühte gar nichts. Josefina nahm seine Hände von ihrem Gesicht.

»Tu das nicht wieder«, sagte sie.

Einem zurückgewiesenen Mann blieb nur der Rückzug, und Josefina war froh, dass sie seine Miene nicht sah.

»Pass gut auf dich auf«, gab er ihr mit auf den Weg, und es hätte auch eine Warnung sein können.

Nachdem Theis verschwunden war, sammelte sie die Überreste der Lupe ein. Drei größere Teile Glas, vielleicht ließ sich mit einem davon auf den Zeitungsfotos noch etwas erkennen.

Josefina schloss diesmal die Tür der Gruft hinter sich ab, dann betrachtete sie jedes Gesicht auf den Bildern durch ein vergrößerndes Lupenfragment. Sie war sich nicht sicher gewesen, ob er es war, denn ausgerechnet dieses Blatt hatte einen kleinen Knick gehabt, und sie musste es glatt streichen.

Aber er war es tatsächlich, posierte vor einem Jaguar und reckte den rechten Daumen. Um sein Handgelenk ein orangenes Lederband. Nicht silbergrau, wie Vincent es in sein Heft getackert hatte, aber sonst war die Aufmachung die gleiche.

Mit einem kleinen Foto und dem Namen wies es den Festivalbesucher aus.

Für Josefina war es Beweis genug, dass Marcel Veronika Landings Exfreund war.

Zum Glück hatte sie diese Seite aufgeschlagen gelassen und nicht die nächste. Aber jetzt schaute sie sich auch dieses Foto noch einmal genauer an, obwohl kaum ein Zweifel daran bestand, wer darauf zu sehen war. War Axel Theis ein Oldtimerfan? Was auch immer, er war nicht ehrlich, und auch wenn sie Rätsel mochte, dieses war ihr nicht geheuer. Welche Jahreszeit symbolisiert der Schwarze Mann?, würde ihre Rätselfrage lauten. Den Winter. Es war vielleicht ein bisschen gemein, aber kalt hatte Theis gerade tatsächlich auf sie gewirkt.

Josefina schlug den Ordner wieder zu. Jetzt müsste sie rauf ins Büro der Bürgermeistersekretärin, sich für die kaputte Lupe entschuldigen und Schadenersatz anbieten.

Josefina holte die kleine Tüte mit den selbst gemachten Süßigkeiten aus dem Wagen und klopfte an der Tür zum Pfarrhaus. Diesmal war es Pfarrer Drexel selbst, der ihr aufmachte.

»Ich habe gehofft, dass es mehr als Dampfplauderei war und Sie nicht nur aus Höflichkeit gefragt haben«, sagte er und bat sie herein. »Ich geb's zu, ich wäre ein bisschen enttäuscht gewesen.«

Josefina konnte es sich gar nicht leisten, den Pfarrer zu enttäuschen, schließlich wollte sie von ihm noch eine Information. Sie gab ihm die Tüte, die er auch sofort öffnete und seine Nase hineinsteckte.

»Sie schmecken bestimmt so gut, wie sie riechen.«

Der Pfarrer freute sich so über ihr süßes Mitbringsel, dass sie ihn gleich noch zum Fest auf dem Precht-Hof einlud.

»Das dürfte für einen Mann Gottes kein allzu großes Wagnis sein.« Er lachte. Wer wollte Nikolaus von Precht, den Sparifankerl, auch fürchten. Pfarrer Drexel, der alte Schulkamerad, sicher nicht. »Ich komme gern.«

»Ich wollte auch nach Franziska schauen.« Josefina lauschte, aber im Haus war alles ruhig.

»Franziska ist mit Erna nach Denkersdorf gefahren – zum Shoppen.« Er klang, als wäre das etwas ganz Besonderes, und wahrscheinlich war es das auch. »Sie hätte gern etwas Buntes, meinte sie. Weiß ist der Tod. – Na ja, so dramatisch hat sie es wahrscheinlich nicht gemeint.«

Vielleicht doch, dachte Josefina.

Wie beim letzten Mal bat er sie in das Zimmer mit dem gemütlichen Kanapee und den Kruzifixen, und Josefina fragte ihn, was es mit seiner Sammelleidenschaft auf sich hatte, wenn es denn eine war. Sie brauchte nicht vorzugeben, es interessiere sie, weil es das tatsächlich tat. Im Anschluss konnte sie immer noch erfahren, was sie wissen musste.

»Der Besuch von Flohmärkten war schon immer ein Hobby. Mein erstes Kruzifix habe ich für fünfzehn Mark gekauft. Es war ein Jugendstilkreuz aus Zinnguss«, erzählte der Pfarrer. Dem seien nach und nach weitere gefolgt, meist Volkskunst vom Beginn des 18. Jahrhunderts, Hauskreuze oder kleine Altarkreuze. Etwas wirklich Besonderes sei sein kleines barockes Messingkruzifix; das Kreuz und der Christus-Korpus stark abgegriffen, die Ecken abgerundet.

»Ich erfuhr, dass der Besitzer dieses Kreuzes auf einem Auswandererschiff in die USA gewesen ist«, sagte Drexel. »Ich stelle mir vor, dass er es auf der Überfahrt fest in den Händen gehalten hat, weswegen es jetzt so abgegriffen ist.«

»Der Entschluss, die Heimat zu verlassen, kann von Schwere oder Leichtigkeit getragen sein. Vielleicht ist es auch etwas von beidem«, sagte Josefina und dachte an sich selbst und an Vinzenz. Dann fiel ihr Theo Fahringer ein. Auch er hatte seine Heimat verlassen, aber er war zurückgekehrt.

»Lenis Freund, Theo, besucht er Franziska denn oft?«, fragte Josefina. Eine alte Freundschaft, und vielleicht war sie das Einzige, das ihr helfen konnte.

Der Pfarrer ließ sich mit der Antwort Zeit.

»Er würde es wollen, aber sie nicht. Ihre Reaktion ist eigenartig, als hätte Franziska Angst, Theo würde ihr etwas übelnehmen. Schlimmer, als hätte er vor, ihr etwas anzutun. Sie reagiert panisch.«

35

Füreinander durchs Feuer gehen, das wäre ihre Deutung von Freundschaft gewesen. Und jetzt *war* Leni für sie durchs Feuer gegangen.

Franziska hielt das Schweigen nur schwer aus, auch die verstohlenen Blicke ihrer Mutter. Ihre Kleidung hatte nach Rauch gestunken. Sie hatte alles gewaschen, und als sie das Wasser in das Becken einlaufen ließ, liefen die Tränen ähnlich heftig über ihre Wangen. Sie bekam den Geruch nicht aus dem Stoff, auch nach dreimaligem Schrubben nicht.

Vielleicht gab es ihn auch nur mehr in ihrer Erinnerung.

Ihre Hand wies kleine Brandwunden auf, die sie mit Heilsalbe betupfte und mit einem Pflaster verklebte. Sollte es brennen.

Lenis Mutter kam noch am selben Abend in die Apotheke und fragte nach ihrer Tochter. Franziska hatte sich zusammengenommen und ihr versichert, sie würde sich auch Sorgen machen. Hatte gefragt, ob sie die Freunde zusammentrommeln sollte, um nach ihr zu suchen.

Lenis Mutter hatte sie zum Abschied dankbar umarmt. Franziska war danach auf die Toilette gestürzt und hatte sich übergeben. Was hatte sie nur getan? Und sie musste damit weitermachen …

Sie sollte herausfinden, was die Polizei wusste. Der Brand war gelöscht worden, jemand hatte das Feuer gesehen und angerufen. Wussten sie schon von der Leiche? Bestimmt wussten sie es. Aber noch nicht, wer es war.

An diesem Abend liefen sie überall herum, fragten an jeder Tür, durchkämmten die ganze Gegend. Alle suchten sie nach Leni, die längst eingeäschert war. Es kam ihr so unwirklich vor.

Erst am nächsten Tag wurde allen klar, dass es Leni Lammbeck war, die in der Jagdhütte verbrannt war.

Franziska hörte die Freundin in den Nächten schreien. Sie sah im Traum ihr verbranntes Gesicht, von dem Hautfetzen hingen.

Leni zeigte auf sie und nannte sie eine Mörderin und Lügnerin. Jede Nacht wachte sie schweißgebadet auf, bis sie nicht mehr einschlafen wollte und alles unternahm, um wach zu bleiben. Sie sah aus wie ein wandelnder Leichnam.

Und alle hatten Mitleid mit ihr, weil ihre beste Freundin sich das Leben genommen hatte. Das wurde allgemein angenommen, nachdem Feuerwehr und Polizei die Leiche gefunden hatten.

Als Lenis Mutter Franziska fragte, ob sie sich vorstellen könnte, dass Leni so etwas getan hatte und warum, erklärte Franziska Theo zum Sündenbock.

Theo, der nach New York gegangen war. Theo, der für Leni alles getan hätte, weil er sie liebte. Theo, weil er unerreichbar war. Niemand konnte ihn fragen.

Hatte Franziska wirklich geglaubt, sie könnte ganz normal weiterleben? Genau das hatte sie, und an ein Glück, das nicht teilbar war.

Wenn sie jetzt in den Spiegel sah, blickte ihr ein graues Gesicht entgegen, und die Augen waren blutunterlaufen.

Aber sie wollte Peter immer noch. Ihren Peter.

Sie hatten sich, seit die verbrannten Überreste in der Jagdhütte gefunden worden waren, nicht mehr gesehen. Telefoniert hatten sie, und er hatte sie getröstet, dass sie Leni immer im Herzen tragen würde.

Sie konnte sie nicht im Herzen tragen, denn dieses Herz hatte den Mord an ihrer besten Freundin zu verantworten. Und unter diesem Herzen schlug seit einiger Zeit ein zweites.

Franziska setzte sich in den Bus, sie würde zu ihm fahren. Mitten unter der Woche, einfach so. Ihr Vater hatte nichts gesagt, er sagte ohnehin wenig in letzter Zeit.

Das Make-up überdeckte den fahlen Teint, und ihre Augen konnte sie hinter einer Sonnenbrille verbergen. Das Haar war grässlich, sie fasste es zusammen und band es zu einem Pferdeschwanz. Ihr Kleid saß locker, sie hatte abgenommen. In nur wenigen Tagen war ihr Leben in Trümmer zerbrochen.

»Lass alles gut werden, bitte lass es gut werden.« Ihr Flüstern hörte niemand, als sie den Zettel mit der Adresse aus ihrer Handtasche zog.

Sie war noch nie im Studentenwohnheim gewesen. Leni vielleicht, in Begleitung von Theo. Hatte man ein eigenes Zimmer wie in einer Pension? Durfte man Freunde mitbringen, konnte man alles tun, oder musste man jemandem Rechenschaft ablegen? Sie wusste es nicht. Aber sie sollte es erfahren.

»Peter Theis ... der ist oben, aber grade ziemlich beschäftigt«, wurde ihr mitgeteilt. Sie hatte den Erstbesten auf dem Gang gefragt. »Da würde ich jetzt nicht raufgehen«, sagte er noch.

Wenn Peter lernte, dann würde er sich vielleicht über die Ablenkung freuen, dachte sie. Auf das, was sich in dem Zimmer abspielte, war sie überhaupt nicht vorbereitet. Vielleicht hätte sie es am Ton des Mannes auf dem Gang erkennen müssen. Aber wenn man sich so sehr auf jemanden freut, dann denkt man nicht an das Schlimmste.

Franziska klopfte, bekam aber keine Antwort. Sie drehte am Knauf. Es war nicht abgeschlossen. Das hätte es besser sein sollen.

Im Spiegel gegenüber sah Franziska das Gesicht einer Blonden, und sie hörte ihr lustvolles Stöhnen. Peter stand hinter ihr, die Hände auf ihre Brüste gelegt, und stieß in sie hinein. Er sagte ihr Dinge, die sich für Franziska nicht anhörten, als würde irgendeine Frau sie schön finden. Offenbar aber gefiel es ihm und auch der Blonden, die im gleichen Ton erwiderte.

Franziska presste die Lippen aufeinander, um nicht laut aufzuschreien, bis Peters Blick in den Spiegel fiel und er sie in der Tür stehen sah.

Rau klang sein fragendes »Franziska?«, aber er hielt die Frau weiter vor sich, es war ihm nicht peinlich, und sie hatte das Gefühl, als würde er den derben Sex vor Publikum sogar genießen.

Sie würde nicht weinen. Sie durfte nicht weinen.

»Oh ja!«, schrie er und taumelte mit der Blonden aufs Bett. Er war in ihrem Beisein gekommen.

In Franziska zerriss etwas. Sie schloss die Augen für einen Moment. Vielleicht wäre der böse Alptraum dann vorbei, und Peter würde auf sie zukommen und sie in die Arme nehmen.

Aber wenn alles andere ein Traum war, das hier nicht. Franziska versuchte, es für sich in Worte zu fassen. Sie musste realisieren, dass er eine andere bumste. Es war keine Liebe im Spiel. Was sie sah, war vollkommen seelenlos, nur pure, bedeutungslose Lust.

Aber nicht für sie, für Franziska hatte es eine Bedeutung.

Er war in der Blonden gekommen, und Franziska sah sie ihn küssen. Sie sagte ihm, wie gut er war, bevor sie einen abschätzigen Blick auf Franziska warf.

Ihr wurde übel, sie musste hier weg. Die Tür schloss sie nicht. Kopflos rannte sie, es war gleich, wohin. Auf dem Flur traf Franziska ein mitleidiger Blick.

»Er ist es nicht wert«, rief ihr derselbe Mann hinterher, der ihr schon geraten hatte, sie solle nicht hinaufgehen.

Peter war es nicht wert, nichts davon, keine einzige Sekunde Nachdenken, aber das brachte Leni nicht zurück.

Da war nirgendwo ihre Hand, die man drücken könnte, nirgendwo ihr liebes Gesicht, das einem sagte: Wir kriegen es hin. Nur ihr fürchterliches Schreien, das Franziska überallhin verfolgte.

Sie lief ziellos durch die Straßen, um sich herum nahm sie nichts wahr. Bis sie im Laufen beinahe mit ihrer Tasche an einem Kartenständer hängen geblieben wäre. Er stand vor einem Schreibwarenladen.

Das könnte sie tun, sagte sie sich. Ihm schreiben. Peter würde einen Eid ablegen, Menschen zu helfen; Franziska hatte er so weit gebracht, dass sie aus Liebe tötete.

Sie kaufte ein paar Bögen Papier und ein Kuvert. Im Bus saß sie allein, und auf der Rückfahrt schrieb sie den Brief.

Deine Lügen waren Lenis Todesurteil – das sollst Du wissen. Eine von uns sollte sterben. Wir würden Dich nicht teilen. Das war unsere Abmachung.
Aber ich wollte unbedingt leben, für Dich und mit Dir und unserem Kind. Ich habe meine beste Freundin geopfert. Ich war so dumm, an Deine Liebe zu glauben, die so unecht und billig ist wie ein Schmuckstein.
Faszinierend und strahlend, das warst Du für mich. Ich hätte alles für Dich getan und mich selbst dabei vergessen. Und jetzt

muss ich mich vergessen, denn mit dieser Schuld kann ich nicht leben.
Dir hätte das Gift zugestanden, auf Dich kann die Welt verzichten. Ich kann es auch.
Auf die Anrede habe ich gern verzichtet, aber Du sollst wissen, an wen Du noch denken wirst.
Denn wir werden uns wiedersehen … an dem Tag, an dem ich Dich töte.

Franziska

36

Müdigkeit und Mattigkeit im Frühling treibt man aus durch leichte Abreibung des Körpers mit Kampferspiritus.

Josefina betrat den Bunten Laden, aber Rowena war nirgends zu sehen. Und der schnell sprechende Wilfried war beschäftigt, was Josefina gar nicht so schade fand. Sie wusste nicht, ob sie nach einer langen Nacht wie der letzten die Geduld für ein Gespräch mit ihm aufbrachte. Dann entdeckte sie Rowena doch. Sie schien von innen heraus zu strahlen. Wenn Sebastian das bewirkt hatte, dann wäre die offizielle Brautschau vielleicht bald Geschichte. Und Josefina brauchte sich um keine Menüs mehr zu kümmern.

»Ich hatte gehofft, es wären noch welche von diesen Schweizer Pralinés da.« Sie hatte sich spontan entschlossen, eine Schachtel für Nikolaus, den Räuberhauptmann, zu kaufen. Verdient hatte er sie eigentlich nicht, außerdem waren noch genügend Schokoapfelringe da.

»Wirklich?«, fragte Rowena. Sie hatte graue Augen, fiel Josefina auf. »Wegen der Pralinen sind Sie doch nicht hier, sondern weil Sie wissen möchten, ob Sebastian und ich ...«

»N-nein«, gab Josefina zurück und fühlte sich ertappt. »Ich bin nicht neugierig.«

»Das sind Sie doch, vielleicht nicht deswegen, aber sonst schon. Sie stellen Fragen«, sagte Rowena.

»Haben Sie von unserem kleinen Fest gehört?«

Rowenas Wangen röteten sich. »Sebastian hat gefragt, ob ich gern dabei sein möchte.«

»Ah«, machte Josefina, aber mehr wollte Rowena zu sich und Sebastian offensichtlich nicht sagen.

»Hat er wirklich die County Rocker eingeladen?«, fragte sie stattdessen.

»Was hat die Band getan, weswegen man sie in Prechtenstein wie Pestkranke behandelt?« Das war übertrieben, aber auch nicht schlimmer als das Auftrittsverbot. »Eingeladen habe ich die Band, Sie dürfen es ruhig erzählen«, sagte Josefina hitzig.

»Es war nicht als Angriff gemeint«, entschuldigte sich Rowena. »Ich glaube nicht, dass sie kriminell sind, nur jeder von ihnen ist schon mal auffällig geworden, heißt es.«

»Sagt wer?«, wollte Josefina wissen, aber sie konnte es sich denken.

»Der Polizeichef und der Bürgermeister. Im Gemeinderat wurde beschlossen, dass die Bürger von Prechtenstein ihnen als Band keinen Auftritt ermöglichen.«

»Wer sitzt denn alles im Gemeinderat?« Womöglich hatten sich die Herren Gemeinderäte geärgert, dass man sich auf dem Precht-Hof nicht an den Beschluss hielt, und vielleicht hatte einer von ihnen gedacht, jetzt zeigen wir es dem sturen Nikolaus mal so richtig, legen auf ihn an und sorgen dafür, dass er Angst bekommt.

Ein solches Szenario erschien ihr aber auch nicht einleuchtender als Axel Theis als Schütze.

»Die Geschäftsleute im Ort, einige Bauern und ein paar Lehrer. Wilfried auch, aber er war der Einzige, der fand, das sei zu hart. Zumindest hat er mir gegenüber so etwas gesagt, er hat sich enthalten.«

Eine Enthaltung war kein Nein. Josefina nickte. »Warum Wilfried nicht?«

»Sicher wegen Nella. Sie ist mit Leander, Christian, Marcel und Sven befreundet. Sie fand es ungerecht und gemein, dass man die Bandauftritte verbietet, sie hat deswegen sogar an den Bürgermeister geschrieben. Sie kann … sie konnte ziemlich impulsiv sein. Seit Fiona fort ist, ist sie es nicht mehr. Beängstigend. Als wäre die Nella von früher mit Fiona fortgegangen.«

Etwas in ihr war das wahrscheinlich wirklich.

37

Abends fliegende Mistkäfer sind besonders zuverlässige Vorboten für Schönwetter.

»Hast du die Hasen vorher auch abgetastet?«, fragte der alte Nikolaus und kramte in der Küche herum, als suche er etwas.

Die Hasen befanden sich immer noch in der Vorratskammer, in einen Rotweinsud mit Zwiebeln, Nelken, Wacholderbeeren, Piment und Preiselbeeren eingelegt. Wieso hätte Josefina sie abtasten sollen?

»Mädel, einfach tot umgefallen sind sie nicht, schießen musste ich schon.«

»Heißt, wir beißen auf Schrot, wie fein«, sagte sie.

»Du musst da noch mal ran«, ordnete Nikolaus an.

»Das hätten Sie vorher sagen können, jetzt ist es zu spät. An einer Bleivergiftung wird schon niemand sterben«, sagte Josefina. Was wollte er?

»Das Schrotblei ist legiert, mit Arsen und Antimon. Und du tränkst die Kugeln grade in Rotwein.«

»In nicht grade billigem Rotwein. Verflucht!«

Sie holte die Hasen in ihrem Sud aus der Vorratskammer. Nikolaus wollte sich just in dem Moment aus dem Staub machen, aber Josefina schnappte nach seiner Hand.

»Mitgefangen, mitgehangen«, sagte sie. »Wir zerlegen die Hasen gemeinsam.«

Nikolaus war gar nicht begeistert, aber Josefina auch nicht. Er würde helfen, weil sie ihm auch mit dem Schreiben bezüglich der neuen Prothese geholfen hatte. Nikolaus dachte tatsächlich, es wäre in diesem Punkt nicht weiter schlimm, die Wahrheit zu sagen; ein Unbekannter hätte im Wald auf ihn geschossen.

»Dafür gibt's keine neue Prothese, dafür gibt's höchstens eine Einweisung in die Psychiatrie«, hatte Josefina erklärt. »Wo könnten Sie auf dem Hof reingeraten sein, in ein Arbeitsgerät vielleicht?«

Sie hatte zunächst geschrieben, er wäre mit seiner Prothese bei der Reinigung des Rasenmähers in die Messer geraten.

»Rasenmäher.« Nikolaus hatte abfällig geschnaubt. »Kinderspielzeug. Wir könnten doch Mähdrescher schreiben.«

»Es ist Anfang April, da wird noch nichts gedroschen. Wir schreiben Rasentraktor, und damit Schluss«, sagte sie schließlich.

Und genau daran erinnerte Josefina ihn jetzt. Dass sie sich etwas für ihn hatte einfallen lassen. Jetzt war er am Zug.

»Ich bin die Köchin. Auf den Jäger fällt das Bratenurteil sicher nicht zurück.«

»Was bist du so empfindlich?«, fragte Nikolaus.

Sie war nicht empfindlich, vielleicht etwas aufgewühlt von dem Gespräch bei Drexel.

»Ich war heute noch mal beim Pfarrer. Er hat sich über die Schokoladenapfelringe gefreut.«

»Ich mich auch, viele sind nicht mehr übrig. Und, was war so interessant beim Pfarrer?«

»Ich habe ihn nach Franziska gefragt.«

»Und er hat sich auf das Beichtgeheimnis rausgeredet, stimmt's?«

»Nicht ganz. Ich habe ihn übrigens zum Fest eingeladen.«

»Ich wüsste nicht, was Joachim dir noch hätte erzählen können. Tatsache ist, dass Franziska es mit jedem hätte besser haben können, aber sie wollte nur Peter. Bis sie ihn ganz plötzlich nicht mehr wollte. Das war nach Lenis Tod. Sie verfiel immer mehr, als Tochter des Apothekers war es für sie nicht schwer, an Drogen zu kommen. Sie war nicht mehr sie selbst, aber das hat sie vielleicht vor einer Anklage bewahrt. Sie hat ihren Peter mit einem Messer angegriffen.«

»Aber sie hat ihn nicht getötet«, sagte Josefina.

»Nein, er hat später an seinem Gehirntumor sicher mehr und länger gelitten, Franziskas Attacke hat ihn nur schwer verletzt«, sagte Nikolaus.

»Rache?« Josefina versuchte, es sich vorzustellen.

»Nicht dein Bier, aber Rache wäre schon denkbar. Wenn er auch was mit Leni gehabt hatte und sie sich darum umbrachte.«

Freundinnen gingen durch dick und dünn, manches Mal auch füreinander durchs Feuer, kam es Josefina in den Sinn.

Sie zerteilte die Hasen in schöne Filetstücke und gab sie Nikolaus zum Abtasten. Einige der Schrotkugeln hatten sich bereits befreit und nahmen ein Rotweinbad.

Den Sud mit der Arsen-Antimon-Beigabe schüttete sie weg.

Es würde nichts passieren, es handelte sich um eine handelsübliche Schrotlegierung, sonst wären schon genauso viele Menschen wie Hasen tot. Josefina öffnete eine neue Flasche Rotwein.

»Wo ist denn eigentlich das Sägewerk? Das von den Bentingers?«

»Was hast du denn da verloren, schnüffeln, weil ich erwähnt habe, dass der Sohn ein Oldtimerfan ist?«

Sie schaute ihn unschuldig an. »Wir brauchen Zaunlatten, für den Bauerngarten. Ich wollte mich erkundigen.«

Erkundigen wollte sie sich tatsächlich, aber viel dringender wollte sie mit Marcel reden, und so weit weg konnte das Sägewerk nicht sein.

»Telefonieren kann man auch. Aber wenn du meinst ... Die Säge ist unten am Mühlbach.« Nikolaus erklärte Josefina den Weg. Sie nickte zufrieden. Das würde sie gleich nach dem Essen erledigen.

»Jod haben wir bestimmt, oder? Ich muss nämlich etwas nachprüfen.« Es war eine alte Methode, um Winterholz von Frühjahrsholz zu unterscheiden; sie wollte nicht oberschlau klingen, aber das Winterholz war widerstandsfähiger und dazu wetterfest.

Dann fiel ihr etwas ein. Etwas eher Unwichtiges, aber nachgefragt haben wollte sie.

»Nikolaus, was ist denn aus der neuen Bewerberin geworden? Die mit den Ringen? Was ist überhaupt mit den Bewerberinnen, kommen noch welche?«

»Nein. Ich habe mich entschieden«, sagte der alte Nikolaus ernsthaft. »Wir nehmen dich.«

Josefina hätte vor Schreck beinahe ihr Messer fallen lassen. Es war nicht der erste Antrag, aber es war der allererste, der ihr vom Vater des Brautwerbers gemacht wurde.

Nikolaus hatte ihr ein kleines Fläschchen Jodtinktur mitgegeben. Er wusste, was sie damit bezweckte.

»Bemerkenswert, dass eine Frau das weiß«, hatte er hinzugefügt.

Manches wussten auch Frauen, aber dieses Wissen hatte sie in einem alten Buch gelesen und schon längst ausprobieren wollen.

Zum Sägewerk nahm Josefina eine Abzweigung und fuhr über eine kleine Holzbrücke, die über den Mühlbach führte. Die Mühle gab es in ihrer Form nicht mehr, das Sägewerk hatte sich breitgemacht und die Familie Bentinger wahrscheinlich einst das Nachbargrundstück gekauft.

Josefina stellte die Ente an einem Fleckchen nahe der Brücke ab, griff in ihre Handtasche und holte das Lederband heraus. »Los geht's«, flüsterte sie, obwohl sie ohnehin niemand gehört hätte.

Die Lautstärke des Sägewerks war beeindruckend, und sie sah die Angestellten in Schutzkleidung mit Stämmen und Brettern hantieren.

Im Büro dagegen herrschte beinahe Ruhe. Die Fenster waren schallisoliert. Wäre man dem Lärm den ganzen Tag ausgesetzt, würde man vermutlich durchdrehen.

Vor einem Computer saß eine blonde Frau in einem Strickkleid. Sie hatte Ähnlichkeit mit Marcel, war aber nicht mehr jung genug, um seine Schwester zu sein.

Josefina fragte nach geeigneten Hölzern für einen kleinen Zaun. »Unbehandeltes Holz oder zurechtgeschnittene Bretter für einen Bauerngarten. Verzierungen würden gut aussehen, aber ich weiß nicht, wen ich danach fragen kann.«

»Damit kennt mein Sohn sich aus«, sagte Marcels Mutter, und der Ton ließ keinen Zweifel daran, dass sie stolz auf ihn war. »Der ist heute aber bei einem Kundentermin und kommt erst abends wieder.«

Josefina versuchte, ihre Enttäuschung nicht sichtbar werden zu lassen.

Sie hatte gehofft, Marcel festnageln zu können. Gut, dann würde es eben an einem anderen Tag klappen. Sie beschrieb der blonden Frau aber schon einmal die ungefähre Vorstellung von dem zukünftigen Zaun. So wüsste Marcel, dass sie im Sägewerk gewesen war und wahrscheinlich wiederkommen würde. Das mit dem Jod musste Josefina dann eben an anderer Stelle testen.

Kupferkessel putzt man mit Sauerkrautbrühe.

38

Sie hatte die verzierten Bretter für den Zaun streng genommen eigentlich so gut wie bestellt, und sie hoffte, Sebastian würde erstens die Idee und zum Zweiten die Art der Verzierung gefallen. Das war eigenmächtig, aber er hatte sie auch gebeten, den Garten neu zu beleben, und genau das tat sie.

Dafür würde sie sich jetzt ein wenig im Haus nützlich machen; Frühjahrsputz, obwohl das nicht zu ihren Aufgaben zählte. Die Bauernmöbel, teilweise antik und sicher über Generationen vererbt, mussten dringend aufgefrischt werden. Drei Esslöffel Öl, drei Esslöffel Essig und ein Teelöffel Salz ergaben eine einfache Möbelpolitur. Für die dunklen Möbel nahm sie Rotwein statt Essig.

Das Ergebnis konnte sich sehen lassen.

Du willst dein schlechtes Gewissen besänftigen, sagte ihr das kleine Stimmchen, aber Josefina hielt dagegen, dass sie keines zu haben brauchte.

Nachdem sie die Arbeitshandschuhe weggelegt hatte, holte sie den Zettel mit der Telefonnummer, den Pfarrer Drexel ihr gegeben hatte, aus ihrer Tasche und drehte ihn nachdenklich hin und her. Es war die Nummer von Theodor Fahringer, Lenis Freund aus alten Tagen. Der Maler, der erst vor Kurzem aus den USA zurückgekehrt war und seitdem häufig in Prechtenstein gesehen wurde, zeichnend.

Ob er der Mann war, der Josefina gesagt hatte, sie dürfe neugierig sein? Dann hatte er eine andere Art Neugier gemeint, eine, die mit Kunst zu tun hatte, nicht mit der Vergangenheit.

Wenn sie schon das Rätsel um ihren Bruder nicht lösen konnte, würde sie vielleicht zumindest etwas über Franziska in Erfahrung bringen. Ihr Schicksal berührte sie.

Sollte sie ihn vorher anrufen und fragen, ob er ein bisschen Zeit hätte? Wahrscheinlich. Über Künstler wurde immer gesagt, sie wären ziemlich eigen und hätten Allüren. Josefina kannte keinen, aber sie würde mit etwas Glück gleich einen kennenlernen.

Sie probierte die Nummer, doch als abgenommen wurde, geriet ihr Entschluss ein wenig ins Wanken. Aber wenn sie sich nicht getraute, ihn etwas zu Franziska zu fragen, könnte sie ja immer noch seine Bilder bestaunen … Sie nannte ihren Namen und fragte, ob er sich an sie erinnere.

»Na, so alt bin ich auch nicht«, sagte er lachend, und Josefina erkannte die Stimme als die des Zeichners.

»Kommen Sie zu mir, oder wäre das … *unseemly*?«

Josefina konnte sich denken, was das Wort bedeutete. »Unschicklich? Überhaupt nicht.«

Sie fragte sich, wie er ausgerechnet darauf kam. Früher wäre es das sicher gewesen. Eine junge Frau, die allein zu einem älteren Mann ging.

Zu einem älteren Mann *fuhr*, denn Theo Fahringer wohnte in einem kleinen Haus außerhalb Prechtensteins. Es war ein Austragshäusl, das man so nannte, weil es früher von den Alten genutzt wurde, nachdem der Sohn sich verheiratet und den Hof übernommen hatte. Unten befand sich meist die Wohnstube mit einem Holz-Küchenofen und über die Treppe zum Dachboden die Schlafgelegenheit.

Dieses Häusl aber war ein Atelier, es gab keine freie Fläche, jede war ein eigenes Kunstwerk.

Josefina hatte auch ihm eine kleine Papiertüte Apfelringe mitgebracht.

»Sehr lieb, danke schön.« Er nahm sich gleich einen davon.

»Ich interessiere mich wirklich für Ihre Bilder, aber ich wollte auch mit Ihnen reden.«

»Der Polizist, ist es wegen ihm?« Theo Fahringer bot ihr einen Platz in der Stube an.

»Sie kennen Axel Theis gut?« Sie hatte eigentlich nicht über ihn reden wollen, aber sie nahm das Angebot an.

»Das würde ich nicht sagen, er ist der Sohn eines früheren Freundes. Sind Sie in ihn verliebt?«

»Nein«, erklärte Josefina entschieden.

»Ich glaube, das ist gut. Dass Sie es nicht sind.« Fahringers Augen, die die Farbe von Moos hatten, sahen sie offen an. Er war aufgestanden. »Einen Moment bitte.«

Josefina konnte derweil nachdenken, was genau das zu bedeuten hatte.

Als er zurückkam, brachte er Kaffee und eine Karaffe mit frischem Wasser.

»Axel trägt viel Zorn in sich. Er kommt sich ungerecht behandelt vor. Abgeschoben. Vielleicht zu Recht. Er ist in Heimen aufgewachsen. Von seinem eigenen Vater abgeschoben.«

»Peter Theis wollte das Kind nicht? Peter war der Freund von Franziska, nicht wahr?« Sie pirschte sich behutsam heran.

Über Fahringers Gesicht huschte ein Ausdruck, den Josefina nicht deuten konnte. »Ich wollte eigentlich auch weniger etwas über Axel erfahren als vielmehr über Franziska«, sagte sie und erzählte zum wiederholten Mal, wie sie und die verwirrte Frau sich begegnet waren und was Franziska über den Ort gesagt hatte, an dem einmal die Jagdhütte stand.

»Ich konnte nie wieder mit ihr sprechen«, sagte Theo Fahringer. »Alles, was ich weiß, stammt aus zweiter Hand. Ich war lange Jahre in den Staaten, malte, verkaufte in Galerien, feierte Erfolge. Doch Leni Lammbeck vergaß ich nie. Dann erfuhr ich irgendwann von Peter, dass sie seit Jahren tot ist. Ich wollte von Franziska hören, was geschehen war, aber ihr Vater erzählte mir etwas davon, sie wäre ... verrückt geworden. Ich konnte nicht mit ihr sprechen.«

Er hob die Handflächen. »Ich glaube, Franziska hat Angst vor mir. Aber Angst musste nur Peter haben, denn es war seine Schuld, dass Leni sich getötet hat. Er wollte sie beide, das konnte Leni nicht ertragen.«

»Er hat mit beiden ...?« Auch Nikolaus hatte so etwas schon einmal angedeutet, fiel Josefina wieder ein.

»Ja. Das hat er. Und er war dreist genug, es ihnen zu überlassen, wem er sich zuwenden soll. Das ist altmodisch formuliert, ich weiß. Gemeint ist, er wollte sie beide, doch weder Leni noch Franziska wären dazu bereit gewesen.«

»Franziska war schwanger?«, fragte Josefina. »Von Peter?« Die Verwirrte war ... die Mutter von Axel Theis? Wusste er davon?

Fahringer nickte. »Peter hatte mir davon geschrieben. Er hat sonst niemandem davon erzählt. Er war ein Schwein. Er benutzte Frauen und warf sie dann weg. Franziska erfuhr von ihrer Schwangerschaft, und Leni hatte sich kurz vorher umgebracht. Das alles muss ihr fürchterlich zugesetzt haben. Franziska tat mir leid, aber ich konnte nichts tun. Als Axel auf die Welt kam, war sie schon so verwirrt, dass sie sich nicht um ihn kümmern konnte. Das Kind wurde ihr entzogen.«

»Und Axel wuchs im Heim auf«, sagte Josefina.

Theo Fahringer nickte. »Als ich mir hier das Haus mietete, war Peter tot und Franziska nicht mehr bei Sinnen. Axel war längst erwachsen und trug eine Polizeiuniform. Aber das sind Äußerlichkeiten. Warum er ausgerechnet in Prechtenstein seinen Dienst tut, kann ich nur vermuten.«

»Teilen Sie Ihre Vermutung mit mir?«, bat Josefina.

»Ich denke, er wollte sich damit etwas beweisen. Sich und allen anderen. Dass er es geschafft hat, auch ohne die Zuwendung seines Vaters. Etwas in der Art.« Fahringer wirkte auf einmal müde.

»Zeigen Sie mir Ihre Bilder?«, fragte Josefina nach einer Weile des Schweigens. »Es war mir ernst, dass ich gern einen Blick auf den Zeichenblock geworfen hätte. Falls es nicht zu modern ist und man etwas erkennen kann.«

»Schauen Sie selbst, ob man etwas erkennt.«

Josefina ging von Bild zu Bild; vor einem blieb sie länger stehen. Sie glaubte zu wissen, wer die blonde junge Frau war.

»Leni?«

»Leni. Franziska sagte etwas Seltsames am Tag unserer Begegnung. Sie sprach von Schuld, und ich glaube, sie meinte sich selbst.«

Als es allmählich dunkel wurde, verabschiedete sie sich.

Josefina lief über den Hof zu ihrem Wagen und musste daran denken, was ihr Theo Fahringer erzählt und worüber er geschwiegen hatte. Vor sich sah sie Lenis Gesicht.

Josefina gedachte, den Abend ganz für sich zu verbringen, in völliger Ruhe und so gedankenlos wie möglich. Sie lag mit geschlossenen Augen auf ihrem Bett und dachte doch bloß wieder nach … über Franziska und ihre beste Freundin Leni. Beide hatten sich in den falschen Mann verliebt, und eine hatte diese Liebe getötet. Über Vinzenz und Veronika und Fiona. Was hatte sie getötet – oder wer? Denn sie glaubte nicht mehr daran, dass ihr Bruder nach Hause kommen würde.

Vielleicht würde sie die Gemeinsamkeit finden, oder es gab sie gar nicht. Josefina kam sich vor, als würde sie durch einen dunklen Gang tappen, in dem kein Licht brannte. Um weiterzukommen, brauchte sie aber dringend Licht.

Der dunkle Gang … Sie fiel in einen leichten Schlaf.

Die Nacht war kurz gewesen, weil Josefina etwas eingefallen war. Oder besser: aufgefallen.

Es war kein richtiger Traum gewesen. Vielmehr ergaben die Bilder aneinandergereiht etwas. Sie sah sich mit Nikolaus auf dem Bett sitzen, den Kopf über den alten Plänen. Er hatte ihr die Zeichnungen erklärt, und sie hatte zwar hingesehen, aber auch seinen Erzählungen gelauscht, sodass ihr durchaus etwas entgangen sein könnte.

Und da lag der Hase im Pfeffer. Ihr war *ganz sicher* etwas entgangen.

Ohne auf die Uhr zu sehen, rumpelte sie aus dem Bett, zog sich etwas an und klopfte dann mit dem erstbesten Greifbaren gegen die Wand, um den alten Nikolaus aus den Federn zu trommeln.

»Ein Scheusal sind Sie, Sie haben gelogen. Ich komme jetzt rüber!«

Und genau das tat sie. Josefina riss die Tür auf, und es war ihr gleich, ob er im Bett war oder im Bad, mit oder ohne Bein.

Nikolaus lag zwischen den Kissen, er war dabei, sich aufzusetzen. »Ich überlege mir das noch mal mit dir, die Rote ist vielleicht sanftmütiger.«

Josefinas Hände zuckten. Sie war versucht, ihn zu schütteln. »Sagen Sie mir, was in dem Gang ist«, verlangte sie. »Es muss etwas Belastendes sein.« Das konnte sie nicht wissen, aber mit dem Gang war sie beinahe sicher.

»Mädel, drück dich deutlicher aus«, verlangte Nikolaus.

»Ich heiße Josefina«, erinnerte sie ihn lautstark. »Die Pläne der Burg. Es gibt einen geheimen Gang. Adlus von Precht hat ihn anlegen lassen. Er führte in den Ort, oder er führte zum Precht-Hof, der zu der Zeit vielleicht nicht mehr als eine kleine Kate war. Aber so konnte er ungesehen zwischen seiner Burg und dem Ort, der im 13. Jahrhundert vielleicht aus ein paar einzelnen Gehöften und Häusern bestand, hin- und herwandern. Frauen auflauern oder wozu er sonst Lust hatte. Wenn ich danach suche, werde ich den Gang finden, ganz sicher«, sagte sie bestimmt. »Ein doppeltes Geheimnis. Das eine weiß nur ich, das andere wissen Sie. Wie wär's, wenn wir tauschen?«

»Geheimnisse tauschen«, wiederholte er amüsiert. »Du kannst gar nichts wissen, und du hast auch nichts zu tauschen. Jetzt setz dich endlich hin.« Er rutschte im Bett ein Stückchen zur Seite, um ihr Platz zu machen. »Oder macht dir ein Beinloser Angst?«

»Was ist in dem Geheimgang? Sie haben sich alle Mühe gegeben, mich nicht so viel davon sehen zu lassen. Sie müssen ihn entdeckt haben, in diesem alten Plan, oder vielleicht waren Sie einfach neugierig und sind darauf gestoßen.« Josefina setzte sich an den Bettrand, ließ Nikolaus aber nicht aus den Augen. Zu tauschen hatte sie wirklich nichts, sie wollte nur nicht denken, dass er derjenige war, der Menschen verschwinden ließ. Was hätte er für einen Grund dafür?

Aber was hatte überhaupt jemand für einen Grund?

Gemeinsamkeiten, sagte sie sich. Die, die sie noch nicht gefunden hatte.

»Wenn wir gleich gehen, dann kommen die Hasen immer noch rechtzeitig in den Ofen«, schlug er ihr vor.

Nikolaus von Precht hatte sie überrumpelt. Was sollte sie jetzt tun?

»Du wolltest doch Geheimnisse tauschen. Möchtest du ein Wollknäuel mitnehmen, dann findest du den Rückweg«, machte er sich lustig. In der Sage war es umgekehrt. Ariadne, die Theseus ein Wollknäuel gab, das ihn aus dem Labyrinth wieder hinausführen sollte. »Ich würde ja sagen, deine gesteigerte Aufmerksamkeit kostet dich irgendwann den Kopf, aber heute nicht. Josefina, wenn du unbedingt wissen möchtest, was in dem Gang ist, dann schau es dir an.«

Sie konnte doch unmöglich bei Nacht und Nebel in die Unterwelt steigen.

Nikolaus von Precht hatte sich angezogen und seine versehrte Prothese angelegt. Jetzt gab er ihr eine Taschenlampe und eine Jacke. »Es ist kalt dort unten.«

Sie sollte eine Notiz hinterlassen, für Sebastian. Damit wenigstens einer wusste, wo sie sich befand. Sie musste an die Hasen in der Vorratskammer denken und an den einen im Pfeffer.

Nikolaus ging ihr voraus, hinüber zu den Pferden. Eine Futtertruhe beschwerte und verdeckte etwas, und Nikolaus bedeutete Josefina, mit anzuheben. Eine Luke im Boden wurde sichtbar, und darunter tat sich ein Abgrund auf. Steinstufen führten in die Tiefe.

»Es ist ein Tunnel. Gebaut aus massivem Ziegel mit Sandsteinwerkteilen. Pass trotzdem auf, wohin du trittst«, sagte Nikolaus.

»Sehr beruhigend.« Josefina schaute auf Ziegelwände, dann auf den Boden aus Lehm. Der Gang sah trocken aus.

»Es ist ein ganz schönes Stück von hier zur Burg hinauf«, sagte er und ging voraus.

Ein Wollknäuel wäre bereits nach der Hälfte der Strecke aufgebraucht gewesen. Aber sie benötigte keins, denn es gab keine Abzweigungen. Josefina wollte schon fragen, wie lang es noch dauerte, aber diese Frage verkniff sie sich. Sie war es schließlich gewesen, die unbedingt hierherwollte.

Josefina sah die bleichen Knochen in dem Moment, als Nikolaus stoppte und sich zur Seite drehte.

»Frisch sind sie nicht, schau sie dir ruhig an.«

»Die gehören nicht nur zu einem Menschen.« Josefina schluckte. Und gerade verstorben war hier sicher auch niemand. Vielleicht hatte Adlus von Precht seine Bauarbeiter hier entsorgt, oder es waren die Knochen von den Frauen, die er sich angeblich geschnappt hatte.

»So, und jetzt sag mir, dass ich das Axel Theis melden sollte.

Der würde den Gang freilegen und die Knochen untersuchen lassen. Die heutige Bezeichnung für Adlus von Precht ist Serienmörder. Ich vermute, es sind auch Skelette von Frauen dabei, und da ist es kein Wunder, wenn eine davon zurückkommt.«

Sie hob kapitulierend die Hände. »Ich glaube, die Weiße Frau, das ist Franziska.«

»Bravo«, gratulierte er sarkastisch.

»Und Sie, Sie schleichen sich weg, deshalb dachte ich …«

»Dass in mir die Gene meines Vorfahren stecken? Du redest von den beiden vermissten Mädchen. Du hast geglaubt, ich hätte sie umgebracht und hier verschwinden lassen. Wegen dem Gang hast du angenommen, ich könnte dieser kranke Irre sein. Sei froh, dass ich es nicht bin, sonst müsstest du hierbleiben.«

Josefina hatte ihn herausgefordert, es war ziemlich unüberlegt gewesen. Und froh wäre sie erst, wenn sie wieder an der Oberfläche wäre.

»Man braucht so etwas wie einen Keller, um Menschen verschwinden zu lassen. Versenken kann man sie nicht, sie tauchen wieder auf. So wie Vinzenz' Mustang wieder aufgetaucht ist …« Josefina brach ab. Sie unterhielt sich in einem geheimen Gang, im Beisein von bleichen Knochen, über die möglichen Opfer eines Verrückten.

»Erde ist geduldig, ein Grab kann man ausheben und wieder zuschütten«, sagte Nikolaus. »Die Verschwundenen können überall sein, aber eines sind sie bestimmt – nicht mehr am Leben.«

Weil er so sicher war, hatte Josefina angenommen, er wüsste mehr darüber. Aber für ihn war es offenbar bloß eine logische Schlussfolgerung. Sie dagegen wollte diesen logischen Schluss einfach nur weit von sich weisen.

»Gehen wir wieder hinauf.« Nikolaus nahm ihren Arm, als wollte er ihr damit seine Hilfe anbieten. »Außer dir hat das niemand gesehen, und es wird auch niemand sehen.«

»Sebastian weiß nichts davon?«, fragte sie. Das bedeutete, sie teilten ein Geheimnis.

»Er würde mir damit kommen, dass wir auf Leichen schlafen. Er glaubt ja sogar an die Weiße Frau.«

»Und Sie wissen schon lange, dass die angebliche Weiße Frau Franziska ist«, sagte Josefina.

»Mag sein, aber das erklärt nicht, für wen sie das tut.«

»Für wen sie das tut …«, wiederholte Josefina nachdenklich.

39

Durchlässige Stellen am Regenschirm behebt man durch Eintauchen in essigsaure Tonerde.

Josefina blieb, wie sie war, putzte sich nur die Zähne und lud sich einen Schwall kaltes Wasser ins Gesicht. Duschen und sich fein machen würde sie sich, wenn alles erledigt war.

»Auf Leichen schlafen«, flüsterte sie. Sie würde es garantiert für sich behalten.

Sebastian schien ihr leicht nervös. Auf dem Precht-Hof hatte es lange keine Feier mehr gegeben; Josefina vermutete, beim letzten Mal hatte seine Mutter noch gelebt.

Aber sie feierten ja bloß mehr oder weniger im kleinen Kreis, es war kein Dorffest, es gab keine Bühne, nur ein Zelt mit ein paar Biertischen und Bänken, dessen Seitenwände man aufklappen konnte. Das alles hatte Sebastian anliefern und aufstellen lassen. Teller und Besteck ihres Wissens auch, das würde ihr viel Arbeit sparen.

Der VW-Bus der County Rocker fuhr am Vormittag in die Auffahrt. Josefina war gerade dabei, Bayerisch Kraut zu machen. Sebastian hatte auch für das leibliche Wohl vorbildlich vorgesorgt, hatte Fleisch und Würste, dazu Beilagen, Gemüse und Salate liefern lassen. Schließlich mochte nicht jeder Wild, und so viel gaben die paar Hasen auch nicht her.

Nikolaus, der Majordomus, wäre hoffentlich seinem Bett wieder entstiegen. Er hatte doch nicht die Absicht zu schwänzen, sie hatte schließlich nur zwei Hände.

Die Band spielte auf der breiten Empore – zu beiden Seiten führten an dem großen Nebengebäude einige Holzstufen hinauf, gesichert durch gedrechselte Sprossen und ein Geländer. Toni, Leander, Christian, Marcel und Sven hatten kurz hereingeschaut und sich bedankt. Josefina kam sich wie eine Heldin vor. Sie hatte die Aussätzigen eingeladen.

Jetzt übertreibst du, sagte sie sich.

»Kann ich helfen?«, fragte eine Stimme. Sie gehörte zu Emma Auerswald.

»Das wäre wunderbar«, sagte Josefina aufrichtig dankbar.

Emma war geschickt. Josefina brauchte nur zu sagen, was benötigt wurde, was geschnitten oder angerichtet werden musste. Irgendwann ließ sich Nikolaus von Precht in der Küche blicken, um nach den Hasen zu schauen.

»Die sind geschrumpft«, behauptete er.

»Mit Schrotkugeln angereichert sahen sie natürlich etwas reichhaltiger aus«, gab Josefina zurück, und Emma verbiss sich ein Lachen.

»Passen Sie auf, Nikolaus hat Gefallen an Ihnen gefunden, der würde Sie sicher gern auf dem Hof behalten«, sagte sie, als sich Nikolaus wieder verzogen hatte.

Gefallen würde Josefina es nicht genannt haben. »Er hat mir einen Antrag gemacht«, sagte sie. »Nein, so stimmt es nicht«, verbesserte sie sich. »Er hat mir den Antrag vielmehr überbracht.«

»Nikolaus denkt praktisch. Und wenn Sebastian sich verliebt hat, dann …«

»Nein, ich bin nicht diejenige«, sagte Josefina. »Vielleicht Rowena. Ihr gefallen auch Sebastians Gedichte.«

»Wirklich? Und was sagt Nikolaus dazu? Es wäre schön, wenn es auf dem Precht-Hof eine Frau gäbe. Mein Mann glaubt schon, Sebastian und ich hätten eine Affäre.« Emma lachte, auch wenn dieses Lachen weder fröhlich noch unbefangen klang.

Josefina musste an den Brief in der Kapelle denken und an den Korb mit der Decke, den sie an ihrem ersten Tag in Prechtenstein bei Emma gesehen hatte. Vielleicht hatte Emma tatsächlich eine Affäre, nur gewiss nicht mit Sebastian von Precht. Sie bat Emma, kurz ein Auge auf das Essen zu haben, weil sie sich noch umziehen müsse.

Josefina zog ihr bestes Dirndl an, für Fini, das kleine Kalb. Obwohl es das wahrscheinlich nicht zu würdigen wusste. Schade, dass es keine Tanzfläche gab.

Als Josefina weiter hinunterging, sah sie, wie Sebastian Emma umarmte. Stimmte es etwa doch, was Benno Auerswald dachte? Sie drückte sich an den Rand der Treppe, obwohl es wenig brachte, sie würde gesehen werden. Aber auf sie achtete gerade niemand.

»Er muss dich gehen lassen«, sagte Sebastian leise. »Behalten kann man nur, was man besitzt.«

Josefina stand noch eine kleine Weile da und überlegte, wann es möglich wäre, wieder aufzutauchen. Draußen rief jemand, und Sebastian folgte dem Rufen, ohne sie zu bemerken. Was war das zwischen den beiden?

Emma verschwand in der Küche. Josefina wollte gerade die Treppen weiter hinuntergehen, da tippte ihr jemand auf die Schulter. Nikolaus hatte sich von hinten angeschlichen, wie nur er es konnte, und machte ihr ein Kompliment zu ihrem Dirndl. Oder das, was er für ein Kompliment hielt.

»Prächtige Staffage, verhak dich mit den Schuhen nicht in einem der Gitter, sonst muss man dich rausziehen, und an dir ist einiges dran.«

»Wer dem Sheriff trotzen kann, der bringt es auch fertig, eine Dame in Not aus einem Gitter zu retten.«

Er musste lachen. »Die Rote ist gekommen. Sebastian könnte es ernst meinen«, flüsterte er dann.

Sebastian meinte es womöglich ernst, aber so wie es sich darstellte, vielleicht mit einer anderen.

Sebastian hatte seine Nachbarn eingeladen, von denen jedoch nicht jeder gekommen war. Benno Auerswald tauchte nicht auf. Aber mit ihm hatte er auch bestimmt nicht gerechnet.

Dafür kam Pfarrer Drexel mit einem Präsent. Er lachte in die Runde und begrüßte zuerst Josefina, dann Sebastian und schließlich Nikolaus, der in einer langen Lederhose und dem Trachtenhemd richtig fesch aussah.

»Man sieht dich ja gar nicht mehr«, sagte der Pfarrer und schüttelte ihm freudig die Hand. »Für dich.«

Nikolaus nahm die kleine Schachtel entgegen und kniff die Augen zusammen. »Hast du eine Kröte verpackt?« Er schüttelte das kleine Päckchen.

»Ich würde reinschauen«, schlug ihm der Pfarrer vor.

Um die beiden hatte sich ein Kreis gebildet, jeder wollte wissen, was der Pfarrer eingepackt hatte.

Nikolaus war anzusehen, dass er sein Präsent am liebsten mitgenommen und allein einen vorsichtigen Blick riskiert hätte. Er machte den Deckel auf, und ein Schachtelteufel sprang heraus. Nur dass dieser kein Kasperl oder Ähnliches war; Pfarrer Drexel hatte der kleinen Figur eine Kutte angezogen und einen Heiligenschein aufgesetzt. Ein Pfarrer, der einen Pfarrer schenkte.

Nikolaus von Precht lachte schallend, und Pfarrer Drexel fragte: »Sind wir wieder gut?«

Wofür der Pfarrer wohl gerade Abbitte leistete?, dachte Josefina, dabei hatte ihr der alte Nikolaus doch von der Kröte erzählt, die er Drexel in den Ranzen gelegt hatte. Aber das mussten die beiden aushandeln.

Josefina schaute sich um, wer sonst noch gekommen war. Den Bürgermeister entdeckte Josefina nicht, dafür den Metzger mit Frau, was sie irgendwie überraschte, aber seine Bemerkung im Laden hätte ihr verraten können, dass man sich besser kannte. Eine alte Bäuerin mit Runzeln im Gesicht, aber einem schönen Lachen. Und eine Heilpraktikerin, zu der der alte Nikolaus ziemlich Abstand hielt.

Rowena hatte die Einladung angenommen und sich richtig herausgeputzt. Sie trug Stiefel, einen ausgestellten Rock und eine Bluse, schmucker Country Style; fehlte nur der Cowboyhut. Josefina hätte sich Sebastian und Rowena richtig gut zusammen vorstellen können, und tatsächlich errötete Sebastian, als er ihr sagte, er freue sich über ihr Kommen.

Und dann wurde Josefina zum Tanzen aufgefordert. Nikolaus von Precht bat um das Vergnügen, und Pfarrer Drexel amüsierte sich köstlich.

»Wenn du mich trittst, schreiben wir der Versicherung – Beschädigung der Prothese durch Zwanzig-Zentimeter-Stilettoabsätze.«

Nikolaus nahm sie an den Schultern und wirbelte mit ihr zum Zelt hinaus.

»Wofür hat der Pfarrer sich entschuldigt?«, fragte sie.

»Wir haben ein paar Scheiben in der Gärtnerei eingeworfen – die gehörte damals dem alten Hartl. Die Mutter von Joachim hat da gearbeitet, und der Alte hat sie nicht gut behandelt. Joachim und ich, wir waren gläubige Christen und dachten uns: Auge um Auge. Nur konnte er flitzen, und mich hat der Alte erwischt. Mein Vater war wenig erfreut, und ich bekam den Stock zu spüren, immerhin war das Glas nicht billig. Ich hab den Mund gehalten und gesagt, ich wär's allein gewesen – dafür konnte ich eine Woche nicht sitzen.«

»Und dafür gab's die Kröte«, sagte Josefina.

»Ist ja alles schon gar nicht mehr wahr, so lang ist das her«, wiegelte er ab. »Vielleicht sollte ich ihm diesmal ein Kätzchen einpacken. Für Franziska.«

»Sie haben ja doch ein Herz.«

»Du musst auch immer übertreiben«, raunzte er. »Außerdem will ich überhaupt nicht tanzen«, sagte er dann. »Ich will dir von einer Beobachtung erzählen.«

»Wir tanzen weiter«, sagte Josefina. »Was ist los? Ist jemand von der Bank gekippt nach dem Genuss der Hasenfilets?« Sicher wollte sich Nikolaus nur für den frühmorgendlichen Ausflug revanchieren.

»Jemand observiert uns. Sieht nach einem Feldstecher aus, es spiegelt.«

»Observieren?« Wem würde daran gelegen sein zu wissen, was hier vor sich ging? Die Antwort war einfach, aber Josefina hielt es für Schwachsinn. »Axel Theis oder vielleicht Benno Auerswald liegt auf der Lauer?«

»Irgendjemand liegt jedenfalls auf der Lauer«, sagte Nikolaus.

Josefina schüttelte nur den Kopf und versetzte Nikolaus von Precht so in Schwung, dass er lautstark protestierte.

»Was ist mit mir, junge Frau?«, fragte Pfarrer Drexel, als Josefina zurückkam, und sie erhörte ihn.

Die County Rocker nahmen Musikwünsche entgegen; die Stalltür stand offen, was die Nachbarn amüsierte.

»Er trinkt kein Bier und joggt, oder wie sich das nennt, und jetzt spielt er seinen Kühen auch noch Musik vor«, sagte jemand.

»Aber man kann sagen, was man will, er hält seinen Hof zusammen und ist ein guter Wirtschafter. Die Frau fehlt, aber da sieht's ja auch nicht schlecht aus«, wusste ein anderer und prostete Josefina munter mit seinem Bier zu, das Sebastian angeblich verschmähte. »Ein Hoch auf die fleißige Dorfhelferin!«

Josefina knickste artig.

Pfarrer Drexel verabschiedete sich bald darauf, einen Korb mit einer kleinen schwarz-weißen Katze am Arm. »Es geschehen noch Zeichen und Wunder«, sagte er lächelnd. »Sollte der alte Nikolaus Ihnen aber doch mal wieder zu sehr zusetzen oder Sie sonst meinen Beistand brauchen, Sie können jederzeit mit mir sprechen.«

Die Möglichkeit, sich mit Marcel zu unterhalten, bekam Josefina, nachdem die Band den letzten Song gespielt hatte. Er rauchte hinten im Garten, was ihr sehr entgegenkam, dann würden sie nicht gesehen werden.

Josefina wollte ihn nicht erschrecken. Trotzdem sah er sie erschrocken an, als sie sich räusperte.

»Sie waren im Sägewerk«, stellte er fest.

»Das war ich. Aber nicht nur wegen der Latten für einen neuen Zaun. Ich will, dass du mir etwas erklärst.«

Und jetzt erschrak er tatsächlich. Seine Augen hefteten sich auf das Lederband, das sie am Handgelenk trug.

»Dein Foto war in der Zeitung. Du warst auch auf dem Festival«, sagte Josefina, damit er auch wusste, es gab kein Entkommen. »Der Jaguar ist ein toller Wagen – ich glaube, er hatte auch einen Auftritt in einem Bond-Film. Wenn du ihn dir nicht leisten kannst, egal, er würde ohnehin nicht zu dir passen …« Sie wollte ihn provozieren, ohne genau zu wissen, wozu eigentlich. Aber irgendetwas wusste er, da war sie sich sicher.

»Ich … ja«, sagte er. »Ich weiß nicht viel über Vinzenz. Glauben Sie mir.«

Nicht viel war aber nicht gar nichts. »Warst du in Vinzenz' Mustang, hast du ihn gefahren?«

Er wirkte unsicher. »Nur eine Runde gedreht. Er hätte den Wagen nicht wirklich verliehen.«

Das hätte er tatsächlich nicht getan.

»Du bist der Exfreund von Veronika Landing. Und danach war sie mit Vinzenz zusammen.« Josefina förderte zutage, was sie gehört hatte, was sie glaubte und wusste. Sonderlich üppig war das allerdings nicht.

»Und weil die beiden verschwunden sind, muss ich etwas damit zu tun haben?«, sagte er trotzig.

»Weil auch Fiona verschwunden ist«, sagte Josefina.

»Was hat das alles mit Fiona zu tun? Ja, sie hätte mir gefallen, aber sie gehörte zu Leander, und die Freundin eines Freundes ist tabu.«

Josefina versuchte es anders. »Woher wusstet ihr von dem Mustang im See?«

Er sah sie kopfschüttelnd an. »Wir wussten gar nichts. Leander ist einfach ins Wasser marschiert, er kam auf die hirnrissige Idee, Fiona könnte dort im See sein. Es war ihr Jahrestag, und er war deswegen völlig von der Rolle.«

»Ein Zufall?« Jetzt schüttelte Josefina den Kopf.

Marcel strich sich eine schwarze Strähne aus dem Gesicht. »Ein ganz gemeiner Zufall, der mich fast in höllische Schwierigkeiten gebracht hätte. Das Band kann ich nicht in dem Wagen verloren haben, weil ich es am zweiten Tag des Festivals in einen Abfalleimer geworfen habe. Vroni hatte mir gesagt, dass ihr ein anderer gefällt, und ich konnte mir schon denken, dass es Vinzenz war.«

Josefina sagte nichts. Wahrheit oder Lüge? Vielleicht ein Gemisch aus beidem.

»Und Fiona?« Vinzenz hatte seine Vermutung aufgeschrieben, dass Marcel sich der Tochter des Prechtensteiner Bürgermeisters zugewandt hatte. Aber es war eben nicht mehr – nur sein Gefühl, es könnte so gewesen sein.

»Fiona ist am Abend des Dorffests mit jemandem weggefahren, aber ich war nicht derjenige. Und Leander war es auch nicht.« Marcel ließ ein schiefes Lächeln sehen.

»Wer war es dann?«, fragte Josefina.

»Ich hab mir und meiner tollen Beobachtung lange nicht getraut … tue ich immer noch nicht, denn was hätte derjenige davon. Um Liebe ging es nicht.«

Oder aber, du warst derjenige, und es ging doch um Liebe – enttäuschte.

Josefina hielt das sehr wohl für eine Möglichkeit.

Marcel könnte damit zu tun haben, mit dem Verschwinden von Veronika und Fiona. Aber hätte er Vinzenz überwältigen können? Wo ein Wille ist, da ist auch ein Weg, sagte sie sich. Dasselbe galt für sie, sie würde alles tun, um es herauszufinden. Von ihrer Entschlossenheit brauchte sie niemanden überzeugen. Das Geld wollte sie später Leander geben und ihn bei der Gelegenheit auch ein paar Dinge fragen.

Josefina ging gedankenvoll über den Hof, vorbei am Zelt und in die Küche. Dort konnte sie ein paar Minuten für sich sein. Sebastian war mit Rowena verschwunden. Zumindest nahm Josefina das an. Während die Band ihre Instrumente zusammenpackte, half Emma beim Aufräumen.

»Kann ich Sie etwas fragen? Ich bin nicht sicher, was richtig ist, aber ich glaube, ich muss es sagen.«

»Jederzeit gern«, sagte Josefina. Es war ein kleiner Vertrauensbeweis, dass sich Emma an sie wandte.

»Es ist schon länger her, dass ich oben im Wald unterhalb der Ruine ein komisches Erlebnis hatte. Ich meinte, eine keuchende Stimme gehört zu haben. Ganz kurz, und danach war ich nicht mal mehr sicher, aber dann hab ich davon geträumt, und es hört nicht auf … und gestern dachte ich zum ersten Mal wieder an Fiona. Ich habe Angst …«

Doch bevor Emma noch mehr sagen konnte, kam der alte Nikolaus hereingeschlurft. Seine Leichtigkeit hatte er eingebüßt.

»Ich hab gesagt, dass ich nicht weitertanzen will, aber du wolltest ja nicht hören. Da«, sagte er anklagend. Die Schalen der Prothese hatten sich wieder verschoben. Sie hätte ihm sagen können, dass er daran selbst schuld war, er musste ja unbedingt die Kugel entfernen.

Sie entschuldigte sich bei Emma und dankte ihr für die Hilfe. *Ich habe Angst …* wiederholte sie in Gedanken, als sie ihr nachsah. Angst, wovor?

»Womit beschäftigen sich deine Gedanken schon wieder?«, fragte Nikolaus, der es immer zu merken schien, wenn Josefina angestrengt überlegte.

»Dass ich die County Rocker noch entlohnen muss. Es war ein schönes Fest. Ist es immer noch.« Sie lachte ihn an. »Gibt es irgendwo Sekundenkleber?«

Nachdem Nikolaus ihr die Schublade mit den Klebtuben gezeigt hatte, half Josefina ihm die Treppen hinauf und brachte ihn auf sein Zimmer. Dort kittete sie die Schalen, so gut es möglich war.

»Ich müsste noch mal runter«, sagte er anschließend.

»Müssen Sie nicht«, sagte sie. »Ich hab mich bemüht, es wird auch eine Weile halten, aber es muss aushärten«, behauptete sie.

»Aushärten. Sekundenkleber.« Er war nicht überzeugt.

»Sie könnten sich ans Fenster setzen und etwas auf der Harmonika spielen«, schlug sie vor.

Kaum war Josefina auf der Treppe, spielte er »Muss i denn, muss i denn zum Städtele hinaus, Städtele hinaus …«.

Sie schüttelte den Kopf. Unverbesserlich.

Josefina setzte sich noch ein wenig zu den Nachbarn, bevor die Gemütlichkeit sich in Aufbruchstimmung wandelte. Im Garten sah sie Leander und Toni. Sie hielten sich an den Händen und redeten. Die hübsche Toni und das verlassene Herz.

Wenn sie jetzt nur noch wüsste, was sie nicht wusste.

Josefina räumte die leeren Gläser und Platten auf. Die Bänke und Tische waren verlassen, der Gastgeber verschollen, und der alte Nikolaus stimmte gerade »Hit the Road Jack« auf der Mundharmonika an.

Josefina würde die beiden im Garten leider aufstöbern müssen. Sie ging zu ihnen, entschuldigte sich für die Störung und sagte dann: »Ich fresse einen Besen, wenn man die Band jetzt nicht auch in Prechtenstein einlädt. Es war ein schöner Abend mit jeder Menge guter Musik.«

»Lassen Sie den Besen mal lieber«, sagte Leander. »Das Lob nehme ich gern und verteile es gerecht«, versicherte er ihr.

»Kommen wir zum Geschäftlichen?« Josefina hoffte, Toni würde sich zurückziehen, und ihre stumme Bitte wurde erhört. Plötzlich gab es im Garten nur mehr Leander und sie. Josefina zählte ihm die vereinbarte Summe in bar auf die Hand und legte noch einen Zwanzig-Euro-Schein dazu.

»Das ist ein Bestechungsversuch, denn ich muss unbedingt etwas wissen.«

»Wenn ich kann«, sagte er. »Aber erwarten Sie nicht zu viel, über Vinzenz weiß ich kaum etwas.«

Über Vinzenz hatte sie bislang wirklich kaum etwas erfahren können. Doch ihr ging im Augenblick etwas anderes durch den Kopf.

»Warum dachte Nella Baldus, Fiona könnte dort oben bei der alten Ruine sein?«

Diese Frage hatte Leander offenbar nicht erwartet. »Die beiden haben dort als Kinder einen Gang gefunden. Vielleicht kam ihr der Gedanke, Fiona könnte dort sein«, sagte er und fügte erklärend hinzu: »Man kommt auf allerhand komisches Zeug, wenn einem jemand viel bedeutet. Wo man noch nachschauen könnte, wo man noch nicht gesucht hat … Ich bin tauchen gegangen, weil ich dachte, Fiona könnte vielleicht dort im See sein.«

»Aber das hast du nicht gesagt – bei der Polizei.«

»Die Polizei«, sagte er abschätzig. »Die Spuren sind doch längst kalt. Bis noch jemand vermisst wird. Und mir glaubt die Polizei nicht. Ich bin der Letzte, der Fiona am Abend des Dorffestes noch gesehen hat.«

»Wirklich? – Marcel hat etwas anderes erzählt.«

Es war spät geworden.

Josefina hatte in der Küche aufgeräumt und war dann noch mal hinausgegangen, wo sie sich auf die Hausbank setzte und in die Sterne schaute. Sie atmete tief durch. Sie traute sich nicht zu beten, lass Vinzenz nicht tot sein, ebenso wenig wagte sie aber zu sagen, lass ihn zurückkommen. Manche Gebete wurden erhört, aber ganz anders, als man es sich denkt.

Über Marcel hatte Josefina länger gegrübelt. Leander war der Ehrliche. Und jetzt erzählte Emma etwas von einer Stimme bei der Ruine und dass sie Angst hätte, Fiona könnte dort irgendwo sein. War das überhaupt denkbar? Nella hatte dort oben gesucht, die Polizei sicher auch. Hätten sie Fiona nicht entdecken müssen?

Franziska spazierte dort oben an der alten Ruine in einem weißen Kleid herum, und Nella Baldus wäre fast gestorben, weil sie in eine Felsspalte gestürzt war. Zwei Tage war sie da unten gewesen, bis man sie endlich befreit hatte.

Und seit diesem traumatischen Erlebnis konnte Nella nicht mehr sprechen.

»Es ergibt in der Summe etwas und ergibt doch nicht das Richtige.« Josefina gähnte. Allmählich wurde es ihr kühl in ihrem Dirndl mit den kurzen Ärmeln.

Sie ging hinein, machte die Haustür zu und zog ihre Schuhe aus, dann lief sie barfuß die Treppen hinauf.

Aber wenn sie geglaubt hatte, der alte Nikolaus schlafe schon selig, dann hatte sie sich getäuscht. Er klopfte mit seinem Stock an die Wand und rief: »Dass du gut einschläfst und nicht an du weißt schon was in der Tiefe denkst.« Dann stimmte er auf seiner Harmonika zur guten Nacht ein Schlaflied an.

Dabei hätte sie überhaupt nicht an du weißt schon was in der Tiefe gedacht. »Guten Abend, gut Nacht, mit Rosen bedacht …« Sie schmunzelte. Und mit dem Lächeln auf den Lippen schlief sie ein.

Bis es erneut klopfte, wie ihr schien, nur kurze Zeit später.

Aber es war nicht Nikolaus, es kam von unten. Jemand schlug auf die Haustür ein. Und dieser Jemand hatte keine Nerven und keine Geduld. Josefina rannte in ihrem Nachthemd nach unten. Es musste etwas passiert sein.

Benno Auerswald war mit einem großen Holzscheit angetreten und mit einem mörderischen Zorn. Kein Mensch verstand, was er schrie.

Nikolaus kam die Treppe herunter, Sebastian stand bereits an der Haustür. Er hatte sich mit einem Schürhaken bewaffnet, geöffnet, und jetzt stand ihm der Auerswaldbauer gegenüber.

»Er will seine Frau«, übersetzte Nikolaus dessen Geschrei.

»Emma ist doch gar nicht mehr da.« Josefina sah Sebastian an. Sie hatte sich verabschiedet, und das würde Josefina, wenn nötig, auch beschwören.

Auerswald war nicht so groß wie Sebastian, aber er beeindruckte durch seine Statur. Der Precht-Bauer war schmal, Benno

Auerswald hatte eine breite Brust und stämmige Oberschenkel. Das Holzscheit fuhr zischend durch die Luft. Josefina duckte sich, Sebastian rief irgendwas, und Nikolaus schmetterte: »Ja, bist du denn noch zu retten!«

Er vertrat die Autorität des Alters und riss dem schwer atmenden Auerswald das Scheit aus der Hand. Der blinzelte, als könne er nicht glauben, was er hier tat.

»Ich hab gemeint ...« Er fuhr sich mit den Händen durchs Haar. Offenbar war er völlig am Ende. Er war unrasiert und wirkte, als hätte er sich die ganze Nacht über Sorgen gemacht. Ohne sein Holzscheit schien er in sich zusammenzufallen.

»Emma ist nicht nach Hause gekommen«, sagte er leise. »Ich wollte wissen, ob sie bei dir ist.«

»Benno, was du dir da zusammenphantasierst ... Emma ist nicht hier. Du kannst nachschauen.« Sebastian öffnete die Tür noch ein Stück weiter und ließ unauffällig den Schürhaken verschwinden.

»Und wenn sie nicht zurückkommt? Was soll ich dann machen?«

40

Erdbeeren und Fuchsien zeigen kommenden Regen dadurch an, dass sie Tautropfen an den Blatträndern bilden.

Die Nachricht breitete sich wie ein Feuer aus, und mit ihr kamen all die scheußlichen Erinnerungen hoch.

Emma Auerswald war verschwunden, irgendwann zwischen gestern und heute nach dem Fest auf dem Precht-Hof.

Leander hatte Emma während des Fests nur flüchtig wahrgenommen. Auf der Bühne hatte er sich auf seine Musik konzentriert, und hinterher hatte er nur Augen für Toni gehabt.

Doch dann hatten sie beobachtet, wie Emma in die Kapelle ging, und Toni hatte gescherzt, dass man da drin sicher herrlich ungestört wäre, und ihn spielerisch auf den Arm geboxt.

Wie es schien, waren sie die Letzten, die Emma Auerswald gesehen hatten. Axel Theis würde auftauchen und sie alle befragen. Und er hätte kein Problem damit, der Band die Schuld zu geben. Woran auch immer.

War außer Emma noch jemand in der Kapelle gewesen? Ziemlich sicher, denn Leander hatte gesehen, dass die Kerzen im Inneren brannten. Aber das würde er Axel Theis bestimmt nicht auf die Nase binden.

Er wartete auf Toni und die anderen in Philomenas altem Backhaus. Die Instrumente hatten sie heute am frühen Morgen zwar ausgeladen, aber die eingespielte Gage noch nicht aufgeteilt. Josefina Jungblut war großzügig gewesen. Sie hatte ihm das Geld gegeben, sich bedankt und seine Hand einen Augenblick länger gedrückt.

Er wusste genau, wie sie sich fühlte, wie es sich anfühlte, wenn eine geliebte Person verschwand und es kein Lebenszeichen gab, wenn es überhaupt nichts gab, auch keine Überreste, die man begraben und betrauern konnte. Wenn da einfach nichts mehr war.

Und jetzt war Emma verschwunden.

Die Tür ging auf, und Marcels Kommentar unterbrach Leanders Grübeleien.

»Die ziehen uns das Fell ab«, sagte er. »Gott, und ich hab

noch mit ihr herumgealbert.« Marcel begann, das Schlagzeug mit seinen Sticks zu bearbeiten.

»Und ich zieh dir gleich das Fell ab«, sagte Leander und baute sich drohend vor ihm auf. Marcel gab einen überraschten Laut von sich.

»Das Dorffest«, half ihm Leander auf die Sprünge. »Wen hast du mit Fiona gesehen?«

»Sie ist in ein Auto eingestiegen. Ich hab nicht gesehen, wer der Fahrer war. Was soll das jetzt?«

»Hört auf«, bat Toni, aber niemand beachtete sie.

»Vroni ist auch verschwunden, und sag nicht, dass es dich kaltgelassen hat, dass sie was mit Vinzenz Jungblut angefangen hat«, ging Leander zum Angriff über. Er hatte Marcels Heimlichtuerei satt.

»Bitte hört auf«, sagte Toni noch einmal. Aber wieder erreichte sie damit nichts.

»Du warst scharf auf den Wagen, hast gedacht, dann kommt sie zu dir zurück. Darum ging es doch, oder? Es sind auch andere gegen ihn gefahren, darum weiß ich, dass der überhebliche Arsch so überzeugt von sich war, dass er den Mustang als Einsatz genommen hat.«

»Ja, er war ein überheblicher Arsch, aber Vroni hatte ich abgeschrieben, sollte sie mit ihm glücklich werden. Ich bin nicht gegen Vinzenz gefahren. Womit denn, hä? Weißt du was, glaub doch, was du willst.« Marcel machte eine wegwerfende Handbewegung, als wäre ihm Leanders Meinung gleichgültig.

»Was war mit Fiona?«, hängte Leander die nächste Frage an.

»Nichts war mit Fiona. Wärst du nicht gewesen, ich hätte es bei ihr probiert, aber ...«

»Vielleicht hast du's ja bei ihr probiert. Und vielleicht auch bei Emma.« Jetzt war er übers Ziel hinausgeschossen, und Leander wusste es. Er schlug blindlings auf alles ein. Es durfte sich nicht wiederholen.

»Emma Auerswald ist süß, aber auch sehr verheiratet.«

»Das ist absolut krank!«, schrie Christian, und Leander fiel auf, dass er ganz verquollene Augen hatte. »Teilt euch das Geld, interessiert mich nicht.« Er stürmte hinaus.

»Ihr macht mir Angst«, sagte Toni. »Was sollen die gegenseitigen Beschuldigungen? Davon haben weder Vroni noch Fiona noch Emma etwas.«

»Was ist mit Christian los?«, fragte Leander. »Er sah fix und fertig aus.«

»Was glaubst du wohl?«, sagte Toni und griff nach seiner Hand. »Hast du nicht gesehen, wer gestern vor Emma in die Kapelle gegangen ist?«

»Christian?«, fragte er ungläubig.

»Christian«, bestätigte Toni.

Eine kleine Glasscheibe ist der beste Scherenschleifer.

41

Die Vergangenheit ist tot, hatte Axel Theis gesagt. Aber gerade holte sie alle diese Vergangenheit in einem beängstigenden Tempo ein.

Emma war nirgends zu finden und Benno Auerswald in Auflösung begriffen. Wie ein Häufchen Elend hatte er ihnen am frühen Morgen in der Küche gegenübergesessen, während Sebastian ihm immer wieder versicherte, er und Emma seien kein Paar.

Auerswald glaubte ihm nicht, und auch Josefina wusste nicht, was sie glauben sollte. Sie hatte gehört, was Sebastian zu Emma gesagt hatte.

Aber so gefühlskalt war Sebastian nicht, einen anderen Menschen so leiden zu lassen, und auch nicht solch ein überzeugender Schauspieler.

»Die Polizei ist überzeugt, es gibt diesen Liebhaber. Emma könnte vorhaben, mit ihm wegzugehen. Vielleicht habt ihr ja vereinbart, euch irgendwo zu treffen, und sie sitzt in einem schönen Hotel und lässt es sich gut gehen. Und ich springe im Dreieck vor lauter Sorgen!« Er hatte die Stimme erhoben und fixierte Sebastian. »Oder du bist der Mörder. Ich bring dich um, wenn ich erfahre, dass du was mit meiner Frau hast.«

Josefina hätte gern gesagt, er rede völligen Blödsinn, das eine ging nicht, wenn man das andere annehmen wollte, aber bevor sie den Mund öffnen konnte, streckte der sonst so ausgeglichene und ruhige Sebastian den Arm aus, packte Benno Auerswald am Kragen und zog ihn quer über den Tisch.

»Du wirst dich jetzt beruhigen«, sagte er. »Und ich will nicht mehr hören, dass du jemanden beschuldigst.«

Auerswald nickte verdattert. Sebastian gab ihn wieder frei.

Josefina musste daran denken, dass der alte Nikolaus davon gesprochen hatte, jemand habe mit einem Fernglas das Fest beobachtet. Wenn das stimmte …

Sie musste mit Sebastian reden, nachdem Auerswald gegangen war – und am besten bevor Axel Theis kam und Fragen stellte.

Von ihrem Fest war nichts mehr zu sehen, alles war aufgeräumt, abgewaschen und verstaut. Die Cateringagentur hatte am Vormittag das Zelt wieder abgeholt, mit den Bierbänken, den Tischen und dem Geschirr.

Sebastian saß auf der Holzbank vor dem Haus und blätterte in einem Heftchen. Er wirkte niedergeschlagen. Anders als Benno Auerswald, aber ähnlich traurig.

Josefina stutzte, als sie sah, worin er da blätterte. Es war ein Heimatroman.

»Ist das die Fortsetzung?«, fragte sie. Sie hatte überhaupt nicht mehr daran gedacht.

Ein leises Lächeln spielte um seinen Mund. »Maria gerät in Verdacht, Lois umgebracht zu haben, sie muss fliehen. Aber das Kind kann sie nicht mitnehmen, deshalb vertraut sie es ihrer besten Freundin an. Sie weiß, sie kann nur zurückkommen, wenn sie ihre Unschuld beweisen kann. Nur wie ihr das gelingen soll … Aber es gibt einen Zeugen. Er hat gesehen, dass Maria sich nur gewehrt hat. Dann erleidet Marias Freundin eine Fehlgeburt und gibt Marias Kind als ihr eigenes Kind aus. Sie kann nicht zulassen, dass Maria davon erfährt und zurückkommt.«

»Du hast den Roman gelesen«, sagte Josefina erstaunt.

»Äh, ja«, gestand er. »Aber eigentlich ist er natürlich für dich, ich hab ihn dir mitgebracht.«

Josefina freute sich. Aber es war doch noch gar nicht Monatsende. Die Fortsetzung gab es eigentlich noch nicht.

»Das ist großartig«, sagte sie. Etwas anderes wäre noch viel großartiger – wenn Emma zurückkommen würde. Josefina wurde trotz der Wärme kalt.

»Sebastian … ich habe Emma und dich gestern gesehen, und ich habe gehört, wie du ihr gesagt hast, Benno müsse sie gehen lassen. Was ist das zwischen euch, und warum müsst ihr etwas verheimlichen?«

Er sah sie an, als würde er nicht verstehen, wovon sie sprach. »Emma liebt nicht mich, sondern einen jüngeren Mann, und der liebt sie«, sagte er dann. »Wir sind lange befreundet, und sie hat sich mir anvertraut. Er und Emma tauschen Nachrichten in der Kapelle aus. Wenn ich doch nur wüsste, wer er ist, aber das wollte sie nicht sagen.« Sebastian schlug mit der flachen Hand auf die Bank. »Für Benno gehört sie zum Inventar des Hofes. Sie ist sein Besitz.«

»Blöder Kerl«, hörte sich Josefina sagen. Besitzergreifende Menschen waren gruselig. Ebenso Menschen, die etwas unterstellten. Menschen wie sie.

»Würde Emma mit ihrem Liebsten weggehen?«, fragte sie. »Das Fest wäre eine gute Gelegenheit gewesen.«

»Dann müsste noch jemand verschwunden sein. Ich glaube, das ist aber niemand.« Sebastian rieb sich über die Augen.

Sie hätten davon gehört, ziemlich sicher, es hätte sich herumgesprochen, das dachte auch Josefina. Emma hatte gestern ein komisches Erlebnis erwähnt und dass sie dort unterhalb der Ruine eine Stimme gehört habe.

»Ich habe Emma zuletzt gegen elf Uhr gesehen, die Nacht hab ich mit Rowena verbracht«, sagte Sebastian. »Eine Frau wie sie habe ich vorher noch nie getroffen. Der Roman ist übrigens von ihr, sie schreibt diese Serie. Und sie als Autorin bekommt den neuesten Band als Erste. Ich schreibe Gedichte und sie Heftromane. Nikolaus wird vor Lachen aus dem Fenster fallen.«

»Hoffentlich nicht«, sagte Josefina. »Wo ich doch grade erst die Prothese restauriert habe.«

»Ich hoffe wirklich, er hört mit dem Unsinn auf. Hast du zufällig gesehen, wo er das Gewehr versteckt hat?«

»Nicht direkt«, sagte Josefina, und es war irgendwie die Wahrheit. Der alte Nikolaus hatte das Gewehr ja gerade nicht. Sebastian würde Nikolaus die Flinte wegnehmen, aber im Grunde ihres Herzens dachte Josefina, dass der alte Nikolaus recht hatte. Sein Grund und Boden, sein Wild. Dieser Jäger war berechenbar, er brauchte nicht gefürchtet zu werden, obwohl ihm Josefina lange nicht über den Weg getraut hatte. Doch einen anderen musste man fürchten.

Der Heftroman lag zwischen ihnen, als das Auto des Polizeichefs vor der Bank mit Josefina und Sebastian anhielt.

Axel Theis stieg aus, eine schwarze Jeans, ein leichter Pulli in Weiß, dazu Lederjacke und Lederstiefel. Er sah gut aus, keine Frage, und er wusste es auch. Sein Blick fiel zuerst auf Josefina, dann auf Sebastian, aber die Begrüßung übernahm ein anderer. Nikolaus stand im Hauseingang, möglich, dass er ihr Gespräch mitangehört hatte, er zwinkerte Josefina zu.

»Ich glaube, wir haben mit dir gerechnet«, sagte er. »Gibt es eine Spur?«

»Ja, tatsächlich, es gibt einige. Und alle führen sie hierher.« Theis verschränkte die Arme vor der Brust und sah Josefina direkt an.

Josefina verschränkte ihre. »Du hast recht, hier ging gestern etwas vor: Jemand hat unser Fest beobachtet. Ein Fernglas spiegelte in der Sonne.« Sie schaute kurz zu Nikolaus. Es war nicht ihre Beobachtung, aber was sollte der Unsinn mit den Spuren, die alle angeblich hierherführten?

»Es ist wieder passiert«, sagte Theis. »Und ich hatte dich gewarnt. Es ist nicht das erste Mal, dass die Rocker auftreten und tags darauf jemand verschwindet. Und du kannst dir denken, dass wir nicht mehr davon ausgehen, sie lebend zu finden. Und jetzt Emma.«

Axel Theis ist nicht geheuer, hatte Nella für sie aufgeschrieben, und gerade kamen ihr seine Anschuldigungen ziemlich ungeheuer vor.

Josefina wollte schon etwas erwidern, als Nikolaus ihr nicht gerade leise zuraunte: »Den werfe ich auf den Mist.«

»Versuch es«, meinte Axel Theis.

»Ich meinte damit, ich werfe denjenigen, der auf mich geschossen hat, auf den Mist.« Und dazu grinste er unverschämt.

»Jemand hat auf dich geschossen? Und du weißt auch, wer?«, fragte Theis.

»Ich habe die Kugel«, antwortete Nikolaus und öffnete die Handfläche. So wie er Theis anstarrte, musste dem klar sein, wer sein Verdächtiger Nummer eins war.

»Du wolltest sicher fragen, wann Emma gegangen ist«, versuchte Josefina die Situation zu entschärfen. »Ich war mit ihr in der Küche, und als wir mit dem Geschirr und dem Aufräumen fertig waren, hat sie sich verabschiedet. Das war kurz nach Mitternacht.«

»Und danach hat sie sich mit jemandem getroffen. Ihrem Liebhaber vielleicht?« Axel Theis sah Sebastian an.

Josefina war froh, dass der eine Verabredung gehabt hatte und dass sie es wusste.

»Ich hab Sebastian mit der Roten gehen sehen«, sagte Nikolaus. »Und das war viel früher.«

»Rowena vom Bunten Laden«, half Josefina, obwohl das sicherlich völlig unnötig war.

»Benno Auerswald ist ein Hornochse«, steuerte Sebastian bei.

»Der dich verdächtigt, mit seiner Frau zu schlafen.« Theis grüßte mit einem eisigen Lächeln und deutete dann auf Nikolaus. »Wir sehen uns, wenn du deine Anzeige aufgibst oder wenn ich dich mir wegen Wilderei kaufe.«

42

Blumenkohl, Rotkohl, Wirsingkohl, Weißkohl
bleiben von Raupen verschont,
wenn man Tomatenpflanzen dazwischensetzt,
deren Geruch die Schmetterlinge vertreibt.

»Warum du?«, wollte Nella sagen, aber es kam nur ein Krächzen heraus. Ihre Stimmbänder gehorchten ihr nicht.

Es war Christian gewesen, der am Morgen nach dem Fest auf dem Precht-Hof zu ihr gekommen war. Er hatte nicht gewusst, mit wem er reden sollte, sagte er, er wollte einfach jemandem davon erzählen. Er hatte seine Liebe verloren …

Nella verstand zuerst überhaupt nichts. Er weinte, und sie hielt ihn fest, bis er sich wenigstens ein bisschen beruhigt hatte. Emma Auerswald war verschwunden, seine Emma. Sie hatten sich in der Kapelle auf dem Precht-Hof getroffen, und Emma war gelöst und freudig gewesen, als hätte sie für sich eine Entscheidung getroffen.

Christian nahm an, dass es mit ihrem Mann zu tun gehabt hatte, und er hatte Angst, dass Benno ihr etwas angetan haben könnte.

Nella hatte eine eisige Kälte gespürt, die von ihr Besitz ergriff, und als Christian fort war, kochte sie für sich eine Kanne Tee. Vermisst, würde es nun heißen. Oder schlimmer …

Sie trank einen großen Schluck Tee und räusperte sich. Damit und mit den Versuchen, sich verständlich zu machen, verbrachte sie schon die halbe Nacht.

Seit acht Monaten war es ihr nicht mehr gelungen, auch nur ein Wort zu sagen. Davor hatte sie geredet wie ein Wasserfall, sodass Fiona ihr einige Male lachend den Mund zugehalten hatte. *Halt die Klappe,* hatte sie gescherzt. Nella wünschte sich die Zeit zurück, in der sie zusammen verrückt gewesen waren.

»Warum du?«, fragte Nella noch einmal lautlos.

Sie hatte Angst. Angst, hinter der sie sich schon viel zu lange versteckte. Seit dem Dorffest, als sie Fiona in sein Auto einsteigen sah und ihre Freundin nicht zurückkam.

Nella glaubte nicht, dass Fiona sich ihm angeboten hatte, aber vielleicht hatte sie einen dummen Fehler gemacht. Nella hatte nach ihr gesucht, weil sie gehofft hatte, Fiona hätte sich vielleicht versteckt. In dem alten Gang, ihrem gemeinsamen Geheimnis.

Aber dort war sie nicht gewesen, Nella hatte nirgendwo auch nur den kleinsten Hinweis gefunden. Und auf dem Rückweg rutschte sie in die Felsspalte. Sie hatte nicht aufgepasst, sie hatte nichts sehen können vor lauter Tränen. Und da lag sie dann, eingeklemmt, von feuchtem Fels umgeben, mit aufgeschürfter Haut und schrie um Hilfe, bis sie sich sicher war, dass keine je kommen würde.

Sie hatte jedes Zeitgefühl verloren gehabt, als irgendwann ein Gesicht über ihr auftauchte. Die verwirrte Franziska, die ihr ein »Schhh, leise, leise« zuflüsterte, das sie dort unten kaum verstand. »Ich hole jemanden«, hatte sie gesagt.

Und tatsächlich war der Pfarrer mit einigen Helfern gekommen, darunter auch ihr Vater. Sie hatte ihnen danken wollen, aber aus ihrem Mund war kein Ton gekommen.

»Sie steht unter Schock«, hatte der Arzt gesagt. »Es ist möglich, dass es einige Zeit dauert, bis Nella über das Erlebnis sprechen kann. Verlangen Sie nicht zu viel, seien Sie geduldig«, riet er ihrem Vater.

Und niemand hatte etwas von ihr verlangt. Doch jetzt verlangte sie selbst etwas von sich.

Nella würde alles tun, um ihrer Stimme wieder einen Klang zu geben. Sie durfte Emma nicht im Stich lassen. Nella kannte Emma Auerswald kaum, aber sie kannte Christian gut. Und während sie noch darüber nachdachte, kam ihr Vater mit der Neuigkeit über Emmas Verschwinden herein. Christians früher Besuch war von ihm nicht bemerkt worden, wofür sie dankbar war.

Wilfried formulierte es vorsichtig, weil er glaubte, sie würde es sowieso bald hören. Über Nellas Wangen liefen Tränen.

»Du bist traurig, ich wusste nicht, dass du Emma so gut kennst, und du weißt doch, was man sich erzählt, dass Benno kein Ehemann ist, der sich die Frau wegnehmen lässt. Hoffentlich geht es gut aus, und Emma kommt wohlbehalten nach Hause. Vielleicht ist sie nur fortgelaufen.« Wie immer hängte ihr Vater alles aneinander, sodass man darauf achten musste, nichts zu verpassen. Aber sie war es gewohnt.

»N-e-i-n«, sagte Nella langsam. Es war mühevoll. »Nein.« Sie gestikulierte mit den Händen, falls die Worte nicht ausreichen würden und zu undeutlich waren.

»Nella!« Ihr Vater umarmte sie überschwänglich. Jetzt war er derjenige, der sprachlos war.

»Nichts … sagen … bitte!«, sagte Nella. Er durfte niemandem davon erzählen, doch ob er sie in seiner Freude überhaupt verstanden hatte …

Bratensoße bekommt ein besonderes Aroma, wenn ein Stückchen Apfel oder Brotrinde mitgebraten wird.

43

Hatte Axel Theis eben angedeutet, Emma sei tot? Oder was hatte er damit gemeint, sie würden die Vermissten nicht lebend wiedersehen?

Josefina sprang auf und rannte hinter Theis' Auto her; sie hatte gar nicht gewusst, dass sie so schnell laufen konnte.

Theis stoppte und ließ das Fenster herunter. »Eine schöne Frau läuft mir nach, das hat man nicht alle Tage«, sagte er. Fühlte er sich etwa geschmeichelt? Idiot.

Josefina brauchte einige Sekunden, um wieder zu Atem zu kommen. »Emma ist tot?«, fragte sie dann.

»Neugierig, Josefina?«, wollte er wissen. Seine Augen wurden zu toten Murmeln, und sein Ton kühlte merklich ab.

»Was ist mit dem hilfsbereiten Polizisten passiert?« Josefina wusste, sie würde keine Antwort bekommen, woher sollte er die auch nehmen. Sie hatte ihn gerade mehr oder weniger beleidigt.

»Emma ist entweder über alle Berge oder sie wurde von ihrem Ehemann oder ihrem Liebhaber ermordet.«

»Aber es wurde keine Leiche gefunden?«

»Keine Leiche.« Und damit ging das Fenster wieder zu, und Axel Theis fuhr davon.

Josefina stand einfach da und starrte dem Wagen hinterher, auch als schon kein Wagen mehr zu erkennen war, bis der alte Nikolaus sich trotz seiner schadhaften Prothese schimpfend auf den Weg machte.

»Den magst du doch gar nicht. Es gibt nette Männer – bei uns zwar nicht, aber …«

Josefina musste lachen. »Ich wollte wissen, ob sie eine Leiche gefunden haben«, sagte sie. »Das haben sie nicht.«

Aber ab dem heutigen Tag würde auch Emma zu den Vermissten gehören.

Nikolaus hakte sie unter, und so gingen sie zusammen zurück.

»Ich glaube, er ist gefährlich«, sagte Josefina unvermittelt.

»Da ist etwas in seinen Augen, er schaltet es an und wieder ab, und dahinter verbirgt sich ein Geheimnis. Er hält mich für neugierig, was ich natürlich bin, aber anders, als er denkt.«

»Du und die Geheimnisse. Ich brauche meine Flinte. Die ich nebenbei bemerkt reinigen muss für die nächste Jagd.«

Es war Abend geworden, und Josefina hatte sich auf ihr Zimmer zurückgezogen. Sie schaute aus dem Fenster, als wäre dort draußen irgendetwas zu sehen. Josefina dachte an Emma, wie das wahrscheinlich gerade der ganze Ort tat.

Um sich abzulenken, las sie den Heimatroman, über den sie sich wirklich gefreut hatte, obwohl sie doch nur noch Romane mit einem Ende lesen wollte. Und dieser hatte wieder keins. Aber immerhin gab es auf der letzten Seite einen Hinweis, dass die Leser Maria wiederbegegnen würden und der nächste Roman gleichzeitig der letzte der Serie sein würde.

Josefina legte das Heftchen auf den Nachttisch. Überall nur Lügen. Ihre Augen waren feucht, und eine letzte Träne kullerte über ihre Wangen.

Müssten sie nicht alles tun, um Emma zu finden? Aber vielleicht war sie längst tot.

Sie stand auf und holte ihr Notebook. Die Bäuerin im Heimatroman wollte einen unliebsamen Zeugen loswerden, und wie sie das tat, daran war Josefina gedanklich hängen geblieben. In einer Kiste. Es erinnerte sie an etwas. An einen Kriminalfall, der sich vor vielen Jahren in Bayern zugetragen hatte. Davon gehört hatte sie erst, als der Täter gefasst worden war.

Sie fand den Fall auf Anhieb. Ein zehnjähriges Mädchen war entführt worden – später hatte man es in einer Kiste unter der Erde im Wald gefunden. Die Kiste war ihr Sarg geworden.

»Du hast wieder geheult«, beschwerte sich Nikolaus am Morgen.

»Kaum«, wehrte sich Josefina.

»Sebastian hat gesagt, es ist wegen Emma und wegen Maria. Wer ist denn jetzt diese Maria?« Er konnte es nicht leiden, wenn er nicht über alle Einzelheiten im Bilde war.

»Eine, mit der man mitleidet, wenn ihr etwas Schlimmes widerfährt – was zum Glück nur auf dem Papier passiert«, sagte Josefina. »Im neuen Romanheft, für das Rowena die Geschichte geschrieben hat.«

»Die Rote schreibt dieses Heulzeug? Beinahe hätte sie mir gefallen.«

»Mir gefällt sie«, ließ sich Sebastian vernehmen. »Wenn du dich benimmst, stelle ich sie dir vor.«

»Wozu denn, ich kenne sie ja schon. Sie kann bestimmt nicht kochen wie Josefina. Und auch nicht so schnell rennen. Gitarre spielt sie nicht, und Geburtshelferin ist sie auch keine.« Nikolaus zog ein Gesicht.

»Josefina will mich nicht heiraten und ich sie auch nicht«, versuchte ihm Sebastian begreiflich zu machen.

»Ich hab schon dezent angefragt, ich bin der Brautwerber.«

»Nein«, sagten Josefina und Sebastian gleichzeitig.

Bevor das Hin und Her in die zweite Runde ging, verkündete Josefina, sie müsse nach Prechtenstein, ein Geheimnis lüften.

Jetzt wandten sich ihr zwei fragende Mienen zu.

»Du bringst dich aber nicht in Schwierigkeiten, oder?«, fragte Sebastian.

Josefina erwiderte nichts darauf.

»Nach Emma wird gesucht, und Benno und ich treffen uns nachher. Wir wollen auch suchen«, sagte Sebastian.

Das klang nach Aussöhnung, zumindest aber nach einem gemeinsamen Vorhaben. Josefina glaubte jedoch nicht an den Erfolg einer Suchaktion.

»Was gibt's zu essen?«, wollte Nikolaus wissen. »Wir tun Emma keinen Gefallen, wenn wir vor ihr sterben.«

»Nikolaus, das ist geschmacklos.« Sebastian stand auf. »Ganz fürchterlich geschmacklos.«

»Genau, und genau darum geht es, um Geschmack. Meinen.«

»Du könntest dich an der Suche beteiligen«, schlug ihm Sebastian vor.

»Axel Theis hat mir in die Prothese geschossen, Josefina wird dir sagen, dass ich damit nicht weit komme.« Nikolaus klopfte auf die Hartschalen.

»Hör endlich auf. Das ist Unsinn. Warum sollte ein Polizist auf dich schießen?«

»Nicht weil er meint, ich würde wildern, so viel steht fest. Er will etwas verheimlichen. Vielleicht komme ich drauf«, gab Nikolaus zurück.

»Möchte nicht wissen, was du alles verheimlichst.« Sebastian stand auf und machte die Tür hinter sich zu.

»Das will er garantiert wissen«, sagte Nikolaus zur verschlossenen Tür, und Josefina hatte einen Geistesblitz, aber dann war er wieder fort. Verheimlichen war das Wort mit dem Widerhaken. Aber bevor sie eine Möglichkeit hatte, den Haken zu begutachten, kam Nikolaus noch mal auf seine Verpflegung zurück.

»Eine große Ofenkartoffel mit Füllung«, lautete Josefinas Angebot.

»Zwei große Ofenkartoffeln«, sagte Nikolaus, der schon aus Gewohnheit immer das letzte Wort haben musste.

Josefina und die Ente waren wieder unterwegs.

Sie steuerte als Erstes den Bunten Laden an. Es wurde getratscht, der halbe Ort schien sich dort versammelt zu haben.

Rowena eiste sich von einer dicklichen Frau los und kam zu ihr herüber. Josefina bedankte sich für das Romanheft.

»Ich heule mir noch die Augen aus dem Kopf, wenn es nicht bald ein gutes Ende nimmt ... Ich wollte sagen, ich habe bisher jede Fortsetzung gelesen«, bekannte sie.

»Mir kommen meine erfundenen Geschichten allmählich gar nicht mehr so weit hergeholt vor. Auf dem Land geschieht einiges, nur dass sich so etwas auch in Prechtenstein zutragen kann ...« Rowena ließ ein Seufzen hören, während um sie herum darüber gemutmaßt wurde, was Emma Auerswald zugestoßen sein könnte. Ob ihr überhaupt etwas passiert war.

»Alle sind in großer Sorge, nur Wilfried kann sich ein wenig freuen, weil Nella anscheinend wieder spricht.«

Josefina sah sich um, Nella war nicht im Laden, so wie auch schon bei ihrem letzten Besuch hier.

»Aber nur weil Nella zwei Worte gesprochen hat, heißt das noch nicht viel«, sagte Rowena bedauernd.

Das glaubte Josefina aber doch.

Sie kaufte eine Taschenlampe und verließ den Bunten Laden wieder. Einen Augenblick verharrte sie unentschlossen vor der Tür, dann lenkte sie ihre Schritte zum Pfarrhaus.

»Josefina, wie schön«, wurde sie von Drexel begrüßt. »Franziska hat sich sehr über das Kätzchen gefreut.«

Josefina freute sich, dass Franziska sich freute, aber sie war in einer völlig anderen Absicht hergekommen.

»Herr Pfarrer, ich möchte Sie um Beistand bitten, vielleicht ist er nötig.« Und Josefina erklärte ihm, woran sie dabei dachte und dass sie vielleicht einiges an Werkzeug brauchen würden.

Pfarrer Drexel schnaufte hörbar. »Das wäre ja … Ich will das nicht mal zu Ende denken, aber ich verspreche, ich werde da sein. Mit dem Werkzeug.«

Zu Haus ist zu Haus,
und wär es noch so schlecht.

44

Er wusste, er musste sich beeilen. Nichts hasste er mehr als schlampige Arbeit, aber es ging nicht anders.

Emma plapperte zu viel. Die hübsche Emma, jetzt wäre sie noch vor der Dorfhelferin an der Reihe.

Die Dorfhelferin, die die Verwirrte aufgescheucht hatte. Für seinen Geschmack ein bisschen zu sehr. Franziska hatte ihn gesehen, aber hatte sie ihn wirklich *gesehen*? Sie war nicht ganz klar, aber er meinte in ihren Augen ein Begreifen wahrgenommen zu haben.

Glauben würde ihr niemand, nicht einmal der Pfarrer, deshalb konnte er sie vernachlässigen. Und vielleicht hatte sie es ja schon im nächsten Augenblick vergessen. Das alte Weib sah nicht aus, als könnte sie einen Gedanken bis zum Ende verfolgen.

Doch jemand anderer hatte es längst getan.

Er sollte daran denken vorzusorgen.

Die Eile behagte ihm überhaupt nicht.

Im Frühjahr Spinnweben auf dem Feld
gibt einen schwülen Sommer.

45

»Was machst du denn da, um Himmels willen?«

Josefina hörte die Frage, weil das Küchenfenster offen stand und es daraus hervorqualmte und weil Sebastian die Frage schreiend gestellt hatte.

»Wenn sie nicht kommt, muss ich mich eben selbst kümmern. Schau, wie schön ich die Tomaten geschnitten hab.«

»Das schwarze Zeug, das sind die Tomaten, ah ja«, kam es giftig zurück, begleitet von einem heftigen Husten.

Gedankenvoll war Josefina zurück zum Hof gefahren, alles kam ihr trübe vor, als hätte ein Künstler mit dunklem Firnis die leuchtenden Farben abgedämpft; der Himmel hatte an Blau verloren, das Gras sein Grün, und zwischen den Bäumen hing grauer Nebel.

Die beiden in der Küche würden sich jeden Moment gegenseitig erwürgen, wenn sie nicht dazwischenging, und doch kam ihr ausgerechnet das vollkommen normal vor. Beruhigend normal.

Sie nahm die Tüte mit den Einkäufen aus dem Wagen und fragte sich, womit der alte Nikolaus die Tomaten schwarz bekommen hatte.

»Endlich«, wurde sie empfangen.

Josefina wedelte sich mit der Hand die Sicht frei. Der dunkle Qualm drang aus dem Ofen.

»Was haben Sie da drin?«, fragte sie und riss das Backblech heraus.

»Kartoffeln und Gemüse.«

Nachdem sie die Masse vom Blech gekratzt und Nikolaus aufgetragen hatte, er müsse die neuen Tomaten genauso schön schneiden wie die ersten, lüftete sie erst einmal ausgiebig und stellte dann die Kartoffeln auf. Große Kartoffeln. Die würden im Dämpfer einige Zeit brauchen, bis sie gar genug waren, um sie auszuhöhlen und zu füllen.

Sie musste nicht an sich riechen, Josefina wusste, dass sie stank, als käme sie aus einem Brandhaus.

»Neuigkeiten von Emma?«, erkundigte sie sich, obwohl sie wusste, es würde keine geben.

Sebastian schüttelte den Kopf. »Wir haben uns aufgeteilt und die ganze Gegend abgesucht. Der komplette Ort, auch unser Bürgermeister und …«, er geriet ins Stocken, »Axel Theis.«

»Was ist denn die ganze Gegend? Wo genau wurde gesucht?«

»Überall, nur haben die Sucher die Felsspalten um die Ruine gemieden, weil ihnen allen Nellas Unfall durch den Kopf ging. Dafür haben der Bürgermeister, Theis und ein paar Gemeindeleute das Gebiet übernommen. Ich war auch dabei.«

Josefina konnte sich denken, dass so eine Suche nicht still verlief, und so würde niemand etwas hören können. – Keinen leisen Hilferuf.

»Ich verstehe es nicht, es ist nicht Emmas Art«, meinte Sebastian.

Nicht Emmas Art. »Es war auch nicht Vinzenz' Art«, sagte Josefina. »Und doch liegt sein Ford Mustang im Halbinger See, und von ihm fehlt jede Spur.«

Für Josefina stand fest, sie würde sich so schnell wie möglich auf den Weg zur Ruine machen. Dorthin, wo Franziska als Weiße Frau umging und wo Emma Auerswald ihr seltsames Erlebnis gehabt hatte. Sie wollte Antworten, und sie würde keine Ruhe geben, bis sie sie bekam.

Josefina nahm die Kartoffeln aus dem Dämpfer. Nikolaus hatte sich alle Mühe gegeben mit dem Schneiden seiner Tomaten. Jetzt machte er Anstalten, sich aus der Küche zu schleichen. Josefina unterdrückte ein Lachen.

»Meine Küchenhilfe ist noch nicht erlöst, wir brauchen noch mal Zwiebeln. Die schwitzen wir kurz an.«

»Schon wieder wir. Und ich heule, als hätte ich deinen Heimatroman verschlungen«, beklagte er sich, holte aber aus dem Messerblock ein passendes Werkzeug. »Kann Maria ihr Kind zurückholen? Das geht doch nicht, dass eine andere es als ihres ausgibt. Außerdem gibt es Gentests«, sagte er völlig ernsthaft.

Jetzt musste Josefina wirklich lachen. »Sie waren schon wieder an meinen Sachen.«

»Das Hefchen lag da so. Ich habe meine Flinte gesucht.« Er

wedelte wild mit dem Zwiebelmesser. Zufrieden und überhaupt nicht ertappt.

Josefina hatte sein Gewehr in ihren Bademantel gewickelt und es in den Schmutzwäschebehälter im Bad versenkt, weil ihr auf die Schnelle nichts Besseres, vor allem Unauffälligeres, eingefallen war.

»Ist mir nicht entgangen«, gab sie zurück.

»Wo hast du das Gewehr versteckt?«, fragte er.

Und Josefina sagte es ihm.

»Im Bad? Da ist es feucht. Es wäre das Gleiche, als würde ich deine Gitarre ins Bad stellen«, beklagte er sich lautstark. »Du hast mit Sebastian einen Pakt geschlossen, jawohl.«

»Ich paktiere mit niemandem, und wehe, Sie stecken meine Gitarre ins Bad, dann drehe ich Ihren Hals zu einer Spirale, Nikolaus von Precht.«

»Josefina-Mädchen, ich mag dich. Außerdem wissen wir beide viel zu viel vom andern … Wohin sollen jetzt die Zwiebeln?«

Danach saßen sie beide abwartend vor dem Backofen, und Josefina hoffte, die Ofenkartoffeln hätten nicht den Geruch der vorherigen Bestückung angenommen. Aber sie hatte geraume Zeit die Klappe offen stehen lassen, sodass sich alle Dämpfe verflüchtigen konnten. Energiesparend war es nicht, aber bitter nötig.

Während des Essens überlegte sie, ob sie etwas von ihrer geplanten Unternehmung sagen sollte, entschied dann aber, dass es besser war, still zu sein, sonst käme Nikolaus womöglich auf die Idee, er müsse sich anschließen.

46

Wenn der alte Hund bellt,
soll man hinaussehen.

Wenn jemandem auffiel, dass Josefina verdächtig ruhig war und sich schon früh zurückzog, dann konnte sie es auf den Heimatroman schieben, den sie noch zu Ende lesen wollte und dessen Inhalt mittlerweile alle genauer zu kennen schienen als sie.

Unter der Bettdecke trug sie Jeans und dicke Socken, sie kam sich vor, als habe sie eine heimliche Verabredung, von der niemand wissen durfte. Und ein wenig fühlte es sich auch genauso an. Eine Verabredung mit dem Tod. Josefina wählte die Nummer des Pfarrers und sagte ihm, sie würde sich jetzt auf den Weg machen.

Sie schob ihre Füße in die Stiefel, zog ein Hemd an, darüber einen Pulli und darüber eine Jacke. Vielleicht brauchte sie etwas davon für eine andere Person. Man konnte nie wissen.

Den Spaten hatte sie bei Adenauer und Florence gefunden, einen Klappspaten, der sich mühelos verstauen ließ. Nur wo? Sie konnte ihn schlecht in die Umhängetasche stecken … aber am Ende landete er genau dort, samt dem Handy und der Taschenlampe. Sie legte noch einen Schal darüber, dann schlich sie die Stufen hinunter und schlüpfte aus der Tür. Der Mond hatte ein weiteres Mal seine Runde gedreht und gleich einem Verwandlungskünstler seine Gestalt verändert. Dunkelheit legte sich allmählich über die Landschaft.

Sie würde diesmal laufen, etwas abseits vom Weg, sodass sie jederzeit irgendwo in den Büschen oder hinter einem Baum verschwinden konnte. Sehr spärliche Büsche und Bäume, fiel ihr auf, als sie die Scheinwerfer eines Wagens erspähte. Josefina suchte Deckung in den Schatten am Wegesrand. Vielleicht war es der Wagen von Pfarrer Drexel. Aber das Auto war abgebogen, verschwunden, und es wurde wieder dunkel um sie herum.

Josefina lief über den Feldweg und trat zwischen den Bäumen hindurch, wo sie stehen blieb und ein paar Sekunden lauschte. Der Wald war nicht unheimlich, nur das, was in ihm vorging. Augenblicklich war es still. Still und schwarz.

Ohne die Lampe einzuschalten, wäre sie hier verloren, sie musste es riskieren.

Wilfried Baldus hatte diese Taschenlampe in den höchsten Tönen gepriesen. »LEDs, erhellt alles, ein wahres Wunderding, zuverlässig und leicht zu handhaben, wenn man damit jemandem ins Gesicht leuchtet, ist derjenige wirklich geblendet, Sie sollten aber genügend Batterien dazukaufen.« Punkt. Josefina hatte seinen Rat mit den Batterien befolgt. »Muss ich holen«, hatte er gesagt, diesmal kurz und ungewohnt knapp. Als er zurückkam, sah Josefina ihm an, dass ihn etwas verwirrte. Sie war so frei, ihn danach zu fragen. Zögerlich, als wäre er nicht sicher, ob er sich nicht doch irrte, meinte er, er hätte drei dieser Lampen bestellt, und jetzt wäre da nur mehr eine im Lager.

Vorsichtig setzte Josefina einen Schritt vor den anderen, leuchtete mit dem Wunderding zuerst ihren Weg aus und dann in den Wald hinein. Sie zog die Jacke enger um sich und erreichte die verbrannten Überreste. Jetzt musste sie genauer hinschauen. Konnte es wirklich sein, dass jemand hier unter der Erde lag? Oder träumte sie nur einen ganz schlechten Traum?

»Emma, bist du hier irgendwo?« Sie rief es tief in den Wald hinein, wiederholte es noch einige Male und ging dann in die Knie, um es auch dem Boden unter ihr zuzuschreien. »Emma!«

Eine Bewegung und ein Geräusch ließen sie aufhorchen. Dann traf sie der Strahl einer Taschenlampe.

Josefina war froh, dass er endlich kam. Sie hatte überlegt, ob sie es allein versuchen sollte, aber das war ihr dann doch als zu riskant erschienen. Und wenn sie sich irrte und sich alles nur als Hirngespinst herausstellte, würde er es unter das Beichtgeheimnis fallen lassen. Doch es war nicht Pfarrer Drexel.

»Ich … habe Sie … rufen hören«, sagte Nella Baldus, wobei ihre Stimme nicht mehr war als ein Flüstern. »Sie … glauben auch, er hat sie … vergraben?«

»Genau das, und wenn wir sie finden … Emma könnte noch am Leben sein.«

Nella nahm ihren Rucksack ab. Anscheinend hatte auch sie an Werkzeug gedacht.

Gemeinsam krochen sie über den Boden und tasteten mit

einer Hand darüber, während die jeweils andere die Taschenlampe hielt.

Sie riefen nach Emma, ließen dann einige Sekunden für eine mögliche Antwort verstreichen und wiederholten es in einer endlosen Schleife, bis Nella sagte: »Ich hab was gehört.«

Und da hörte Josefina es auch. »Bitte ... hier ... Hilfe.«

Eine leise Stimme, die sich in Windeseile wieder auflöste. Nella sah Josefina an, die den Spaten aus der Handtasche zog.

Bevor sie den ersten Stich tun konnte, hörte sie wieder ein Rascheln und Schritte. Aber wieder war es nicht Pfarrer Drexel.

»Zwei Helferinnen, das ist wirklich nett. Beim letzten Mal hab ich dich übersehen, Nella Baldus, aber diesmal nicht.« Axel Theis zog eine Waffe. »Die gute Franziska war zur Stelle. Wahrscheinlich hatte sie einmal ihre Sinne beisammen.« Er sprach den Namen aus, als würde er ihm die Kehle zuschnüren. Josefina wünschte es ihm von Herzen. Wo blieb nur der Pfarrer?

»Als Weiße Frau kam mir die Alte sehr gelegen«, fuhr Theis fort. »Wie abergläubisch die Leute sind und wie blödsinnig, an Gespenster zu glauben. Aber es hat gewirkt. Zur Ruine kam keiner mehr. Fast.«

Josefina würde nicht beschwören, dass es keine Gespenster gab. Sie richtete sich langsam auf und stellte sich zwischen Theis und Nella.

»Wenn du denkst, Franziska ist eine dumme alte Frau, dann hast du deine Mutter nie kennengelernt«, sagte sie und wusste im gleichen Moment, dass sie das Falscheste überhaupt gesagt hatte.

»Die kleine Dorfhelferin wird heute sterben«, sagte er betont ruhig, doch Josefina meinte, sie würde seine Kiefer mahlen hören. Nella gab einen erstickten Laut von sich.

Josefina konnte seine Augen nicht sehen, aber das brauchte sie auch nicht, um zu wissen, dass es keine Verhandlungen geben würde.

»So darf es nicht ausgehen«, sagte sie.

»Josefina, du redest mit dir selbst. Schlechte Angewohnheit, und wieder versuchst du abzulenken.«

Sie überlegte fieberhaft, was sie tun könnte. Axel Theis die Pistole entreißen; nein, sie würde den Kürzeren ziehen. Ihn zu

Fall zu bringen versuchen; vielleicht eine Chance. Sie mussten sich beeilen, Emmas Stimme hatte so fürchterlich leise geklungen, so atemlos und so vergänglich.

Wo zum Teufel blieb Pfarrer Drexel?

Sie mussten Theis zum Reden bringen, um Zeit zu gewinnen. Außerdem wollte sie nicht sterben, ohne nicht wenigstens ein paar Antworten mit ins Grab zu nehmen. Sie musste bei dem Gedanken fast lachen. Wie wert- und sinnvoll wäre das. Sie hatte ihn getroffen, also konnte sie genauso gut noch etwas in der Wunde stochern.

»Theo Fahringer kennt deine Geschichte, darum kannst du ihm nicht in die Augen sehen, stimmt's? Er weiß, dass Franziska deine Mutter ist«, begann sie.

»Deine Neugierde ist ekelhaft. Du hast keine Ahnung. Überhaupt keine. Man fühlt sich ausgeschlossen. Mutter, das ist nur ein Wort, von dem ich nicht einmal die Bedeutung kenne. Mein Vater hat alles mitgenommen, was er kriegen konnte, Franziska hat ihn dafür gehasst. Sie wollte dieses Kind nicht, mich wollte sie nicht. Und? Hab ich es nicht trotzdem geschafft?«

»Es zu Mord zu bringen ist wirklich eine Leistung«, ahmte Josefina seinen zufriedenen Tonfall nach. »Du hast Emma hergebracht, wo sind Veronika und Fiona?« Sie machte einen kleinen Schritt auf Theis zu. Seine Überheblichkeit und die Annahme, unfehlbar zu sein, würden ihn vielleicht unvorsichtig werden lassen.

»Da«, sagte er und deutete rechts von Josefina auf den Boden. »Emma liegt gleich hier. Fiona verrottet irgendwo – lass mich nachdenken ...« Er hörte sich an, als rede er über einen Schädlingsbefall im Garten, den er erfolgreich bekämpft hatte. Josefina sträubten sich die Nackenhaare.

Wieder tat sie einen Schritt auf ihn zu. Wenigstens wusste sie Nella in ihrem Rücken. Erneut hörte sie ein Rascheln.

Axel Theis wandte sich um und zeigte auf eine Stelle. »Hier liegt übrigens dein lieber Bruder, wenn du es dringend wissen musst.«

Josefina stockte der Atem. Sie hatte mit Vinzenz' Tod gerechnet, aber nicht so eiskalt und grausam. Theis quälte sie.

»Warum Vinzenz?«, brachte sie mühsam heraus.

»Das würdest du nicht verstehen.«

Seine kranken Gedanken würde sie gar nicht verstehen wollen. Josefina hörte es wieder rascheln.

»Niemand bringt meine Ordnung durcheinander. Niemand. Auch du nicht.«

Ordnung nannte er das. Und zu seiner Ordnung gehörte es, dass ihm jeder aufs Wort gehorchte.

»Dein Bruder hat für Unruhe gesorgt, Josefina. Er hat sich nicht an das Gesetz gehalten. Und ich bin Polizist, ich muss mich in meinem Dorf um die Sicherheit kümmern.«

Und zu seinen Sicherheitsmaßnahmen gehörte das Töten von Menschen?

»Veronika war zur falschen Zeit am falschen Ort. Mit Vinzenz im Wagen. Er bettelte, ich solle sein Mädchen gehen lassen. Aber das ging nicht mehr.«

»Willst du mich trösten?«, fragte Josefina erstickt. »Damit, dass mein Bruder Rückgrat bewiesen hat?«

Er lachte böse. »Sie wurde vermisst, er aber nicht. Was bedeutet das, Josefina? Doch wohl, dass niemand Wert auf seine Gesellschaft legte.«

Es tat weh, denn er hatte recht. Warum hatten alle automatisch angenommen, er wäre abgehauen?

Nella sagte: »Warum Fiona? Sie … wollte … doch … nur …« Sie brach ab.

»Sie redet wieder«, höhnte Theis. »Nicht lange genug, um etwas zu sagen.«

Nella schluchzte. »Kranker … Mistkerl.«

»Das hat Fiona auch gesagt. Es war das Letzte, bevor sie erstickte. Die kleine Schlampe hat geglaubt, sie könnte mich mit ein bisschen Augenklimpern dazu bringen, die County Rocker wieder spielen zu lassen. Ich hab sie glauben lassen, ich würde ihre Bitte erfüllen. Mit mir kann man ja reden.«

Josefina konnte sich denken, dass Fiona einen Fehler gemacht hatte. Welcher war es gewesen? Theis verriet es ihr, ohne dass sie danach gefragt hatte.

»Wenn ich jemanden anfassen oder küssen will, dann tue ich

das. *Ich* tue es«, betonte er. »Fiona hat sich verschätzt. Sie hat geglaubt, weiblicher Charme würde bei mir wirken. Darum mochte ich dich, Josefina, weil du nicht gefallsüchtig bist und alles andere als charmant.«

»Emma wollte dir sicher nicht gefallen«, sponn Josefina den Faden weiter.

»Die liebe Emma bat ausgerechnet mich um Hilfe. Eine Stimme, die aus dem Boden kommt, erklärte sie mir. Sie hatte Angst, dass es mit den Vermissten zu tun haben könnte, dass eine der Frauen irgendwo festgehalten wird. Ich verstand ihre Angst natürlich und bat sie, mir zu zeigen, wo sie diese Stimme gehört hat. Sie ist brav mit mir hierherauf gewandert, obwohl es ihr ein bisschen komisch vorkam, dass ich sie gebeten hatte, mich nach dem Fest auf dem Precht-Hof zu treffen. Aber ich bin der Polizeichef, und da will man nicht kleinlich sein.« Er lachte.

Josefina dachte verzweifelt darüber nach, wie sie ihn noch länger hinhalten könnte. Hektisch glitt ihr Blick immer wieder zwischen den Bäumen hindurch, ob da nicht irgendwo ein Lichtschimmer war. Wie lange wurden sie schon bedroht? Wie lange hätte Emma noch Luft?

»Der Abend ist zu Ende«, sagte Theis unvermittelt. »Schlaf den ewigen Schlaf, Josefina.« Er gestikulierte mit der Pistole in ihre Richtung. Josefina machte einen schnellen letzten Schritt, um ihn von den Beinen zu holen, doch im gleichen Moment wurde er nach hinten gerissen. Die Pistole flog ihm aus der Hand. Sein Gesicht zeigte Überraschung.

Theis kippte auf Pfarrer Drexel, der ihn niedergeschlagen und umgerissen hatte. Drexel rollte den Bewusstlosen von sich herunter.

»Verdammt, wo waren Sie denn?«, schrie Josefina. Nella kroch hastig über den Boden und nahm die Pistole an sich.

Sie feuerte dreimal in den Himmel, jemand würde die Schüsse hören, dann drückte sie die Waffe zitternd Pfarrer Drexel in die Hand.

Josefina schloss für einen Moment die Augen, dann suchte sie in ihrer Handtasche nach dem Schal. Damit konnten sie Theis fesseln. So fest, dass er keine Möglichkeit haben würde, auch nur einen Muskel zu bewegen.

»Saukerl!«, explodierte sie, obwohl er sie wahrscheinlich gar nicht hören konnte.

»Ich hatte einen Holzrundling eingepackt, etwas anderes hab ich nicht gefunden. Er wird es überleben.« Der Pfarrer kam auf die Knie und Theis allmählich wieder zu sich.

»Sag uns endlich, wo Emma ist!«, verlangte Josefina. Woher war die leise Stimme gekommen?

»Ihr braucht euch nicht zu beeilen, ihr kommt zu spät«, sagte Theis mühsam.

»Ich glaube … hier.«

Josefina drehte sich um. Nella hatte mit den Händen tastend den Boden abgesucht; jetzt hielt sie inne. Ein dünnes Rohr ragte an einer Stelle aus der Erde. Damit die Eingesperrten noch einige Züge Luft bekamen, die Theis ihnen jederzeit, wann immer er es wollte, nehmen konnte. Josefina musste sich zusammenreißen, um nicht das Holzstück zu nehmen und damit noch mal zuzuschlagen.

Pfarrer Drexel steckte die Waffe in seine Jeans. »Wenn mich mein Bischof so sehen würde …«

»Was dann, Hochwürden? Welche Strafe wäre denn die deine?«, rief Theis beißend.

»Halt's Maul«, sagte der Pfarrer ungnädig.

Auch er hatte an das Werkzeug gedacht, registrierte Josefina. Sie mussten schnell sein, sonst hätte Emma womöglich keine Chance. Und sechs Hände schafften mehr als vier.

Nella begann ein ganzes Stück nach dem Rohr zu graben, damit die Luftzufuhr frei blieb, während Josefina die Erde zur Fußseite der Kiste abtrug. Der Pfarrer übernahm die Mitte.

Sie arbeiteten schnell und ohne zu reden. Es fühlte sich wie eine Ewigkeit an, doch irgendwann traf der Spaten auf Holz. Josefina zerrte an einem der Bretter, aber es saß fest. Sie konnte keines bewegen.

»Zugenagelt.« Sie ließ sich erschöpft auf den Boden sinken. An ein Grabwerkzeug hatte sie gedacht, aber nicht daran, was sein würde, wenn sie Emma fanden. »Wir müssen den Sarg irgendwie aufstemmen … die Kiste.« Für die Toten waren es Särge. Sie schluckte.

Pfarrer Drexel stemmte das Blatt seines Spatens in eine breitere Fuge und bewegte es einige Male auf und ab. Eines der Bretter lockerte sich. Josefina nahm den Spaten und hebelte es krachend weiter auf.

In der schmalen Kiste lag Emma. Ihr Körper war zusammengekrümmt. Sie mussten ihren Kopf freilegen, um ihr Luft zu verschaffen.

Zusammen mit dem Pfarrer hebelte Josefina ein Brett nach dem anderen heraus. »Vater im Himmel, ich übergebe dir unsere Ängste, Sorgen und unguten Gefühle, so wie sie sind, auch wenn sie in uns noch spürbar bleiben. Ich löse sie von den Menschen und Umständen, durch die sie begonnen haben. Alle Unsicherheit und Angst tausche ich ein für die Gewissheit, dass du für uns sorgst«, betete Pfarrer Drexel inbrünstig.

»Kommen wir … zu spät?«, fragte Nella, ihre Augen wirkten riesig in dem bleichen Gesicht. »Bitte nicht. Emma …«

Sie standen alle bis zu den Knien in dem Erdloch. Emma bewegte sich nicht, und ihre Augen waren geschlossen.

Josefina streckte eine zitternde Hand aus, um sie zu berühren. Ihre Haut war kalt.

Nach oben schau, auf Gott vertrau,
nach Wolken wird der Himmel blau.

Epilog

Es hatte Stunden gedauert, bis die Grabungen abgeschlossen waren und Axel Theis' schreckliche Taten das Tageslicht erblickten; Josefina hatte Minute um Minute verfolgt, wie die Kisten, von der Erde befreit, allmählich zum Vorschein kamen. Die Angehörigen der Vermissten erhielten Gewissheit, auch wenn es eine grausame Gewissheit war.

In den Kisten waren Namenskärtchen, Axel Theis hatte sogar Buch geführt über die Morde und seine Opfer, ein Totenbuch.

Bei dem Gedanken schüttelte es Josefina. Vinzenz war schon seit einem Jahr nicht mehr am Leben …

Aber des Pfarrers Gebete waren erhört worden. Josefina würde sich vielleicht für den Rest ihres Lebens an den schrecklichen Moment erinnern, als Nella und sie geglaubt hatten, Emma sei tot. Bewegungslos und kalt lag sie dort in der Kiste. Josefina hatte ihre Jacke ausgezogen und sie über Emma gebreitet. Sie hatte geweint und getrauert, bis ein kaum wahrnehmbares Geräusch sie hoffen ließ.

Als die Sirenen ertönten, hielt Josefina Nellas Hand.

Nikolaus hatte alles verständigt, von dem er dachte, man könnte es brauchen. Einen Krankenwagen, die Bergwacht, die Feuerwehr, Polizei; eine, die nichts mit Axel Theis zu tun hatte.

Dessen Geschichte förderte einige Tage später Heino Ganser zutage; er schrieb einen langen Artikel über den ehemaligen Polizeichef von Prechtenstein und bemühte sich, Theis nicht als Ungeheuer darzustellen, was wohl das Schwierigste war, was man sich unter diesen Umständen vorstellen konnte.

Es war Zeit für sie zu gehen …

Josefina verabschiedete sich zuerst von den Tieren. Adenauer, dem sie den Hals klopfte und ihm dankte, und Florence, die sie wissend ansah, die Kätzchen, die ausgelassen Fangen spielten.

Danach kamen Murli, Fini und die Damen an die Reihe. Und schon rannen ihr Tränen über die Wangen.

»Verdammt noch eins!«, schimpfte sie.

Sebastian umarmte sie und drückte sie an sich. »Ich stehe auf ewig in deiner Schuld«, sagte er und fragte sie, ob er ihr den neuesten Heftroman schicken durfte. »So wissen wir außerdem, wo du bist.«

Sie brachte keinen Ton heraus.

»Jetzt heult sie schon wieder«, bemerkte der alte Nikolaus. »Josefina-Mädel, ich hab eine gute Nachricht bekommen. Meine Prothese wurde genehmigt. Die Krux an der Sache, sie muss komplett neu angefertigt werden, und dafür muss mein Bein vermessen werden. Schwachsinn. Ich hab doch keins. Meine Krankenschwester soll ich mitbringen. Die denken, wenn man kein Bein hat, hat man auch nichts im Kopf und bedarf fremder Hilfe. Ich hab gesagt, ich bring sie mit, die Krankenschwester.«

Josefina schüttelte den Kopf. Sie war doch schon fast weg. Sie befand sich im Aufbruch, und es wartete bereits eine neue Arbeitsstelle auf sie. Hoffentlich eine ohne Notsituation.

»Ich hab lange nicht mehr in einem Käfer gesessen«, ließ sich Nikolaus nicht beirren. »Du kennst doch die Geschichte mit den zwei Bauern …«

Josefina musste wider Willen lachen. »Hüpfen Sie rein«, forderte sie ihn auf. »Aber kramen Sie nicht irgendwo herum«, mahnte sie, auch wenn sie sich das hätte schenken können.

Vergelt's Gott – ein bayerisches »Dankeschön« an:

Frank Heppner: Ein kreativer Vordenker in der kulinarischen Gastronomie und Restaurant-Welt, zudem ein lieber Freund.

Irmgard Maurer für die »Seidenknödel«.

Quellen:
Die Zeit liegt lange zurück, dass ein Heftchen fünfzig Pfennig kostete; dieses nennt sich »Die 1000fache Fundgrube – Für die Hausfrau, für den Landmann, Siedler, Gartenbesitzer und für jedermann in Stadt und Land«; erschienen 1937 im Günter Heymann Verlag; Haushaltskniffe und -tricks finden sich hier tausendfach.

Anhang

Kalbsbraten

Zutaten:
1 kg Kalbsbraten (aus der Nuss oder Oberschale)
100 ml trockener Rotwein
250 ml Kalbsfond (Glas)
4 Karotten (ca. 400 g)
3 Stangen Sellerie (ca. 250 g)
5 Zwiebeln
Salz
Pfeffer
2 EL Rapsöl
2 EL Tomatenmark
4 Stiele Petersilie

Zubereitung:
Gemüse putzen und in Stücke schneiden. Zwiebel schälen und vierteln.
Fleisch mit Salz und Pfeffer würzen.
Öl in einem Bräter erhitzen und das Fleisch darin von allen Seiten bei starker Hitze anbraten.
Fleisch herausnehmen. Das Gemüse in den Bräter geben und 5 Minuten unter Rühren anrösten.
Tomatenmark dazugeben, kurz mitrösten. Fond und Rotwein dazugießen und zum Kochen bringen.
Fleisch wieder in den Bräter geben und im Backofen bei 175 Grad (Umluft 150 Grad) 2 Stunden auf der mittleren Schiene schmoren, dabei immer wieder mit dem Fond aus dem Bräter übergießen.
Petersilie waschen und trocken schütteln, Blätter abzupfen und fein hacken.
Fleisch aus dem Bräter nehmen, in Alufolie wickeln und einige Minuten ruhen lassen.
Die Sauce mit Salz und Pfeffer würzen, gehackte Petersilie dazugeben.
Fleisch in Scheiben schneiden.

Seidenknödel

Zutaten:
5 alte Semmeln
8 große gekochte Kartoffeln
1 Pfund Kartoffelmehl
2 Eier
½ Liter Wasser
1 Prise Salz

Zubereitung:
5 alte Semmeln in Scheiben schneiden.
Die Kartoffel fein reiben, das Knödelbrot mit dem Wasser quellen lassen, dann zu den geriebenen Kartoffeln geben.
Die Eier einschlagen, salzen, alles gut vermengen, das Kartoffelmehl dazugeben und nochmals gut durchkneten.
Die Knödel ins kochende Salzwasser geben und ca. 20 Minuten ziehen lassen.

Topfenschmarrn

Zutaten:
4 Eier
1 Päckchen Vanillezucker
500 g Topfen
3 EL Sauerrahm
120 g Mehl
Rosinen (wenn man mag)
20 g Butter
1 EL Zucker

Zubereitung:
Eigelb und Zucker schaumig schlagen, alle weiteren Zutaten beimengen, Eischnee unterheben.
Die Masse in die Pfanne füllen und zugedeckt bei mittlerer Hitze langsam durchbacken.
Butter und Zucker karamellisieren lassen, den Schmarrn klein schneiden und einige Male darin wenden.
Nach Bedarf mit Puderzucker bestäuben und servieren.

Eingemachte Maulbeeren

Zutaten:
1 Pfund Maulbeeren
1 Pfund Zucker

Zubereitung:
Nachdem der Zucker geläutert wurde, nehme man den Topf vom Ofen.
Nun fülle man die Beeren hinzu und rühre vorsichtig um.
Am nächsten Tag den erkalteten Topf wieder auf das Feuer und erhitzen, ohne im selbigen zu rühren.
Das wird dreimal wiederholt.
Anschließend in Gläser abfüllen.

Sellerie-Kartoffel-Cremesuppe

Zutaten:
1 Stück Sellerie (Stangensellerie)
½ Kartoffel
½ Apfel
1 Tasse Brühe
etwas Zitronensaft
eine Prise Zimt
3 EL Sahne
Kräuter

Zubereitung:
Die Brühe in einem Topf erhitzen. Sellerie, geschälte Kartoffel und den Apfel klein geschnitten dazugeben und alles für ca. 10 Minuten köcheln lassen. Wenn die Gemüse weich sind, mit einem Stabmixer fein pürieren. Evtl. noch etwas Wasser angießen, falls es zu dick eingekocht ist. Dann die Sahne und den Zimt dazugeben und mit Salz und Pfeffer würzen.
Mit etwas Zitronensaft abschmecken.
In eine Tasse geben und etwas gehackte Kräuter darüberstreuen oder das grüne Kraut des Selleries.

Die Suppe schmeckt sehr gut mit gerösteten Vollkorn-Brotwürfeln.

Falls kein Stabmixer zur Hand ist, einfach die Suppe etwas länger kochen lassen und dann durch ein Sieb streichen und mit dem Schneebesen glatt rühren.

Tarte mit Bergkäse

Zutaten:
200 g Blätterteig (tiefgekühlt)
200 g Sahne
3 Frühlingszwiebeln
150 g Bergkäse, fein gerieben
2 Eier
1 Eigelb
1 EL Öl
Pfeffer aus der Mühle
Salz

Zubereitung:
Den Blätterteig auftauen lassen, leicht mit Wasser bestreichen und übereinanderlegen. Ausrollen. Den Blätterteigboden etwa 10 Minuten vorbacken. Eier, Sahne, Eigelb und Öl verquirlen, mit Salz und Pfeffer würzen, darübergießen.
Bergkäse und in Ringe geschnittene Frühlingszwiebeln darauf verteilen und im Backofen bei Ober- und Unterhitze bei 190 Grad ca. 15 Minuten goldbraun backen.

Rhabarbercreme

Zutaten:

Kompott:
250 g Rhabarber
1 EL Zucker
2 EL Wasser

Creme:
250 ml Milch
2 EL Vanillepuddingpulver
100 g Naturjoghurt
35 g Zucker
75 g Sahne

Zubereitung:
Den Rhabarber putzen und in Stücke schneiden. Mit Zucker mischen und mit dem Wasser zu Kompott kochen. Dieses kalt werden lassen.
Ein wenig von der Milch mit dem Puddingpulver glatt rühren. Die übrige Milch unter Rühren aufkochen und das aufgelöste Puddingpulver einrühren. Eine Minute unter Rühren köcheln und dann abkühlen lassen.
Die Puddingmasse mit dem Joghurt und Zucker verrühren. Die Sahne steif schlagen und unterheben.
In Gläser abwechselnd Creme, dann Kompott und wieder Creme schichten.
Das Dessert kühl stellen.

In Fencheltee gedämpfte Saiblingsfilets mit Gartengemüse und violetten Trüffelkartoffeln

Zutaten:
800 g Saiblingsfilets – 4 Filets
300 g Fenchel
50 g Oliven, grün und schwarz
1 Zweig Rosmarin
½ Lauch
100 g frische grüne Bohnen
300 g violette Kartoffeln
2 cl Pernod (Anisaroma)
1 TL Fenchelsamen
½ Teelöffel Senfkörner
2 cl Noilly Prat (Wermut)
1 Glas Weißwein
1 cl Olivenöl
2 Knoblauchzehen

Zubereitung:
Der Saibling wird auf einem Sud aus Fenchelsamen und etwas Senfkörnern für ca. 12 Minuten ganz leise gedämpft. Das Gemüse in Streifen geschnitten um die Filets legen, Deckel auf den Topf und erhitzen.
Kurz bevor das Gemüse gar ist, wird dieses in Olivenöl mit dem Knoblauch leicht geschwenkt, dann löscht man das Ganze mit Noilly Prat, Weißwein und dem Pernod ab und gibt etwa ½ Glas von dem Sud, in dem der Saibling gedämpft wurde, bei und lässt es ganz sanft schmoren. Nun die Aromaten Rosmarin, Oliven sowie die Kartoffeln, die auch in kleine Würfel geschnitten werden hinzugeben, damit sie zur selben Zeit fertig werden wie der Fenchel. Das ganze Gemüse sehr flüssig halten, da es gleichzeitig auch als Sauce dient. Die Fischfilets aus dem Dampf nehmen, in schöne gleichmäßige Stücke schneiden und auf dem Gemüse anrichten. Etwas zurückbehaltenen Rosmarin als Deko obenauf geben und evtl. ein paar Tomatenwürfel dazugeben.

emons: *macht*

In der Ruhe liegt die Kraft

Klappenbroschur, 208 Seiten
ISBN 978-3-95451-079-5

Don Camillo und Peppone auf dem Land

Klappenbroschur, 224 Seiten
ISBN 978-3-95451-087-0

Wogende Wiesen, blühende Gärten, schattige Wälder; im Sommer ein strahlend blauer Himmel, im Winter ein knisternder Kamin – kann das Leben schöner sein als auf dem Land? Doch wer glaubt, hier würde nur beschaulich gegärtnert, eingekocht und gebacken, hat die Rechnung ohne den Sensenmann gemacht. Denn der bricht mit Vorliebe in die ländliche Idylle ein …